国家电网有限公司职工文学重点选题作品

山东省作家协会重点深入生活项目

橘焰

——鲁能泰山足球学校纪实

姜铁军　著

中国电力出版社

CHINA ELECTRIC POWER PRESS

图书在版编目（CIP）数据

橘焰：鲁能泰山足球学校纪实 / 姜铁军著 . —北京：中国电力出版社，2020.9
ISBN 978-7-5198-4906-1

Ⅰ.①橘… Ⅱ.①姜… Ⅲ.①报告文学－中国－当代 Ⅳ.① I25

中国版本图书馆 CIP 数据核字（2020）第 157624 号

出版发行：中国电力出版社
地　　址：北京市东城区北京站西街 19 号（邮政编码 100005）
网　　址：http：//www.cepp.sgcc.com.cn
责任编辑：胡堂亮（010-63412604）
责任校对：黄　蓓　常燕昆
装帧设计：张俊霞
责任印制：钱兴根

印　　刷：北京博海升彩色印刷有限公司
版　　次：2020 年 9 月第一版
印　　次：2020 年 9 月北京第一次印刷
开　　本：710 毫米 ×1000 毫米　16 开本
印　　张：14.75
字　　数：202 千字
定　　价：62.00 元

目　录
Contents

引　子　　　　　　　　　　　　　1

第一章　从零起步　　　　　　　4

第二章　小步快走　　　　　　　13

第三章　新苗选秀　　　　　　　25

第四章　呕心沥血　　　　　　　37

第五章　因材施教　　　　　　　46

第六章　育苗成才　　　　　　　54

第七章　肩负重任　　　　　　　61

第八章　脱颖而出　　　　　　　68

第九章　远方学生　　　　　　　76

第十章　海外教练　　　　　　　83

第十一章　润物无声　　　　　　101

第十二章　无限责任　　　　　　111

第十三章　放飞梦想　　　　　　132

第十四章　精钢锻造　　　　　　　138

第十五章　斑斓多彩　　　　　　　159

第十六章　海外培训　　　　　　　176

第十七章　不负众望　　　　　　　192

第十八章　再扬征帆　　　　　　　211

尾　声　　　　　　　　　　　　224

后　记　　　　　　　　　　　　228

引　子

像猎豹一样快速奔跑，把阿根廷球员远远地甩在了身后。

山呼海啸般的欢呼，仿佛给他添加了无穷动力。拦截球员冲上来的一刹那，他灵巧转身带球突破，冲过阿根廷球员的最后一道防线。这个黑人小子跑得太快了，别说垂垂老矣、慢慢吞吞的阿根廷队，这世界上的足球队似乎没有几条后防线能挡得住他。对着球门，抡起右腿，守门员做出扑救动作，太晚了，足球像利箭从球门左上方蹿进网窝！

2∶1，法国足球队领先阿根廷足球队。

观众沸腾了，拼命呼喊他的名字：

"姆巴佩——"

"姆巴佩——"

同样的声音在教室里响起来，一样响亮，一样激情澎湃。不同的是，他们是一群黄皮肤、黑眼睛的中国孩子，他们是鲁能泰山足球学校的学生。

欢呼过后，他们又目不转睛地盯着电视荧屏，关注着姆巴佩这个黑人少年。他第一次站到世界杯的赛场上，一下就走进了舞台中央。快速带球突破，摆脱防守队员，冲进禁区，准备起脚射门，一个阿根廷后防球员冲上来企图阻止他，伸出的脚绊倒了姆巴佩。

点球！

裁判员果断地把手指向了罚球点。

姆巴佩凭借一己之力，在1/8淘汰赛中帮助法国队以4：3的比分送阿根廷队回家。他靠猎豹一样的速度、超人的禀赋以及对球场的超级驾驭能力，赢得了世界球迷的赞誉。

电视机前的学生们意犹未尽，议论纷纷，这场比赛实在太难得了，太好看了。

19岁的姆巴佩创造了奇迹，和他年龄相仿或者小一些的鲁能泰山足球学校的学生同样想创造奇迹。因为有姆巴佩做榜样，只要努力，就能在绿茵场上大放异彩，实现自己的梦想。

这是多少青少年球员的渴望啊！

这一夜，鲁能泰山足球学校的学生兴奋得难以入睡。

这一夜，鲁能泰山足球学校的领导和教职工也难以入睡。

法国青少年球员出现了姆巴佩这样的球星，中国的足球学校应该怎么办？

要培养出更多的青少年球星，有许多课题摆在他们面前，像一张考卷等待他们回答……

2017年5月24日晚，中国足协突然发布一项重磅新政，让中国足球圈炸开了锅。简单地说，这项新政是对各足球俱乐部U23球员在参加中超、中甲联赛、中国足协杯赛时上场人数问题作出规定，即每场出场人数必须达到3人。这项规定之所以让多数足球俱乐部"炸锅"，是因为他们没有储备那么多U23球员，即使有，也很难担当出场重任，最终恐将影响比赛成绩。一时间，到处"挖"U23高水平球员成了一些足球俱乐部的当务之急。俗话说，临上轿现扎耳朵眼儿——耽误事儿！

面对中国足协的这项新规定，有一家足球俱乐部气定神闲、不慌不忙，这就是鲁能泰山足球俱乐部。他们不仅有一批高水平的U23球员在预备队，这些年还源源不断地向其他足球俱乐部输送U23球员，成为中国职业足球俱乐部对外输出青年球员的大户，被业界称为制造青年球员的"兵工厂"。在最近几年的"金元足球"中，鲁能足球俱乐部在引援上并没有大手笔，但比赛成绩却很稳定。2018年中超赛季第一阶段结束，鲁能泰山足球队与上海上

港足球队并列第一。此后的比赛成绩一直位居前列，当时业界人士说，鲁能泰山足球队是这个赛季冠军的有力争夺者。

他们有这样的好成绩，源于多年坚持的青训，得益于一个培养青少年足球运动员的基地——鲁能泰山足球学校。自建校以来，从这里走出了王永珀、郑铮、周海滨、韩鹏、秦升、吕征、张弛、杨程、王彤、刘彬彬、崔鹏、吴兴涵、李松益、齐天羽、韦世豪等一大批球迷耳熟能详的球星。每个球星都叱咤在绿茵场上，为中国足球发展贡献自己的力量。虽然他们效力不同的球队，在足球场上是竞争对手，但他们都是师兄弟，师出同门。

从1999年建校至今，鲁能泰山足球学校坚持"建设百年足校 培育顶尖人才"的目标不动摇，落实"专业化、职业化、国际化"发展战略，被命名为中国足球协会青少年培训基地、国家足球山东鲁能体育训练基地，获得亚足联年度青训学院奖。

2020年，鲁能泰山足球学校全面启动国际一流对标并确定了5年发展规划，将远学欧美、近学日韩，追标赶标、争先发展，着力打造既具有中国特色又具有国际竞争力的国际一流足校学校，倾力为中国足球培养优秀人才，争当中国足球梦最强践行者。

从1999年建校到现在，鲁能泰山足球学校共夺得中国足协组织的全国U13～U19青少年足球比赛冠军75项，国际青少年足球邀请赛冠军8项。2005年和2009年代表山东省夺得第十届、第十一届（乙组）全运会男足冠军。2011年代表青岛市夺得第七届城运会足球比赛冠军。鲁能泰山足球学校先后向各级别国家足球队输送队员239人，向中超、中甲、中乙足球俱乐输送职业球员261人，向鲁能泰山足球俱乐部一队输送队员76人。青少年足球人才培养成绩占据国内同类学校第一位。

鲁能泰山足球学校被中国足协命名为"中国足球协会青少年培训基地"和"校园足球夏令营活动营地"。

鲁能泰山足球学校一路走来，有哪些不为人知的故事？

让我们一起走进鲁能泰山足球学校，打开那些尘封的记忆……

第一章
从零起步

　　鲁能泰山足球学校坐落在山东省潍坊市坊子区，偏居城市之郊，远离市中心的喧嚣与浮华。老远就能看到校园内苍翠挺拔的大树，给人一种朝气蓬勃的印象，显示着青春的生机和力量。

　　说起鲁能泰山足球学校就不能不提到鲁能泰山足球俱乐部。这个俱乐部的前身是济南泰山将军足球俱乐部，主管单位是山东将军烟草（集团）有限公司。泰山足球队在山东省内名气不小，但在国内足球界影响不大。足球队排名靠成绩说话，泰山足球队在中国足球界居于中游水平，不上不下。外省人嘲笑山东足球是"典型的中庸之道"。这话说得也不对，踢足球谁不想赢啊？！想赢得有实力，得拿出一定资金。比较保守的山东省内企业无论是国有还是民营，都舍不得花这笔钱。有的企业家觉得玩足球就是填不满的无底洞，搞足球就是脑子进水。囿于这种思维，没人愿意追捧足球，眼看着山东足球不死不活地在中游晃荡。

　　山东省球迷着急，山东省政府着急，山东省体育局更着急。足球作为世界第一运动有着广泛的影响。每次比赛现场观众都成千上万，这在其他体育比赛中是很难做到的。足球搞得好不好，反映的是一个地方的综合实力。特别是在全运会上，足球这块金牌被看得格外重，它反映了一个省综合体育发展水平，像山东泰山足球队这种状况很难把成绩提高上去。泰山足球队的训

练基地在山东省体育中心，球员的宿舍也在这里。屋子又潮又湿，球员伙食也不行，工资也不高。这样的条件怎么能把好球员留住？人心涣散还想踢好球，无疑是痴人说梦。

在这种状况下，山东省政府希望山东电力集团公司接手泰山足球队。当时省政府就一个条件：足球队除保留"泰山"两个字，其余的都可以自行安排。接手还是不接手，这是个难题。山东电力集团公司也存在两种意见。很多人说，卖电的和足球根本不沾边，中国这种国情足球不是好玩的，不然像济南卷烟厂这么有实力的企业也不会知难而退。也有人认为应该接手，世界上许多著名大企业都经营足球俱乐部，从长远看，会对企业品牌带来溢出效应，产生巨大影响。

激烈争论，反复研究，最后还是决定接管泰山足球队，成立股份制足球俱乐部，进行专业化管理，俱乐部名字用"鲁能泰山足球俱乐部"，鲁能公司当时是山东电力集团公司下属的一家多经公司。2011年以后，这家公司成为国家电网公司直属单位，与国网山东省电力公司（前身为山东电力集团公司）没有隶属关系了，但鲁能足球俱乐部依旧归山东省电力公司管理。外界很多人搞不清鲁能泰山足球俱乐部与山东省电力公司、鲁能公司是什么关系，甚至有人把鲁能公司误认为是管理山东省供电的公司，从而闹出笑话。

足球俱乐部换了牌子，成立大会于1998年12月1日举行。当时山东省一位副省长在会上激动地说："山东人民把足球交给了山东电力，希望你们不辜负全省人民的期望，打出山东人的精气神！"

大会结束，送走嘉宾，时任山东电力集团公司总经理刘振亚回到办公室陷入沉思。这位山东电力掌门人对足球并不很了解，之前，他曾做了功课，研究了世界上著名的足球俱乐部的成功经验。巴萨、皇马、曼联、尤文图斯……他们之所以把足球搞得风生水起，无不是因为球员梯队合理，后备人才充足。在中国只重视比赛成绩，不重视足球后备人才培养。只有把青少年足球运动员培养好，才能不断提升中国足球的水平。他的脑海里闪现出"打造百年俱乐部"的念头。作为一家职业足球俱乐部，鲁能泰山足球俱乐部一

定要有长远的发展眼光，才能立于不败之地。

鲁能泰山足球俱乐部成立之前，省足球队一直都是由国内教练、球员参加各种比赛，美其名曰"山东子弟兵打天下"。鲁能泰山足球俱乐部成立之后，刘振亚敏锐地意识到，这种只靠自己人比赛的状态必须要打破，山东足球成绩上不去，就是因为搞足球的人眼界狭窄，加上经济实力不济，对请外援和外籍教练只能嘴上说说而已，从来没有动过真格的。他下定决心改变这种状况，董事会经过研究，决定引进外援和外籍教练。

鲁能泰山足球俱乐部引进的第一位外籍教练是韩国人金正男，第一位外援是巴西人巴里斯塔。外籍教练和外援的引进，为鲁能泰山足球队引进了新的动力，改变了比赛时的被动局面。巴里斯塔引进后，在同吉林延边队的第一场比赛中就有一球入账。《齐鲁晚报》《济南时报》在体育版大篇幅报道了这场比赛，称赞鲁能泰山足球俱乐部"迈出了可喜的一步"。

为鲁能泰山足球队高兴的不仅有球迷、媒体、电力职工，还有一位特殊的球迷，他就是山东省省长李春亭。从鲁能泰山足球俱乐部成立起，他就一直关心鲁能泰山足球俱乐部的发展，每场比赛虽然到不了现场，但只要有时间，电视转播是一定要看的。看着球队成绩稳步提高，李春亭非常高兴，在6月的工作日程里，特意添加了一项内容：到鲁能泰山足球俱乐部视察工作。

1999年6月13日，刘振亚陪同李春亭到鲁能泰山足球俱乐部视察。

鲁能泰山足球俱乐部位于济南南外环路南侧，与山东省电力专科学校为邻。李春亭视察了办公场所，然后到一路之隔的足球训练场看球队训练。路上，李春亭对刘振亚说："把足球交给你们办还是对的。你们很努力，成绩也不错，下一步打算怎么办啊？""我有个想法，不知对不对，想跟李省长汇报汇报。"刘振亚说。"什么想法？你说。"李春亭看着刘振亚问。刘振亚把自己思考了许久的想法向李春亭做了汇报："我们要把鲁能泰山足球俱乐部建成百年俱乐部，建成亚洲最好的俱乐部。""很好啊，做事情就是要把目光放远嘛！"李春亭用赞成的口气说。"要达到这个目标，必须要有足够的后备力量。"刘振亚继续说："我们想办一所足球学校，把愿意踢球的孩子招进来，

经过培训，为球队后续发展做好储备！""我看你这个想法好，我支持！有什么需要省里帮助的，一定开绿灯！"李春亭一边点头一边说。见到李春亭支持，刘振亚心里有底了，在省长面前已经把话说出来了，这件事非做不可！

三天后，成立鲁能泰山足球学校的计划提上了山东电力集团公司的日程。在公司领导班子讨论时，刘振亚说："发展体育是一项朝阳产业，我们不但要坚持足球职业化、市场化的道路，还要打造百年俱乐部。看看国外著名的足球俱乐部，都把培养后备人才放在重要地位。我们打造百年俱乐部就是要瞄准这些俱乐部的做法，把后备人才培养好！俗话说，十年树木，百年树人，没有好的足球苗子，打造百年俱乐部就是空中楼阁！"

会议从下午一直开到晚上，讨论了办鲁能泰山足球学校的诸多事项，人员、场所、资金、注册、筹备组织……

1999年7月，紧张筹备一个多月后，鲁能泰山足球学校在潍坊注册成立。

当时正值中国足球职业联赛最红火的时期，全国注册的足球学校多达4300所。19年过去了，今天依然在坚持办学的只剩下区区二十几所，其中还有几所是苦苦支撑、艰难度日。山东电力集团公司后来更名为国网山东省电力公司，名称变了，但秉承"要么不干，要干就争第一"的理念，鲁能泰山足球学校始终把"办最好的足球学校"贯彻如一，山东电力的优良传统在这所学校得到传承。

办学校，首先要有一个合适的地方，要有一支办学队伍。

校址有三个地方可选：潍坊坊子电厂（当时已撤销）、临沂电力技工学校、淄博博山电力技工学校。经过几番考察论证，最后选定潍坊坊子电厂作为鲁能泰山足球学校校址。其原因，一是交通方便，二是校内有足够的发展场地，三是与潍坊坊子电厂同地的潍坊电力技工学校1998年撤销后，留守了一部分教职工，可以作为鲁能泰山足球学校的班底，开展工作会顺利一些。

学校校址确定后，马上着手做三件事：一是组建一支教职工队伍，二是组建一支足球教练队伍，三是招收第一批鲁能泰山足球学校学生。

没有一支教职工队伍，办足球学校就是一句空话。组建一支称职的教

职工队伍是当务之急，就像盖楼房一样，地基没打好，想盖好楼房是不可能的。

潍坊电力技工学校因为教育改革和坊子电厂一起撤销，利用潍坊电力技工学校的教职工班底组建一支教学队伍是不错的选择。

选谁来带这支教职工队伍呢？

山东省电力集团公司领导班子的目光聚焦到一个人身上——原潍坊电力技工学校副校长康建兴。选择的理由：人品好，团结同志，业务能力强，思维敏捷，有开拓能力，敢于迎接挑战。

鲁能泰山足球学校校长由鲁能泰山足球俱乐部总经理邵克难兼任，康建兴被任命为常务副校长，主持工作。康建兴知道困难很多，问题也很多，作为一名党员，不能在困难面前退缩，既然组织选中了自己，就要义无反顾。

他想着怎么把教职工队伍拉起来。但这件事不好办！虽然潍坊电力技工学校撤销了，但是原来的教职工出路还是不错的，多数人被分配到潍坊供电

公司，收入也不错，待遇比原来在学校的时候还要好。要办足球学校，问题就来了：其一，这些教职工过去都是学电力专业的，与足球没有半点关系，业务不熟悉。其二，过去教的是中专学生，相对好管理。现在招收学生从小学三年级开始，从教中专到教小学，好像"矮"了一截。其三，足球职业教育在全国没有很好的先例，能不能办好，谁心里也没底，万一半途而废怎么办？

鲁能泰山足球学校编制35人，康建兴左思右想，反复权衡，终于把人员确定下来。有的人喜欢足球，高兴地答应了；有的人不喜欢足球，扭扭捏捏地来了；还有的人根本不愿意来，通过组织调令，心不甘情不愿地来了。

总算把教职工队伍拉起来了，从哪里入手开始工作呢？大家大眼瞪小眼，谁都没干过。

"咱自己不会，还不能看看别人怎么办的？照葫芦画瓢，也能学个样子出来吧？我了解各位，没有笨人。"康建兴在一次教职工大会上给大家加油打气。

咨询、调查、比较，终于找到一所当时在全国办得最好的足球学校，这所足球学校在秦皇岛，是中国足协下属单位办的。康建兴组织了一支考察队，奔赴秦皇岛中国足球学校。

秦皇岛中国足球学校的一位副校长出面接待，还有几个部门的中层领导作陪。

康建兴带着一行人在秦皇岛中国足球学校到处转，恨不得再多长出一双眼睛来。他们的确是什么都不懂，要从头学。

中午，秦皇岛中国足球学校副校长在酒店招待他们。

"你们搞电力的办足球学校，能行吗？"那位副校长一点都不掩饰自己的怀疑。

"我们是没有经验，但只要踏踏实实地做，就一定能做好！"康建兴的回答显得信心十足。其实他心里也打鼓，搞足球教育，真的是一张白纸。对方几个人相视后一笑，表情里明显带着不相信。

一番客气后，喝完第一杯酒。坐在中国足球学校训练部主任身边的是鲁能泰山足球学校的后勤主管。训练部主任看看他，用戏谑的口吻问："你说足球球门有多高？"声音挺大，坐在酒桌四周的人都听见了。刹那间，屋子里静下来，十几个人的目光都聚集在后勤主管的身上。他是来学习后勤管理的，的确不知道足球球门有多高。

脑门上的汗唰地一下渗出来，气氛十分尴尬。

幸好，坐在酒桌对面的鲁能泰山足球学校的另一位同志接过话："好像高2.44米，长7.32米，宽1.8米。我们这位是管后勤的，不太了解足球业务。""喝酒，喝酒。"中国足球学校副校长举起酒杯打圆场。

没想到，酒并没有堵住这位训练部主任的嘴，放下酒杯，他又问道："那你说，7人制的球门有多高有多长？"

真是出了道难题。

一般人只知道11人制足球比赛和5人制足球比赛，7人制的很少听说，更别说了解它的球门尺寸了。

"没事，没事。他们是搞电力的，进足球这行就是试试。"中国足球学校

副校长再次举起酒杯，打哈哈说。

人家明显是看不起，话里话外还是听出来了。鲁能泰山足球学校的人脸涨得通红，不是因为喝了酒，而是因为自尊心受到挑战。搞职业教育，他们都是行家里手，搞足球教育，他们确实是门外汉，被人看不起，心里很难受。

康建兴站起来，举起酒杯："我们是不懂足球，所以我们才来向老大哥学习。我们现在不懂，不等于永远不懂！我在这里负责任地说，用不了三年五年，鲁能泰山足球学校就会办成全国最好的足球学校！"

他把一杯酒一口气干了。

在座的人一起鼓掌。

跟康建兴出来学习考察的人是真心实意地鼓掌，他们相信只要努力就一定能够做到。其他人鼓掌就是客气客气，以为这不过是酒桌上的斗气话，说说而已。还有人心里想，也许到不了三年，你们就办不下去解散了呢。

从秦皇岛回来的路上，康建兴跟考察组的成员说："我们被人家看不起很正常，电力和足球本来就是两个行当。可我们不能自己看不起自己，我们敢不敢说，三年以后超过他们！"

"敢——"

异口同声地吼叫，有发自肺腑的要赶超别人的强烈愿望。

通过这次学习考察，鲁能泰山足球学校的教职工看到了与别人的差距和自身努力的方向，要把学到的真经不打折扣地落实到位，需要付出更大的努力。电力系统内部也有不少质疑的声音，任何新生事物的成长都是如此，不能要求一帆风顺、白璧无瑕，更不能期待立竿见影。这不像建一座发电厂，建成投运就可以发电，需要的是扎扎实实从基础做起来，学习其他足球学校的长处，发挥自己的特长，敢于走出一条与别人不同的青少年球员培养之路。只有这样，才能培养出更多的优秀青少年球员，为振兴中国足球贡献力量。

回到潍坊鲁能泰山足球学校，康建兴让学习、考察人员按照秦皇岛中国

足球学校的做法，把自己负责的部门工作启动起来。同时，尽量收集有关足球学校的资料，能买的买，能在网上搜的在网上搜，能找到对口单位学习的，派人员去学习取经……

像打一场大仗一样，战前的无声准备，预示着更大、更激烈的战斗在等待着他们。

第二章

小步快走

鲁能泰山足球学校办起来了，一切都要从头开始。俗话说"万事开头难"，没有办足球学校的经验，照葫芦画瓢，摸着石头过河，一边试验一边往前走。小步必须快走，时不我待，稍有迟疑，机会就会转瞬即逝。

鲁能泰山足球学校成立了学生管理办公室、训练教研室、文化课教研室3个主要部门。

作为足球学校，有好教练执教是根本。首先要有优秀的教练、教师，之后才是招收学生。

鲁能泰山足球学校对选聘教练提出严苛条件：第一，政治素质好；第二，业务水平过硬；第三，必须有教练证；第四，对孩子有爱心，性格要好。鲁能泰山足球学校聘请五六位专家参加选聘工作，从各个方面对应聘者进行考核。对每位应聘教练的人先审查资格，再进行条件筛查，最后是面谈。有的应聘者很不服气，说："刚成立的足球学校，能找到教练就不错了。还挑三拣四的，真把自己当盘菜了！"有几个自认为高水平者拂袖而去。

面对这种局面，鲁能泰山足球学校依旧坚持选聘教练标准。学校领导班子认为，选择当一名青少年足球教练，就得有一种奉献精神，必须甘于寂寞。在学校做教练的待遇与在职业足球俱乐部是没法比的，因此必须是打心

眼里喜欢这项工作才行。必须要甘当绿叶，全心全意培养孩子们成长。

鲁能足球俱乐部成立，接受了原山东泰山足球俱乐部的教练和青少年球员。俱乐部聘请韩国教练金正男出任足球队主教练后，中方教练成为配角。这些教练曾经是原山东泰山足球队的优秀球员，退役后从事教练工作，有丰富的教练经验。把这些教练的作用发挥出来，无疑会提高鲁能泰山足球学校的整体培训水平。这些教练中有些人也愿意从事足球学校教练工作，他们成为鲁能泰山足球学校第一批教练。同时，面向其他足球俱乐部、面向社会又选聘了五六位教练，组成了十几人的教练队伍。因为鲁能泰山足球学校主要是面向学生，与足球俱乐部相比有特殊性，所以在签订聘任合同时，特别写明"试用期一年，其间不适合教练工作的，不再履行合同"。这也是针对鲁能泰山足球学校这种特定工作环境制定的政策，首先要考察的是教练有没有

培养学生的责任心，这与一般足球俱乐部选聘教练有很大不同。

以后几年里，鲁能泰山足球学校陆续有宿茂臻、尹德强、胡义军、侯志强、范学伟、李刚、张蓬生等优秀教练加入教练员队伍，形成了老中青配置合理的教练队伍。鲁能泰山足球学校的教练队伍是一支优秀队伍，他们不仅在鲁能泰山足球学校教练工作中发挥重要作用，而且先后有张海涛、宿茂臻、郭侃峰、范学伟、胡义军等11名教练进入各级别国家队执教，为发展中国足球运动贡献力量。

鲁能泰山足球学校的文化课教师又是怎么选聘的呢？

鲁能泰山足球学校筹备期间的35位教职员工都是原潍坊电力技工学校的员工。除了学校和部门领导，能到一线教学的教师只有十几个人。按照国家九年制义务教育和高中教育的要求，鲁能泰山足球学校必须要保质保量把小学、初中、高中的文化课程全部开设齐全。教师配置远远不够，于是决定面向社会招聘教师。

招聘分为两部分：一是面向社会公办、民办学校教师；二是面向高校毕业生。为了招聘到政治和业务素质都好的毕业生，招聘人员分几路去过好多高校。有的毕业生听说鲁能泰山足球学校地址在潍坊，又是社会办学，本来约好时间谈话的，但经常打退堂鼓爽约。

这天，负责招聘的校长助理李学利（后升任副校长）和文化教研室主任孙立臣（后升任鲁能巴西体育中心副总经理）来到潍坊学院，想找一位老师了解一位毕业生的情况。走到办公室门前，敲门，听到里面有人回应："请进！"

两个人走进房间，发现走错了，房间里的老师不是他们想找的人，这位黄老师是学生辅导员。

"你们找谁？"黄老师问。"我们找于老师，对不起，走错了。"孙立臣回答。"于老师要等一会儿来，就在隔壁。"黄老师说，"你们在我这里等一会儿吧。"黄老师一边说，一边搬来两把椅子请他们坐下。"找于老师有事啊？"黄老师顺口问了一句。"我们是来招聘的。"李学利说。"哪招聘啊？"黄老师

似乎挺感兴趣。"我们是鲁能泰山足球学校的……"没等李学利说完，黄老师接过说："我有个学生挺合适的，你们要不要谈一谈？"黄老师试探着问。李学利和孙立臣对视了一下，马上说："当然可以，只要符合条件。""你们坐着，我去叫刘锦宝来！"黄老师开门走出去。

过了一会儿，黄老师带着一个20岁出头的小伙子走进来，他就是刘锦宝。

这是个有点青涩的小伙子，见到生人，局促得双手都不知道放在哪里好。李学利看出他有点紧张，拉过一把椅子说："坐下，坐下谈。"刘锦宝坐下后，黄老师向李学利和孙立臣简单地介绍了一下他的情况：刘锦宝是高密人，在校表现好，学习成绩名列前茅，品德优良……"毕业为什么不想回高密呢？"孙立臣问。"我想出来自己闯，看看自己的本事能不能立足。"刘锦宝回答得很实在。李学利问了他几个专业方面的问题，刘锦宝一一做了回答。别看他是仓促间被辅导员老师叫来的，但是在回答有关专业和学习问题时，却表现十分自如，表现出他的自信。有这种自信的毕业生往往都是专业知识很扎实的人。"好吧，你等我们的试讲通知吧。"李学利当即决定让刘锦宝来学校试讲，刘锦宝没想到自己如此轻松地过了第一关。

试讲非常关键，能不能进入自己心仪的学校，就看自己试讲水平如何了。刘锦宝知道试讲对自己意味着什么，他把全部精力都投入到试讲课程准备上。

他想做一个视频课件，当时能够使用视频课件的毕业生很少。老师在课堂上讲课还是老式教法，即板书加讲解，提问加辅导，能用视频课件讲课的几乎没有。刘锦宝决定试一次，虽然自己从来没有使用过视频课件。上学时他就对新生事物充满了好奇，初生牛犊不怕虎，他不甘心平庸，即使失败了，总要试一试。

找不到电脑做视频课件，怎么办？

刘锦宝想到了网吧，花10元钱在一家网吧待了一个晚上，通宵做视频课件。他要做的是个初中历史课件，是关于"一二·九"运动的。把每个重要历史节点进行梳理，做成直观的图表。要配合授课内容，什么地方突出重

点，怎么样才能吸引学生注意，都要进行精心设计。天亮时，他的双眼熬得通红……

三天后，刘锦宝到鲁能泰山足球学校试讲。

刘锦宝从口袋里摸出一张软盘，当他把软盘插到电脑软盘驱动器的时候，他的手有点发抖。成败在此一举，耗费了自己这么多心血的视频课件能给自己带来好运吗？他在电脑屏幕上点击鼠标，打开课件。挂在黑板前的白色银幕出现了课件内容。比起板书，这样的视频投影更清晰、重点更突出。

刘锦宝忽然有了信心，他的眼睛离开电脑荧屏，开始讲课……

试讲得到好评，刘锦宝收到了鲁能泰山足球学校的录用通知书。和他一样被录用的还有二十多位文化课教师。他们中有在公办学校任教多年的老教师，有刚走出大学校门的优秀毕业生，有从私立学校慕名而来的教学骨干……

教练、教师选聘工作告一段落，而后开始大张旗鼓地招收学生。

鲁能泰山足球学校学生由三部分组成：一是从鲁能足球俱乐部二队、三队、四队转来的梯队球员；二是教练到各地足球学校挑选的、有足球天赋的学生；三是面向社会通过考试、测试录取的学生。职业球员主要在前两部分学生中产生，第三部分学生少数有足球天赋的，经过培训后也能成为职业球员。大部分学生读完高中升学到大专院校继续学习，也有读职业中专的，毕业后到社会足球学校、中小学当足球教练。此外，有的毕业生自己（或合伙）开办足球培训学校（培训班），少数毕业生改行进入其他行业工作。

学员的进校渠道是多种多样的。大多数学生是这样进校的，不过也有个别学生是例外。

海华电子公司中层干部会议开会时，总经理崔宇宁口袋里的手机振动起来，他悄悄把手机掏出来看，是妻子詹晓梅打来的。崔宇宁想，等开完会再把电话打过去，于是把电话挂断了。没想到手机又振动起来，但这回是短

信："急！急！急！"三个字后面都带有惊叹号。崔宇宁觉得肯定有急事，于是他来到走廊里，打通了妻子的电话，只听妻子说："你怎么不接电话啊？要出人命了！"崔宇宁忙问："怎么了？""大涛在学校打架，把同学从二楼楼梯上推下来了！现在人在医院呢！"詹晓梅带着哭腔说道。"哪个医院，我现在马上过去！"崔宇宁忙不迭地说。

崔宇宁的儿子崔大涛今年14岁，读初中二年级。从小娇生惯养，一身毛病。爷爷、奶奶、姥姥、姥爷都溺爱他，妻子也与四位老人站在一条战线上。崔宇宁在家里时间少，就是抽空想管教孩子，儿子也不怕他。特别是上初中后儿子的逆反心理格外严重，经常和同学打架，考试成绩全班倒数，妻子想管也管不了。

等崔宇宁赶到市立医院急诊科的时候，詹晓梅已经来了，见到崔宇宁忙说："谢天谢地，只是腿摔坏了，人没事！"这时，学校副校长和崔大涛的班主任走过来，向他们述说崔大涛和同学打架的起因：同学有本日本漫画，他想借过来看，可同学没借，他就把同学从二楼楼梯上推倒，同学滚到了一楼。如果楼梯再高点，后果将不堪设想。"你这个儿子太难教育了，除了体育课能好好上以外，别的课没他感兴趣的！"班主任显得无可奈何。站在一边的副校长说："你们能不能给孩子转学啊？"崔宇宁和詹晓梅面面相觑，这已经是第三次给崔大涛转学了，再转学，往哪儿转啊？

晚上回家，崔宇宁劈头盖脸打了崔大涛好几个耳光。詹晓梅这次没护着，她意识到了问题的严重性。崔宇宁感到无能为力，走投无路的悲哀涌上心头，抱住自己的头号啕大哭……

第二天上班，詹晓梅的眼睛红肿得像熟透的桃子。同事小魏见了，忙问："和老公打架了？"詹晓梅摇头。"为你儿子的事？"小魏又问。詹晓梅点点头，眼泪情不自禁掉了下来。小魏很是同情地说："孩子不省心，大人得累死。"詹晓梅忽然想到小魏的老公是中学体育老师，不知道能不能帮助儿子转学，于是开口说道："我想给儿子转学，你老公能不能帮上忙？""啊？转学啊，我得回家问问。"小魏的回答模棱两可。

第二天，詹晓梅刚上班，小魏找到她，拿出一摞花花绿绿的材料。"这是足球学校的招生简章，每年都会给我老公寄，让他帮助招生。你儿子不是喜欢体育吗？我老公说上鲁能泰山足球学校比较合适。"关于转学的事，小魏一句都没提。詹晓梅心里明白，人家为难，才拿鲁能泰山足球学校招生材料搪塞自己，于是说了句"谢谢"，顺手把招生材料放进自己的背包。

晚上回家吃完饭，詹晓梅从背包里拿出足球学校的招生材料，把小魏说的话跟崔宇宁说了一遍。"树挪死，人挪活，说不定还就把孩子救了呢！"崔宇宁表示赞成。"人家那是往外推，你以为是为大涛好啊？"詹晓梅心里很不痛快。

崔宇宁仔细阅读《鲁能泰山足球学校招生简章》，说："报这个学校怎么样？儿子学习不行，可喜欢运动，搞体育说不定就成。""成什么成。"詹晓梅不愿意了，"足球算个什么玩意儿？"崔宇宁苦口婆心地劝："大涛现在没学上，不上鲁能泰山足球学校，又能干什么？"

两口子埋头研究《鲁能泰山足球学校招生简章》。

招生办法：常年招生（面向国内）。测试项目：①身体素质测试：20米冲刺、20米折线跑、立定跳远。②基本技术测试：自由颠球、20米折线运球。

这些是要求学员的基本条件。下面是关于学制、课程设置、培养目标及去向、招收对象及条件。招生简章还规定：鲁能泰山足球学校按国家教委颁布的教学计划和教学大纲，实行九年制义务教育。对学员去向也作了说明：

①为鲁能泰山足球俱乐部及国内各级别足球俱乐部培养后备人才。②学习期满，经考试合格分别颁发小学和初中毕业证书。③初中毕业成绩优良者可在本校高中继续学习。

为鲁能泰山足球俱乐部培养后备力量；为国家青年队和国家少年队培养、输送优秀球员。高中毕业成绩优异者可报考大专院校深造。

鲁能泰山足球学校小学部招生以三年级为起点，同时招收初中、高一学生。对学生要求是：热爱足球运动、品行端正、身体健康、文化课成绩良好。初中三年制，高中三年制。

两口子反复讨论崔大涛去鲁能泰山足球学校学习的可行性。最后下决心把儿子送去。再不找个地方加强教育，真把孩子废了。

詹晓梅实在不放心把崔大涛送到名不见经传的鲁能泰山足球学校，那里能把孩子培养成什么样心里实在没底。詹晓梅也不指望儿子成才，能好好把初中读完，考上高中就是她最大心愿了。送儿子到鲁能泰山足球学校，环境没有想的那么好。但有一点还满意：距离市区比较远，在这里至少会少受一些外界干扰。

报到，交学费，领日用品……

崔宇宁和詹晓梅看到不少家长和自己一样陪孩子来报到。闲谈中了解到，有些孩子的情况和崔大涛差不多，家长没时间管，或者管不了，找个地方把孩子管起来。不求有多大出息，至少不要成为坏人。

父母帮崔大涛拿行李，提着日用品往学生宿舍走。崔大涛空着手跟在父母身后一副事不关己的样子。

走到学生宿舍门口，迎面遇到了鲁能泰山足球学校文化教研室主任孙立臣。

"新来的？"孙立臣微笑着与他们打招呼。"是，205宿舍在这儿吧？"詹晓梅问。

"在二楼。"孙立臣回答，同时对崔大涛说道："同学，你怎么不帮大人拿点东西啊？""啊？！"崔大涛还没意识到孙立臣说自己。没想到他会多管闲事。孙立臣介绍自己说："我是学校的老师，孩子以后就是我们管了。要让孩子从小就养成良好习惯。"孙立臣让詹晓梅把手里的东西交给崔大涛。孙立臣的话让崔宇宁心里一震：有这样负责的老师，学校应该不会错吧。

孙立臣是1986年夏天到潍坊电力技工学校任教的，人品好，肯钻研，很快就成长为骨干教师。1995年还获得中华电力教育基金会优秀教师（中等教育）二等奖。1999年鲁能泰山足球学校成立，孙立臣担任文化课教研室主任。这个转变对他来说是根本性颠覆。从电力职业教育转到足球教育，从指导中专生到带小学生、初中生，这样的变化让原来电力技工学校的教师一时难以适应。面对困难，有的教师思想发生动摇，想调到其他单位。孙立臣总是和同事们说："办法总比困难多，会好起来的。"

辅课缺少教师，他和学校领导一起出去招聘。积极参加对新教师的培训，自己和同事们一起动手编写教材。过去没有做过足球学校的教学工作，就和骨干教师一起分析研究，编制教学大纲。对新教师，言传身教，帮助提高教学水平。不断努力，不停探索，鲁能泰山足球学校的文化课教学体系就是这样一点一滴建立起来的。

在学校门口，孙立臣无意听到两位学生家长的对话，深深触动了他的心灵。

"孩子放这，你放心吗？"

"不放心又能怎么样？就当花钱找高级保姆了。"

"我最担心的是，万一将来踢足球不行，文化课又没学好。孩子出来不就是一个废物吗？"

"你和我想的一样啊！没文化不就是四肢发达、头脑简单吗？真要是到了那一步，我们怎么办啊？"

"愁，真愁啊！"

那一刻，孙立臣感到自己责任重大，不能辜负家长们的信任啊！

怎么培养学生，鲁能泰山足球学校主要有两种意见：一种是业务派，认为只要通过教学让学生把足球踢好了，成为职业球员，就是鲁能泰山足球学校的成功，所谓"一俊遮百丑"。另一种认为，踢足球需要天赋，不是谁都可以成为职业球员的。对不能成为职业球员的学生，必须加强文化知识学习。将来毕业可以考入大专院校继续学习，有一定知识储备，也可以

从事别的工作。讨论的结果，第二种意见成为主流。针对传统体育人才培养“重训练、轻学习”的问题，鲁能泰山足球学校严格按照国家规定配备文化课教师，完成九年制义务教育。鲁能泰山足球学校培养的不仅是球技好的职业球员，更要培养文武双全的体育人才。骨干教师经常深入学生中间，听取学生对教学的意见。

今天，孙立臣从学生宿舍征求学生意见出来，在门口看到崔大涛一家人，禁不住说了几句。他想，现在学生不好管教、不好教育，与家长溺爱有很大关系，正确教育学生，应该从家长自我教育开始。

走进宿舍，詹晓梅看到房间里有六张床铺，上下两层，床还是老式大铁床，屋子里没有卫生间。看到这样的住宿条件，崔大涛噘着嘴巴，站在旁边不说话。詹晓梅知道这里和家里条件没法比，不敢当儿子的面说出来。打来一盆水，忙着给屋子打扫卫生。崔大涛不痛快，他还为刚才遇到孙立臣被批评耿耿于怀。

按照学校规定，家长把学生送到学校后，不能在学校留驻。平时也不允许到学校探望。只有星期六、星期日家长可以到学校探视，也可以把孩子领出校外，但必须填写“出门条”，履行严格的出校手续。把孩子送回来的时候，要注销“出门条”。实行封闭住宿制，尽管不能经常看到孩子，家长们却对这样的管理比较放心。

临走时，詹晓梅对崔大涛千叮咛万嘱咐，生怕他在学校惹出事来。崔大涛不耐烦，根本没听进去。

崔宇宁看出儿子的反感，对妻子说：“行了，该说的都说了，在这里待不住，我是没地方送你了，你自己看着办吧。”崔大涛不说话，心想，反正你们一会儿就走了，还能把我怎么样？

詹晓梅和崔宇宁坐上轿车，车开动了，詹晓梅摇下车窗玻璃，大声喊：“有事给妈打电话！”还没等说完，眼泪夺眶而出。第一次让儿子在离家这么远的地方待着，真不放心啊！崔大涛挺高兴，使劲招手：“我没事，你们放心吧！”

父母走了，崔大涛忽然感到了一丝孤独，这是一种从来没有的感觉。"你是新来的吗？"身后忽然有人说话。崔大涛转身，看到自己的身后站着一个十五六岁的少年。

"我叫韩鹏，你叫什么？"韩鹏大大方方地介绍自己，问崔大涛的名字。

"我叫崔大涛。"两个人互相拉拉手，就算认识了。

崔大涛想不到这个其貌不扬的少年，后来就是叱咤中超赛场的一员大将，多次入选国家队，成为球迷最喜爱的球星之一。

在解决了教练、教师、招收学员问题后，又一个现实问题摆在面前：缺少足球训练场地怎么办？

在潍坊坊子电厂的旧址上办足球学校，无论是教学条件还是训练场地都满足不了学校的新要求。足球训练场地严重匮乏，只有一块足球场地，200多个学生要训练、比赛，一块足球场不够用啊！

有几个学生家长先来学校考察，看到学校只有一块训练场，当即打了退堂鼓。这样的场地条件与大连、上海、青岛、广州等地的足球学校根本没法比。有的家长考察完，说："就这样的条件还办足球学校，这不是误人子弟嘛！"

必须要下气力解决场地问题。

山东电力集团公司把原来坊子电厂一处废弃的炉渣砖厂给鲁能泰山足球学校改作训练场。鲁能泰山足球学校派出人马，寻找可以利用的地方。他们找到一个地方，原来是军队工兵营房，军队撤走后闲置。要使用这个地方必须经过潍坊市政府审批。潍坊市政府为此特意召开市长办公会，尽管有争议，最后还是通过了，将闲置的工兵营地无偿划拨给鲁能泰山足球学校使用。

消息传来，鲁能泰山足球学校的教职工别提多激动了，多建一块场地，就多了一个招生砝码！为了尽快把训练场地建起来，全校动员义务劳动，星期日不休息，大家都去平整场地，在最短时间内把训练场建好。

只用了一个多月的时间，鲁能泰山足球学校就建成四块土训练场，一块

标准草坪训练场。看到建好的训练场地，教练们百感交集："鲁能泰山足球学校有这样的干劲，有这样的志气，还怕办不好学吗？"

后来，经过两次扩建和改造，鲁能泰山足球学校占地面积不断扩大，有31块足球场。其中天然草坪场地21块，人工草坪场地9块，沙土场地1块。这样的规模不仅在中国领先，与世界著名足球俱乐部的足球学校相比也毫不逊色，甚至超越他们。

第三章

新苗选秀

对任何一所学校来说，招生都是最重要的事，没有学生，学校就成了无本之木，对于新成立的学校尤其如此。鲁能泰山足球学校的招生先天就不占优势：学校新成立的，与电力专业不搭界，没有专业优势。学校所在地理位置不算好，如果放在青岛、烟台这样的海滨城市，情况会好许多。

招生形势严峻，怎么办？

他们两条腿走路，一是面向社会招生，二是把原来足球俱乐部的梯队球员接收到学校学习。韩鹏就是从鲁能足球俱乐部梯队转到鲁能泰山足球学校来的。

韩鹏的足球生涯并不是一帆风顺的。他原是济南市历城区祝甸小学的学生，读小学时就对足球感兴趣。1995年，小学毕业的韩鹏到济南市历城区第五中学学习。

上体育课时，体育老师交给班里的男同学一只足球，让他们分两队进行比赛。韩鹏身体发育很快，比同班男生高出一头，站在人群里很扎眼。让体育老师感兴趣的不是韩鹏的个头，而是他踢足球的脚上技术。抢断、过人，绕过后卫，面对门将起脚，足球应声打进球门。

"好——"观战的女生们又喊又叫又鼓掌。

体育老师觉得韩鹏是踢足球的好苗子。

成立学校足球队的时候，韩鹏入选，是一名后卫。参加学校足球队，别的孩子都是抱着"玩"的心态来的，训练时运动量大一些，有的孩子就叫苦喊累，甚至溜号逃避。韩鹏从来没有这样过，往往是和别的孩子做完训练，他一个人还面对球门练进球。

一脚把足球踢进球门，自己跑进球门把足球捡起来，放到球门外面再往球门里踢。每次面对球门的距离和方向都不一样。济南的夏天像个火盆，烈日烤得人直冒汗，谁都不愿意这个时候练球，只有韩鹏对着球门一遍一遍地练。汗珠滴到地上"刺啦"一下就干了，韩鹏顾不得这些，顶着烈日练……

学校足球队的教练看在眼里，心想，韩鹏这个孩子要是有机会参加专业训练，一定会有更大的发展。韩鹏也非常渴望进入正规的足球学校进行训练，实现自己踢足球的职业梦想。

终于有了一个机会。1997年，校队教练推荐韩鹏去北京龙利足球学校测试。父亲陪他坐火车硬座，坐了10多个小时来到北京。为了省钱，父子俩花10元钱住在一家地下室旅馆里。

第二天一大早，韩鹏就和父亲来到龙利足球学校参加测试。

一切都很顺利，韩鹏测试合格，足球学校的教练当场就拍板录取韩鹏。他高兴地跳起来……

下午，父亲带着韩鹏去天安门广场，这是中国人最向往的地方。第一次到北京，第一次到天安门广场的韩鹏兴奋得大喊大叫，北京将是自己职业足球梦开始的地方！

晚上，父子俩连夜坐火车回济南，还是坐火车硬座，为的是省下住宿的钱。韩鹏还处在兴奋之中，并没有注意到父亲脸上露出的难色。

火车开动了，北京越来越远。

这时，父亲才低声对韩鹏说："儿子，北京先不来行不行？"韩鹏抬头看了看父亲，问道："为，为什么啊？"说话都有点结巴了。"学费太贵了，教练和我说，一年得好几万元学费，拿不起啊……"父亲把脸扭到一边，不让韩鹏看到自己眼圈里泛出的泪光。

　　14岁的年纪，懵懵懂懂，好像明白事理，又好像不明白，正是叛逆时期，多少孩子在这个年纪和家长顶嘴、和家长闹翻，做出不理智的事情。韩鹏父亲也有这个心理准备，他知道儿子对足球有多热爱，现在，在职业足球向儿子推开一扇门的时候，因为家庭经济条件不允许不得不放弃，哪个做家长的心里会好受啊！

　　他等着儿子朝自己大吼大叫，他觉得自己欠儿子的。

　　韩鹏没说话，呆呆地望着父亲。也许，这次梦断北京，以后就永远没有机会再踏进职业足球的大门了！

　　韩鹏的肩头剧烈抖动着，两行泪水顺着脸颊流了下来……

　　回到济南，韩鹏情绪低落，甚至有点绝望。这时，一直关注他的校队教练多方联系，为他找到了一条新出路，介绍韩鹏进入济南新世纪足球学校。那时，他身高已经长到了1米8左右，足球学校教练一见到韩鹏就喜欢上了这个高个子少年，让他从打后卫改为打前锋。这是一个不小的转变，在担任多年后卫之后，韩鹏转变角色成了前锋。

　　角色转换，要求韩鹏必须刻苦训练，完成自己新的任务。他付出比平时更多的汗水，更多的努力。球场上，总会闪动韩鹏奔跑的身影；球门前，总会有韩鹏不倦的踢球身姿。为了实现自己的职业足球梦，他拼命地练……

　　幸运女神再次眷顾韩鹏。

　　在一次济南中学生足球比赛中，山东鲁能泰山足球队教练娄序成注意到这个高个子的大男孩，决定选调韩鹏进入山东鲁能泰山足球队三队，时间是

1998年6月。他还是出任前锋，三队主教练娄序成对韩鹏寄予很大希望。后来，当韩鹏在桑特拉奇主教练栽培下成为鲁能泰山足球队的主力球员驰骋绿茵场，成为国内当红的青年球星时，娄序成感到很骄傲，他为当初自己没有看走眼感到欣慰……

1999年7月，鲁能泰山足球学校在潍坊成立，韩鹏随三队来到鲁能泰山足球学校学习。和他一起先后来到这里学习的还有周海滨、王永珀、崔鹏、邓小飞、矫喆、刘金东、杨程、张弛……这些在鲁能泰山足球学校读书训练的孩子后来成为中国足坛的球星。直到现在，多数球员还在中超、中甲各个足球俱乐部效力，活跃在绿茵场上。

在鲁能泰山足球学校培养的职业球员中，不少球员出类拔萃，周海滨就是其中之一。

周海滨是大连人，小时候就开始踢球。6岁时，他被父亲送进大连足球学校，一边训练一边读书。1998年秋天，13岁的周海滨代表大连万达队到武汉参加中国足协组织的少年足球比赛。当时，鲁能泰山后备梯队教练郭侃峰也带队参赛。比赛中，郭侃峰看到场上的周海滨，眼前一亮。赛后，郭侃峰找到熟悉周海滨的人，打听他的情况。

武汉比赛结束不久，郭侃峰去大连对周海滨进行了考察。从各个方面仔细评估后，他下决心把周海滨带到鲁能泰山足球俱乐部。

过了国庆节，郭侃峰再次匆匆来到大连。此行的目的非常明确，就是做通周海滨的父母工作，把他带回山东。

这天，周海滨放学后发现家里没人。邻居告诉他，爸妈出去和山东来的人谈事情了。和周海滨爸妈谈事情的就是郭侃峰，他在一家茶馆找了一间雅间，请周海滨父母过来，一起商量周海滨到山东踢球的事情。

见到山东足球俱乐部的教练相中自己的孩子，父母当然很高兴。可一想到孩子远离家乡去山东，心里有点舍不得，内心很矛盾。郭侃峰从周海滨的个人发展说起，谈得头头是道，把有利和不利的地方都给周海滨的父母做了透彻的分析，他的诚意打动了周海滨的父母，最后终于同意周海滨去山东踢

球。但他们觉得这件事必须要经过周海滨现在教练的同意，毕竟人家为周海滨付出了许多心血。

放走一个有足球天赋的小球员，哪个教练也不会愿意。周海滨的启蒙教练对他特别好，当周海滨父母把这件事告诉他之后，没想到他竟鼓励把周海滨送到山东踢球。"鲁能足球俱乐部是山东电力办的，财力雄厚，管理也好，孩子去那里会有更好的发展，我们就撒手吧！"

第三天，周海滨带着行李和郭侃峰来到济南，开始了他在鲁能泰山足球俱乐部的新生活……

1999年7月，鲁能泰山足球学校成立，周海滨跟随鲁能泰山足球俱乐部梯队的其他小球员一起来到潍坊，开始学习训练生活。周海滨谈到这段经历时，感慨地说："我从14岁到鲁能泰山足球学校，17岁选进鲁能泰山足球俱乐部一队，人生少年时最重要的时光都是在鲁能泰山足球学校度过的。"

2000年，可可维奇、郭侃峰带着周海滨和一群少年球员去荷兰打比赛时，参观了世界著名的阿贾克斯足球俱乐部，并与俱乐部的少年队进行了一场友谊赛。最终鲁能泰山足球学校少年队和阿贾克斯少年队打成2∶2，这让阿贾克斯足球俱乐部的管理人员很意外。周海滨突出的表现，被球探看中。阿贾克斯足球俱乐部想要周海滨留下，但当时鲁能泰山足球学校没有这方面的操作经验，后面还要去比利时参加比赛，周海滨没能留下。

在鲁能泰山足球学校学习期间，周海滨跟随郭侃峰训练。提起郭侃峰，周海滨总会提起让他很难忘的事情。"郭指导对我要求很严，也很关照。训练时有一些技术动作达不到要求，他不断给我纠正，反复给我示范。"周海滨也十分感谢可可维奇，在他眼里，这个塞尔维亚人很严厉也很亲切，可可维奇曾和中国教练说："这个孩子在足球上一定会有大发展。"

为了找到周海滨在比赛中最合适的位置，他前后的几任教练郭侃峰、杨培恒、张涛都让他尝试不同的位置：打过左右边前卫，打过前腰和后腰。周海滨为此受益匪浅，这给他在球队站稳脚跟打下了良好的基础。

来到鲁能泰山足球学校后，周海滨和同学们感受到了不一样的学习训练

环境。学校经过一系列建设，有专业的足球场、健身房，训练设施也不错。最让这些专业班学生们看重的是学校聘请了外籍总教练，制订了专门的训练大纲，每周、每月都有训练计划。这些系统的训练计划，周海滨和同学们以前是想都不敢想的。

还有叫他们更想不到的事情。

2001年4月，成立不到两年的鲁能泰山足球学校，为开拓学生们的视野，积累与外国足球队的比赛经验，体验外国不同的比赛，在经费不宽裕的情况下，积极创造条件，组织足球访问团，带领学生到欧洲拉练，参加比赛。当时，国内的足球学校还没一家有这样的大手笔。

一个月的时间里，鲁能泰山足球学校访问团参加了14场比赛，6胜7负1平，对手都是欧洲有名的足球俱乐部。在整个行程中，他们几乎每两天就要进行一场比赛，时间安排得很紧凑。

他们到几家足球俱乐部观看了后备队的训练，和阿贾克斯等7家足球俱乐部的青年训练营（相当于中国的足球学校）进行了交流、比赛。7场比赛取得6场胜利，来之不易，其中在与比利时托斯青年队的比赛中，以2∶0取胜。这个俱乐部是比利时的甲级俱乐部，有100多年的历史，曾培育出许多球星。比利时托斯足球俱乐部的副总经理对鲁能泰山足球学校的球队比赛能力很赞赏："成立时间这么短，比赛表现这么出色，你们是成功的！"

这次欧洲出访，鲁能泰山足球学校的球员无论是战术贯彻还是比赛心理素质都得到了明显提高。之后，鲁能泰山足球学校一直没有停止走向海外的步伐，并且不断总结经验，不断提高拉练比赛水平。2014年学校在巴西建成鲁能巴西体育中心，有了自己的青少年足球培训基地，迈向海外的步子越来越大。

在鲁能泰山足球学校的大力栽培、严格要求下，周海滨培养了吃苦精神，也为自己从事足球运动打下了坚实的基础。周海滨在鲁能泰山足球学校表现良好，是老师、教练眼里的好学生。"周海滨是一个勤勤恳恳的学生。"教练张涛说，"我带他训练好几年，他从没有和谁闹过大矛盾。无论什么事

总是很听话，让老师和教练很放心。"

长得白白净净的周海滨性格有点腼腆，和他不熟悉的人见到他，觉得他像一个小姑娘。时间长了，同学都叫他"假姑娘"，这个绰号不胫而走，直到他成为职业球员，转会去外省，才渐渐被淡忘。别看周海滨平时文文静静的，在足球场上踢起球来却很霸气。他出道早，训练勤奋，不会放过每次练球的机会。

1999年，周海滨代表鲁能泰山足球学校参赛，获得U17全国足球锦标赛冠军和联赛冠军。2001年，获得U17全国青年联赛冠军。2000年，周海滨入选国少队。2002年，入选鲁能足球俱乐部预备队。2003年，18岁的周海滨被鲁能泰山足球俱乐部主教练涅波招进鲁能足球俱乐部一队。

有一次，鲁能足球俱乐部一队到鲁能泰山足球学校训练备战。训练之余，周海滨来到教练张涛房间门外，举手敲门。

"请进！"张涛在房间里说。

推门进去，张涛看到他很意外，没想到周海滨会特意来看自己。急忙让周海滨坐下，询问他训练情况，关心他能不能争取到主力球员的位置。

两个人聊了一会儿，周海滨忽然看到张涛的床下放了一只足球，问："张指导，您还把足球带回来啊？"张涛笑笑，说："不是我的足球，是别人的。求我请你们球员给签个名。我看你们训练挺忙的，没好意思。""这有什么不好意思啊，我给您办！"周海滨一边说一边弯腰从床下拿起那只足球，开门走了。

"这孩子还是这么懂事、热情。"张涛心里想。

周海滨跑回球员住的宿舍，挨个房间敲门，请球员在足球上签名。

半个小时之后，他抱着签名足球回到张涛房间，把足球交给张涛："张指导，这样行吧？"张涛看着周海滨脸上的汗水，知道他是赶着做完这件事的。这不仅仅是一个足球签名的事，表现出来的是师生之间的真情，是周海滨对自己教练的尊重。

2003年，18岁的周海滨入选国家队，成为当时中国最年轻的国脚。此

后，周海滨的职业生涯中虽然有一些小波折，但他一直在中超球队打主力位置，在鲁能泰山足球学校的学习和训练，为他打下了坚实的基础。

鲁能泰山足球学校文化教学设小学（三年级开始）、初中、高中教学班，后来成立职业中专。每个班级人数不超过30人，主要是为了训练管理方便。由教练选拔到学校学习的学生会在专业班学习，加入后备梯队。普通班里少数有足球天赋、有培养前途的学生也会被选调进专业班。普通班的学生会被选拔进普通队（校队）。学校的后备梯队从U10~U19共有10支，还有1支普通队（校队）。专业班和普通班的学生不是固定不变的，专业班的学生每学期都有因为自身条件达不到要求而被调整到普通班的，相应地普通班的学生也会调整到专业班。这样的良性互动激发了学生学习和训练的积极性，使他们保持了积极向上的进取心。

根据球员年龄不同，编入不同的后备梯队。U19为鲁能足球俱乐部预备队输送球员，再进一步就是鲁能泰山足球俱乐部一队。鲁能泰山足球学校的球员很多入选国奥队、国青队、国少队，成为"国字号"球员，这是一种莫大荣耀。梯队分别为U10、U11、U12、U13、U14、U15、U16、U17、U18、U19。在一支球队中，球员年龄都是一样的。鲁能泰山足球学校的后备梯队最早是把两个年龄段的球员划到一起的，只有U11、U13、U15、U17、U19，后来与国际接轨，每个年龄段单独作为一支球队，同年龄段的青少年球员同场比赛，更加公平合理。

生源和苗子是鲁能泰山足球学校发展的根基。1999年，国内有4300所足球学校，鱼龙混杂，生源紧张，竞争激烈。第一次办足球学校，招生没有经验。以前做电力职业教育，国家统一招生，坐等学生上门，现在一切都靠自己。除了从鲁能泰山足球俱乐部接收的小球员，其余招生都要靠自己。面对严峻的现实，全校动员，提出"三千"策略：千方百计、千言万语、千辛万苦，归根结底就是要把学生招进来，把足球苗子引进来，为学校发展奠定坚实的基础。

在你争我夺、寸土不让的招生战场上，他们凭借不懈努力，从450名报名者中选拔出了首批普通班——小学三至六年级和初中三个年级的136名学生。加上足球俱乐部梯队二队、三队、四队转来的球员和从社会选拔的足球苗子102人，共有在校生238人，分别来自全国12个省（自治区、直辖市）。

一直以来，鲁能泰山足球学校没有放松招生工作，在不断总结经验的基础上，招生工作不断迈出新步伐。每年定期派招生工作人员和教练员到足球开展较好的地区，或通过观摩全国青少年足球比赛、各类邀请赛等方式，进行优秀足球苗子的考察选拔，同时开展请进来招生选苗活动。自2002年始，学校每年都要组织举办"五一"足球苗子选秀活动、暑假"鲁能泰山足球学校杯"全国少儿邀请赛等活动。经过十几年的运作，这些活动已逐渐发展成为国内青少年足球运动交流学习的重要平台。近几年，"五一"足球苗子选秀活动人数可达200余人，暑假足球邀请赛达500余人。通过举办这些活动，选

拔引进了一大批足球苗子。2010年，学校在深入调研的基础上，提出"立足省内、面向全国"建设校外人才输送基地，构建学校自己的苗子输送网络，像韩鹏这样的优秀足球苗子不断被发现、选送到学校学习。

最早说鲁能泰山足球学校是中国足球"黄埔军校"的《足球报》，曾经这样说："鲁能泰山足球学校启动了中国足球的希望之船，向彼岸目标坚定不移地前行。不管征途上有多少激流险滩，不管顺风还是逆风，这艘航船都不会停止航行。因为它自觉地背负起振兴中国足球的责任，自觉地担负起国有企业的社会责任。"

《左传》曰："礼，经国家，定社稷，序民人，利后嗣者也。"对于企业来说这个"礼"，就是积极承担社会责任。企业社会责任是当今企业经营的重要部分，对国家进步、社会和谐、企业发展具有十分重要的意义。企业主动承担社会责任，是市场经济发展的必然要求。20世纪50年代，西方的一些学者就开始关注企业作为经济组织的社会责任。企业破除狭隘的自身利益承

担社会责任，不但能够提高社会公众期望的目标，也能给企业带来品牌利益和经济效益。企业越大，责任越大，这些理论为人所熟知。强调企业的社会责任已成为世界性趋势。企业主动承担起社会责任是创建和谐社会的必然要求。建设小康社会，构建和谐社会，实践和追求社会主义核心价值观，义利兼顾、德行并重、回馈社会已成为企业共识。大商谋道，小商求利。谋道者，道与利兼得。求利者，道与利俱失。只有做到企业与社会的良性沟通和互动，为社会做出贡献，才能让企业立于不败之地。国网山东省电力公司作为国有企业，对中国足球事业倾注了赤诚之情，担负起自己的社会责任，为振兴中国足球自觉担负起自己的责任。如今，回头看，当年的这种担当需要勇气，更需要魄力和眼光。

第四章

呕心沥血

紧张的筹备之后，鲁能泰山足球学校终于按时开学了。

校园里有教职工匆匆忙忙的身影，教室里传来学生琅琅读书声。

英语女教师李霞原来在潍坊电力技工学校教英语。作为骨干教师，责任心强，业务素质好。正是这些因素，她被留下来任教。鲁能泰山足球学校也把最重的教学担子压给她，即负责专业班的英语教学和担任专业班的班主任。专业班里的学生都是原来鲁能泰山足球俱乐部三队的少年球员，将来准备吃职业饭，相比普通班的孩子，他们更难管理。

李霞做好了思想准备，但在第一次上课时，学生们还是给她来了个下马威。

"我叫李霞，是你们的班主任，从今天开始，就和你们一起学习生活。"李霞站在讲台上，面对下面二十几个学生大大方方地说。

预想应该有掌声，没想到下面一阵起哄。

"女的会踢球吗?"不知谁说了一句，引起哄堂大笑，竟然有人吹口哨!

李霞一下就蒙了，给电力技工学校的学生讲课，无论如何是不会发生这样的事情的。李霞呆呆地站在讲台上，不知怎么往下讲，应该讲什么。

刹那间的寂静，李霞仿佛心都不跳了。

打开教案，硬着头皮往下讲，总不能半路退却啊!

下面根本就没人听，说话的，吃东西的，东张西望的……"奇形怪状"——李霞心里闪过这个念头，她不知道该批评谁，这一刻，她才明白什么是"法不责众"。教室里乱成一锅粥，李霞不由得提高了自己讲课的声音，可是，压不住二十多张嘴啊，眼泪就在眼圈里转，强忍着没叫泪水涌出来。

"大家静一静好不？欺负女老师不叫本事！"忽然，一个高个子少年站起来，他是韩鹏，教室里忽然安静了。韩鹏是班长，说话还是管用。

李霞刚要开讲，忽然有人又开口了："我是来踢球的，不是来学外语的！"

好像热锅里撒了一把盐，又炸开锅了。

韩鹏"腾"地一下站起来。"有谁不服，出去比画比画！"1米8的大个子，站起来像座小塔似的，马上没人敢吱声了。

"老师，你讲吧！"韩鹏坐下了。

李霞满头汗，赶紧拿起粉笔，转过身，在黑板上写英语单词。

她想借此机会平复一下自己的心情，别叫不争气的眼泪流下来……

下课铃声终于响了，李霞觉得这节课比两节课都长。

回到教师办公室，推开门，看到一个女教师眼睛哭得又红又肿，还有一个女教师也是哭哭啼啼。她俩大诉苦水。

看来，遇到问题的不止她一个人。

那个女教师教小学三年级，给三年级的孩子上课，按理说不会有什么问题啊。女教师一边哭一边说："当时我在黑板上写字，听到后面一阵哄笑。转身一看，你们猜发生什么事了？一个孩子从窗户爬出去了……"

这种事情在公办的学校简直就是天方夜谭。

"急忙跑出去抓这个孩子，还没等把他拽回来呢，教室里的这帮孩子又跑出去一半。按下葫芦浮起瓢，怎么叫也不回教室，还围着你喊'老师领我们玩吧'……"

这就是鲁能泰山足球学校学生的现状，改变他们，难啊！

曹蕴华和刘锦宝教的都是初中历史课。曹蕴华属于半路出家，原来学的电力专业和担任的历史课一点不沾边，但她肯钻研、肯学习的精神是大家公

认的，留她在鲁能泰山足球学校任教，学校领导看中的是她的责任心和钻研能力。她自己也加紧学习，适应新的教育形势，下决心把课教好。听到同事的哭诉，她心里"咯噔"一下，不知道自己会在课堂上遇到什么麻烦。

曹蕴华真遇上麻烦了。

走上讲台，按照以前惯例，微笑着和学生打招呼："同学们好！"想象中应该有"老师好"的回应，学生们没反应，她心里立刻凉半截。好在听了同事们的反应，心理准备还是挺充分的。按照准备好的备课方案，往下讲。心里想，学不学是你的事，教好课是我的责任。不管怎么样，都得把自己准备好的课讲好。锲而不舍，金石可镂。曹蕴华想，只要自己真诚对待每个学生，总会感动他们。

"请大家把书拿出来！"曹蕴华在黑板上写好板书后，招呼学生把书本拿出来。叫她意外的是，1/3的学生竟然没带课本！

学生上课不带课本，在别的学校听都没听说过。

脑袋嗡的一下，曹蕴华从来没有想到过会遇到这种事。

精心准备的第一堂历史课，稀里糊涂地讲完了。这会儿曹蕴华才理解，李霞为什么那么盼望下课铃声了。

对于在工作中十分要强的曹蕴华来说，就这样轻易地败下阵来，太不甘心了。

回到教室办公室，她和几位教师一起，分析学生们的心态。

鲁能泰山足球学校的学生分为四种：一种想当职业球员，练好球技被足球俱乐部选到一线队伍；一种家里条件不错，个人有些踢球天赋，到鲁能泰山足球学校试试身手，练好了往职业球员方向发展，练不好再寻出路；一种平常厌学，在社会学校不守校规校纪，家长想好赖给找个地方学习，别让他们在社会上学坏了；一种家长平时忙着做生意没时间教育孩子，把孩子送到鲁能泰山足球学校，明明白白和老师说"我就等于雇个保姆，看着孩子别出事"。

面对这样一群孩子，用过去的教学经验来进行教学显然行不通。

怎样才能把自己的历史课讲好呢？

不服输的曹蕴华埋头研究自己的课程。"课堂纪律不好，是因为一开始就没抓住学生的注意力，以至于越往后学生越不愿意听，最后导致无法控制。"她心里这样想，怎么样才能让学生们的注意力集中起来呢？真是个难题。

一天，曹蕴华陪孩子去公园，看到石凳上坐着一位老大爷，旁边放着一台收音机。老大爷耳朵有点聋，收音机的声音放得有点大，站在旁边能听到正在播放评书。看到老大爷听得如痴如醉，她禁不住走上前去，问："大爷，这播的是什么评书啊？"老大爷答："是《隋唐演义》啊，有意思，我都听两遍了，还想听！"曹蕴华的思路忽然洞开：评书不就是故事吗？学生不喜欢上课，故事总喜欢听吧？自己为什么不转换一个思路呢？

回到家里，她打开书柜，开始寻找适合讲给学生听的历史故事书，但可惜的是没有。大多数还是她过去所学专业的书籍，历史教学对她来说，专业转得还是快了一些。"不能打退堂鼓！"她心里这样想。到哪里去找合适的故事书呢？她忽然想到图书馆，学校图书馆这方面的书不多，可以到市图书馆找啊……

功夫不负有心人，曹蕴华不仅找到了自己需要的图书，她还根据历史教学内容进行了精心安排。根据每节课的内容，她主要以成语故事导入。耳熟能详的成语大多数学生都不知其来历，曹蕴华抓住了这个"牛鼻子"。

走上讲台，学生们在下面还是乱哄哄的。

曹蕴华不急不躁，没有像往常一样打开教案，而是看着学生们不说话。

一分钟、两分钟、三分钟……

这招管用，学生们被曹蕴华的举动震住了，搞不清楚她是什么意思，乱哄哄的课堂渐渐平静下来。

这时，曹蕴华开口了："谁知道'草木皆兵'是怎么来的？举手！"

没有学生举手，你看看我，我看看你，不知道曹蕴华葫芦里卖的什么药。"这是东晋时的一个故事……"曹蕴华娓娓道来，她的精心准备终于收

到预想的效果，课堂秩序大为改观。从成语故事入手，她开始讲授与成语故事相关的授课内容……

像曹蕴华这样把课堂当成自己的考场，把上好每堂课当作一次"考试"，检验自己的授课能力，检验自己的应变能力，在鲁能泰山足球学校成立之初，几乎是每个教师都经历过的。比起公办学校的教师，他们在学生身上要付出更多心血，花费更多代价，做出更多努力。

当时因教学设备的限制，印制考试试卷对教师们来说是一项体力活。

首先要自己动手刻蜡纸。蜡纸铺在一块30厘米长的专用钢板上，手握铁笔，刻写时必须用力才能把蜡纸刻透。这个活儿要求很高，不光字要写得好，手上还要有力气。曹蕴华承担了这项工作，一般一套试卷要六张八开的蜡纸，全部刻完，有时食指都会磨出泡。

为了试卷保密，不能拿到别的地方印，曹蕴华和几个教师自己亲自印刷。

印刷要用油印机，上面有纱网框，先把刻好的蜡纸铺到纱网上，再在油辊上刷好油墨，纱网框下铺好八开白纸，在纱网上滚一次油辊，掀开纱网框，把印好的试卷翻过去，把动作再重复一次，印下一张。一百多个学生，一份试卷按六张计算，就是六百多张。曹蕴华累得满头大汗，汗水顺着脸颊往下淌，无意识地抬手擦汗，油墨抹到脸上，立时成了大花脸。负责翻试卷的老师禁不住笑起来……

十几年后，曹蕴华升任为教学部主任，每每提起当年的往事，她还是很动情。"现在的青年教师已经不知道油印机是什么了，也不知道刻蜡纸是个什么工作。我们那时凭的就是一种精神，一股干劲。这种精神一直延续到现在，尽管现在各方面的条件都好了，但优良传统不能丢！"

为提高文化课教学质量，鲁能泰山足球学校实施了《文化课教师岗位工作规范》，加强教师备课、上课、批改作业全过程管理，优化教学环节，采用说课、情景教学、经验交流、观摩教学、集体备课、专题讨论、教案展评、优秀课比赛、板书比赛等灵活方式，提高教学的趣味性，激发学生的求

知欲。为了提高教学质量，鲁能泰山足球学校与潍坊市的一些名校开展了校际间教学交流，与潍坊市实验小学、潍坊中学等学校建立了良好关系，进行文化课教学交流。提高了教学质量。教师的教学方法、教学水平不断提高，也调动了学生们的学习积极性。

小学部的赵玉华是一位有着多年教龄的老教师，被鲁能泰山足球学校聘任后，满怀热情地投入到工作中。她率先垂范，为人师表，关心每一个学生，工作严谨认真，得到师生们的一致好评。怎么样才能调动学生们的学习积极性呢？她想尽办法。喜欢踢球的孩子往往文化课基础差，对学习不感兴趣。在开学摸底考试中，有的班级竟多数同学不及格。一个叫晁吉鹏的学生，数学成绩只有11分。赵玉华想：如果不能把孩子们的学习成绩提高，让他们在小学打下坚实的基础，这群孩子的未来怎么办啊？

上课的时候，她把卷子发给学生们。看着试卷，学生自己都泄气了。赵玉华没有责备学生，反倒给大家打气说："一次考试不好，不等于永远不好。一个假期，大家把学过的东西都忘了，一定是太贪玩了，没有按照老师的布置做好作业。这不要紧，只要你们肯学，我一定会帮助你们提高学习成绩。"

放学后，赵玉华还留在学校，和学生们一起上晚自习，耐心地解答学生提出的问题。对晁吉鹏这样的差生，一遍遍不厌其烦地把他没弄明白的难点，详细讲解给他听……赵玉华发现晁吉鹏虽然调皮，但很有组织能力，就让他当了班长。当上班长的晁吉鹏一下就变了。在课堂上，不再调皮捣蛋，不再满地乱窜，还经常要求别的同学注意听讲。看到他的进步，赵玉华的心里涌起一阵感动，暖暖的。

针对这群特殊学生的实际情况，赵玉华上课时讲课速度特意放慢，还把重要的知识点分为不同的序号。"只要你们认真听就一定能学会。"她鼓励学生们，"记住，遇到在课堂没有学会的，把序号写下来，自习时间我给你们补课。只要大家努力，到毕业时，咱们班一半的同学能达到90分，其余的同学也能达到七八十分，一定让你们的父母满意！"这是在诉说自己的心声，也是在表达自己的决心。

没有等到毕业考试，这个班的优秀率就达到了60%，及格率达到了100%。进步最大的要数晁吉鹏。摸底考试时，他的数学成绩只有11分，期中考试，数学成绩提高到93分。晁吉鹏父母来校探望儿子，拿起他的作业，竟不敢相信自己的眼睛：这是自己儿子写的作业吗？他从来就没有好好写过一次作业啊！再看看孩子的考试试卷，父亲激动得不得了，拉住赵玉华的手不放："赵老师，我孩子打从二年级起就没及格过啊！太感谢了……"刹那间，泪水模糊了赵玉华的双眼。她觉得自己幸福极了，她觉得自己为学生的所有付出都值了……

是什么力量使鲁能泰山足球学校的教师这样做？是爱与责任。教育是爱的事业，教师的爱与众不同，它高于母爱，大于友爱，胜于情爱。它是严与

爱的结合，是理智科学的爱，是主动积极的爱。这种爱和付出一定会在未来得到回报。"爱在左，情在右，走在生命路的两旁，随时播种，随时开花，将这一径长途点缀得花香弥漫，使穿枝拂叶的行人，踏着荆棘，不觉得痛苦，有泪可落，却不是悲凉。"冰心这段话激励过无数的人为这个世界默默无闻、无怨无悔奉献自己。也许鲁能泰山足球学校的教师不能成为冰心笔下那个随时播种随时开花的人，但他们肯定是一颗颗默默发光的星星，悄悄地陪伴着自己的学生，甘愿为学生付出一切。学生在孤单寂寞或是踌躇满志时，一定会想起夜空中，曾有一抹星光陪他们走过一程。他们将来无论成为职业球员还是走上其他工作岗位，一定会记得老师给予他们的无私的爱……

小学各个年级的学生，每个班由一位班主任、一位生活老师、一位教练共同管理。初中以上年纪的学生由一位班主任、一位教练共同管理。小学各个年级的学生必须要有生活老师照顾他们的饮食起居。这个年龄段的孩子生活自理能力差，没有生活老师照管会出问题。生活老师24小时陪伴，像父母一样关心爱护小学生，她们为了小学生的健康成长，付出了太多的心血。

三个中专毕业的姑娘学的是幼师和护理，负责全天候照料鲁能泰山足球学校三、四、五年级三个班的孩子的日常起居。"既当爹又当妈"，她们这样形容自己。这天是周日，小姜老师和小王老师"吭哧吭哧"地刷了30双球鞋、洗了50双袜子、19件衣服。小李老师正在织补毛衣袖口，这是一个学生穿的毛衣，前胸织着小动物。干这活儿还有点吃力。她不过20岁出头，自己本身就是个大孩子，在家里母亲对她娇生惯养，现在却当了孩子们的生活老师，格外操心，还不太适应。可对孩子们却是非常关怀，尽心尽力。对这些孩子，她们一口一个"俺孩"，一口一个"咱儿"，不仅有责任心，也体现着一股浓浓的亲情。

有的孩子早上起床，迟迟不肯离开被窝。

小李老师觉得很奇怪，硬把孩子从被窝里拉出来，掀开被子一看，尿床了。孩子胆怯地看着小李老师，不敢说话。小李老师一句责怪的话都没说，招呼他和别的孩子一起去洗脸、刷牙。小李老师知道，自己不能戳伤孩子的

自尊，不能因为尿床而叫别的孩子取笑他。她悄悄把被子拆洗了，就好像事情没有发生过一样。

从那以后，小李老师晚上多了一样事情，半夜，她会轻轻走到那个孩子的床边，小声把他唤醒上厕所，以免尿床。在这些孩子身上，三个年纪轻轻的生活老师付出了许多辛苦，表现出与她们年龄不相称的成熟。

爱，是教育力量的源泉，是教育成功的基础。当教师必不可少的，甚至最主要的品质就是热爱学生。鲁能泰山足球学校的教师们深深懂得这个道理，他们知道热爱学生就是热爱教育事业，就是热爱足球事业。这种爱发自教师的内心，是一种只讲付出不计回报、无私的爱。这种爱是教师教育学生的感情基础，学生一旦体会到这种感情，就会"亲其师"，从而"信其道"。也正是在这种感情投入与回报的过程中，鲁能泰山足球学校的教育实现了其"育人"的根本功能。这样才能使教育学生的工作起到"拨亮一盏灯，照亮一大片"之效。他们不仅教给孩子知识，更教育孩子如何做人。在他们身上既体现知识的力量，又体现爱的力量。

第五章

因材施教

在足球学校，教练是一个很重要的群体，他们的训练质量如何，直接影响到学校的声誉，影响学生的前途。培养学生倾注自己的全部心血，很多教练受到学生的欢迎和尊重。在十几位教练中只有张涛的家乡是潍坊的，大家都叫他"本土教头"。训练教研室的教练都有"教练资格证"。教练资格证分为A、B、C、D四个等级，只有获得教练资格证的教练才能到鲁能泰山足球学校担任教练工作。要想培养高水平球员，必须要有高水平教练。张涛13岁进少年足球队踢球，一踢就是15年。挂靴后到鲁能泰山足球学校当起了"孩子王"。过去是自己踢球，只要管好自己就行了，现在面对一群孩子，必须担负起自己的责任。仔细观察每个孩子的踢球特点，记录他们训练中表现的不足，写下改进训练的心得……每项与足球训练有关的工作都认认真真地做好。

带着孩子来到训练场上，训练前，二十几个孩子在张涛的指导下开始做热身运动。"后腿绷直，前腿弯曲，把双手放到膝盖上，听口令使劲下压。一、二、三……"有的孩子偷懒，他就走上去连训带哄，纠正练习动作，保证训练质量。训练前热身运动做不好，容易在训练时出问题。他不得不小心翼翼，"一切为了孩子"，必须把受伤率降到最低。

热身运动之后，开始正式训练。先是折返跑，孩子们最不喜欢这项训练，他们理解不了这对提高球技有什么作用，踢球就是踢球，老跑什么啊？

张涛知道这项运动的意义：不断提高孩子的身体素质。比赛场上跑都跑不动，还能踢球吗？中国足球运动员在比赛场上的跑动距离与欧洲球员有很大差距，就是因为开始练球时就没把跑动距离作为一项硬指标落实。他想改变这种情况，在训练场上增加跑动训练量。

枯燥无味的折返跑训练完成，接下来的训练是孩子们最喜欢的传球、接球、颠球、带球过人……孩子们汗流浃背，小手不停地抹脸上的汗水，弄得每个人的脸都花里胡哨的，像舞台上唱戏的大花脸。一个小时不知不觉过去了，张涛吹响休息的哨子。

好动是孩子的天性，休息也不老实。足球在他们手里变成了篮球，人人手脚并用，又抢又夺，有的还有模有样地"三步上篮"，不想被旁边的一个孩子伸手"盖帽"，训练场上一片笑声……张涛喜欢这么热闹的场面。看着生龙活虎的孩子，自己仿佛又回到了踢球的少年时光。他心里叮嘱自己，一定要把孩子们训练好，说不定未来的世界级球星就在他们中间诞生……

训练的哨子再次吹响，孩子们重新集合，第二阶段训练开始。

下午五点半，训练结束了。张涛带着孩子们往回走。虽然排着队，可几个孩子还是一边走一边闹。一个孩子被另一个孩子不小心推倒在地上，脸部着地，鼻子顿时流出血来。走在前面的张涛没有看到，后面的孩子大叫起来。张涛转身急急忙忙跑过去，把倒在地上的孩子抱起来往学校卫生室跑……

发生这样的事情已经不是一次两次了。上课带书包、带书本，好好走路，对老师要有礼貌……这些在公办学校本来都不是问题，但在鲁能泰山足球学校却成为大问题，老师、教练都很挠头。针对学生实际，学校反复研究，最后制定了《十好行为规范》：

书带好——书是人类进步的阶梯！智慧里没有书籍，就像鸟儿没有翅膀。书籍是最好的营养品！

课上好——仔细预习存疑惑，认真听讲解难题；恒心钻研虚心问，心眼口手配合齐；全面复习勤巩固，完成作业要积极。

字写好——字是一个人的第二外表。

事想好——事必三思而后行。君子博学而日参省乎己，则知明而行无过矣。

话说好——良言一句三冬暖，恶语伤人六月寒。

饭吃好——饭前洗手讲卫生，饭中不应谈笑声；珍惜粮食心得安，三餐规律身体好；有序就餐讲礼貌，饭后餐具要放好。

衣穿好——衣着端庄又大方，干干净净有修养，衣衫整洁仪表佳，龌龊邋遢损形象。

路走好——顶天立地挺胸膛，走姿正确身体棒；队形整齐更团结，步调一致显活力。

地扫好——环境整洁心情好，劳动光荣勤打扫；值日认真要细心，干净整齐无死角；卫生维护靠大家，良好习惯靠大家。

球练好——要做球星先做人，端正态度是根本；不怕吃苦与流汗，"三

从一大"是关键；遵从教练巧安排，动脑训练进步快。

《十好行为规范》如果放在公办学校，有的根本就不是问题。潍坊一所小学的教师看到《十好行为规范》中的"饭吃好、衣穿好、路走好"的规定，禁不住哑然失笑，这还用得着进行规范吗？在普通公办中小学，这些确实不是问题，可在鲁能泰山足球学校，在这个特殊的环境里都需要进行行为规范。鲁能泰山足球学校的领导和教师有一个朴素的理念：我们不能保证把每个孩子都培养成球星，但我们要把每个孩子都培养成有文化、能自食其力的合格公民。看似平常的信念，要做到不知要付出多少代价和心血。

教练就像伯乐，相马时能把千里马挑选出来固然重要，但后续的培养更重要，能不能因材施教更能看出一个教练的能力。很多"千里马"最后变得平庸、一般化，许多时候是教练施教不得法造成的。鲁能泰山足球学校特别强调，教练要发掘学生们的潜能，把他们的潜质发掘出来。

2014年10月，在缅甸举办的亚青赛首战中，中国U19国青队以2：1的比分力克日本队，取得亚青赛的开门红。除打入两球的韦世豪外，本场比赛国青队获胜的另外一名功臣是门将周煜辰。全场比赛，周煜辰完成6次扑救，扑出一记单刀，扑救成功率达85.7%。9次出击全部成功，摘得3次传中球，其中还有7次短传和25次长传进攻，3次利用手抛球发动进攻。对于周煜辰的出色表现，著名体育解说员黄健翔用"太牛了"三个字来形容这名出自鲁能泰山足球学校、当时效力于葡萄牙希望队的门神。

以前周煜辰并不是踢足球的，是练武术的，后来报名进入鲁能泰山足球学校。刚到学校的时候，他的位置也不是门将，而是中后卫。2009年侯志强执教时，周煜辰才开始改打守门员位置。

周煜辰进入鲁能泰山足球学校后，训练时主要踢中后卫。因为有练武术的功底，周煜辰身体柔韧性非常好。他的这个特点被守门员教练组组长、守门员教练张蓬生发现了，张蓬生原是鲁能足球俱乐部一队的主力门将，在圈内也是个名人。他对周煜辰的观察已经有一段时间了，觉得周煜辰改练守门员会有更大发展。

教练遇到好苗子总会爱不释手，想方设法揽到帐下。于是，张蓬生找到周煜辰，让他跟自己训练，做守门员。周煜辰一口回绝了，理由很简单，当守门员的都是高个子，世界上出名的门将身高差不多都在1.9米

以上，自己1.84米的身高，当守门员没有优势。张蓬生马上就举出例子："你说得不对啊，当年国家队主力门将区楚良的身高只有1.80米，比你还矮4厘米呢，不照样当好守门员。守门员不在于身高，关键是有没有这方面的潜力。"可不管怎么说，周煜辰就是不答应，他有自己的小算盘，守门员在场上"不显眼"，还是当中后卫好。

说服不了周煜辰，张蓬生转而找到教练侯志强，让他帮助说服周煜辰。在张蓬生看来，周煜辰当守门员有潜力，肯定比做后卫更有发展前景。侯志强教练接手鲁能泰山足球学校95/96梯队后，发现球队原本的主力门将身材有限，后续发展潜力不大，也将目光瞄到了球队主力中后卫周煜辰身上。他的想法和张蓬生不谋而合。从中后卫改为守门员，虽然只是位置向后了十几米，但对于14岁的周煜辰来说几乎完全无法接受，因为他更想踢球，而不是用手来扑球。

侯志强和张蓬生费尽了心思，先找周煜辰父亲谈话，好不容易做通了思想工作。再找周煜辰聊天，预先做了不同的谈话方案，谈话时两个人一唱一和，渐渐地把周煜辰说动了心。"我先试试，不行我还得踢中后卫。"谈到最后，周煜辰总算松口。侯志强和张蓬生别提多高兴了，为了避免周煜辰的逆反心理，张蓬生每周只给周煜辰安排两堂门将训练课，其他时间还是让他踢老位置中后卫。

在两位教练的"诱骗"下，周煜辰逐渐爱上了门将这个位置。周煜辰刻苦训练，做守门员的天赋逐渐显露，教练侯志强认为他做门将的优势是：当过中后卫，对场上位置的判断、脚法和技术都超过一般门将，现在世界足球的发展潮流是门将会更多地参与球队攻防，扮演"清道夫"的角色。

缅甸举办亚青赛，在中国国青队0：0战平韩国国青队的比赛中，周煜辰曾在下半场时稳稳抱住了韩国国青队球员一记刁钻的任意球。当时韩国国青队右路斜45°角任意球直接旋向球门后角，门前一片混乱。韩国国青队的进攻队员和中国国青队球员起跳，均没有争到这个球。足球落地后反弹飞向球门，周煜辰横空而出，一个倒地侧扑稳稳将球抱住，这次扑救显示了周煜辰

良好的门线技术和惊人的反应速度。

因为踢过中后卫，周煜辰的左右脚都可以很好地拿住球，也都可以开大脚，这让周煜辰可以更自由地参与到防守体系中，在更多的时候扮演后场"清道夫"的角色。他的这个特长后来在比赛中发挥得淋漓尽致，展现了出色的门线技术。葡萄牙波尔图足球俱乐部给出的报告解读周煜辰的这个特质："他享受足球在脚上的感觉，在传球上帮助队友。有很好的第一脚触球质量，传球质量非常高，不管是脚上还是手上。"

因为有练武术的功底，周煜辰身体柔韧性非常好。张蓬生根据他的这个特点，设计了专门的训练方案，使得他的扑救能力有效提升。他身高只有1.84米，并不是守门员的最佳身高，但他能够将自己的身体舒展到最大程度，从而保证了扑救更有效、更及时、更准确。"周煜辰在球门和球门区的保护方面领域很宽，他的速度和预判是使其在守门方面非常成功的要素。预判空中和地面来球的路线方面非常好，甚至是在地面反弹球的情况下。"教练侯志强这样评价他的爱徒，且喜形于色。

像侯志强、张蓬生这样善于发现足球人才的教练在鲁能泰山足球学校里还有不少，他们为培养高素质的青少年球员呕心沥血，兢兢业业，带领青少年球员训练时勤勤恳恳，不但获得学生们的信任，也得到了家长们的高度评价。

《足球报》记者采访在鲁能泰山足球学校执教10年的一位教练，请他谈谈自己对教练工作的感受。他告诉记者："在足球学校当教练是非常寂寞的，永远都没有在足球俱乐部当教练那么风光。选择到鲁能泰山足球学校当教练，待遇相对于在足球俱乐部中工作是不可比的，但我们这里的教练都从心底里喜欢这样的工作。看着孩子们一天天成长，从这里走出去成为职业球员，打从心眼里高兴。如果说，我们当教练的是厨师的话，他们就是我们做的最好的菜！"

在中国足球陷入低潮，足球学校招生陷入一片萧条的时候，鲁能泰山足球学校为什么还能一枝独秀？这是因为鲁能泰山足球学校的青少年球员培

训始终能培育出人才，即便是在大批足球学校纷纷倒闭，青少年培训最不受待见的时候，鲁能泰山足球学校的培训计划也从未停滞，培训质量也从未滑坡。不但职业球员不断从这里输出，优秀教练也在为中国足球发展做出贡献。

高质量的教练团队，保证高质量的训练质量，保证能够把有天赋的足球苗子沙里淘金挑选出来。无论何时何地，教练们都一如既往，为保证学生们健康成长、尽快成才而努力工作、奋力拼搏。这样的敬业态度和踏实行动，打造了属于鲁能泰山足球学校的亮丽品牌。

第六章

育苗成才

上课铃声响了。

刚才还喧闹的操场，瞬间已空无一人，学生们快步走进教室，开始上课。经过不断的努力，鲁能泰山足球学校学生上课的热情大大高涨，课堂上认真听讲的学生越来越多。这种转变，得益于鲁能泰山足球学校不断加强对学生的教育，就像一辆启动的汽车，在行驶期间对出现的各种状况进行调试，以便达到最佳状态，鲁能泰山足球学校正在接近这种状态。

通过制定和大力推行《十好行为规范》，鲁能泰山足球学校的教学秩序、训练秩序都得到很大改善。课堂上违反纪律的事情越来越少。学生们的礼貌程度也提高了。李霞为学生们的这种变化由衷地感到高兴，上课的时候，觉得有使不完的劲儿。这天上午的第一节课，李霞带着一个虎头虎脑的少年走进教室。

李霞说："这是我们班的新同学，名叫王永珀，大家欢迎！"同学们鼓掌欢迎王永珀，当时没有人能预见这个少年几年后会成为鲁能泰山足球俱乐部的主力球员，多次入选国奥队、国家队，被球迷们亲切地称为"小胖"。直到2018年，王永珀依旧在绿茵场上驰骋，为自己的母校赢得荣耀。

王永珀是青岛人。他喜欢踢足球与一个人有密切的关系，这个人就是他叔叔王海芳。王永珀小时候，王海芳是青岛海牛足球队（足球界一般称作

老海牛队）队员。球队训练的时候，王海芳就把王永珀带上让他看自己踢球。一来二去，王永珀喜欢上了足球。给他一只足球，他就能玩上半天，什么事情都不理会。王海芳对哥哥嫂子说："我看这孩子是个踢球的材料。"

后来，王海芳在老海牛队退役，当了助理教练，他把自己对足球的梦想放到了王永珀身上。王永珀家楼下有所小学，里面有个大操场，王海芳只要有时间就把王永珀带到小学校的大操场上练踢球。先是自己做给王永珀看，什么颠球、传球、射球，不厌其烦，一遍一遍做示范。王永珀虽然喜欢踢足球，可毕竟还小，注意力不够集中。操场上有别的孩子跳绳、踢毽子、跑步，他的眼神就被吸引过去了。

王海芳照着王永珀的屁股踢一脚，虽然很疼，但王永珀不敢哭，看着满脸怒气的叔叔也不敢吱声。站在王永珀家的阳台上，能看到小学校的操场。有一次，王永珀奶奶站在阳台上，看到王海芳用脚踢王永珀，心里疼孙子，张嘴骂王海芳："你踢孩子干什么，不就是个破足球吗，踢不好怎么了？你少管我孙子！"王海芳不敢顶撞老太太，一个劲儿赔笑脸："我和他闹着玩呢，您别生气了！"转过脸，却吓唬王永珀："你再不好好踢球，我把你扔海里去！"他对王永珀的要求从来没有放松过，特别是脚下技术，一招一式，都是手把手地教。王永珀在王海芳的严格训练下一点点成长起来。

日子一天一天过去，王永珀一天一天长大，球技也在一天一天提高。

看着王永珀的进步，王海芳打心眼里高兴，但他也有一件犯愁的事：王

永珀的球技一天天成熟，但也遇到了"瓶颈"，凭借自己的能力想再让他的技艺上一个台阶非常困难了。王永珀需要更系统地训练，需要更高水平的教练指导，这个任务自己是完成不了的。另外还有一个事叫他惦记，就是孩子的学习问题。应该找一个好的足球学校，既能帮助孩子学习，又能提高孩子的足球水平。

这样的足球学校不是很好找。开始，王海芳的目光盯着北京、广州和大连，毕竟那里的足球人才济济，足球学校也多。于是，打电话给在北京足协工作的一位朋友。"你们山东就有好足球学校啊，你这不是骑驴找驴吗？"朋友在电话里说，"我建议你去鲁能泰山足球学校吧，都说这所足球学校不错！"

听说是听说，还是要亲自去看一看。王海芳悄悄地来到潍坊，近距离对鲁能泰山足球学校进行了一番认真的考察。回到青岛，他说服王永珀父母，把孩子送到鲁能泰山足球学校学习。

把王永珀送进鲁能泰山足球学校的另外一个原因是，王海芳的好朋友张涛在鲁能泰山足球学校当教练。王海芳对张涛的为人和水平都十分认同，他觉得孩子在这样的足球学校学习，跟着这样的教练，一定会被调教出来，成为一名职业球员。

王永珀被老师安排到中间的座位上，不习惯上课听讲的王永珀左顾右盼。除了班主任上课的时候能安稳一些，其他任课教师上课，他很少安静过，有的教师说他是"最调皮的捣蛋鬼"。

这个"调皮的捣蛋鬼"却叫教练很喜欢。他在训练时表现出的良好技艺和灵性，让教练感到这是一个有很大发展前途的少年。颠球，他比别的孩子颠的次数多，足球好像是粘在脚上一样；带球跑，他比别的孩子更加灵活，特别是遇到阻拦时，总能找到机会寻求突破；射门，在角度不好的时候，他比别的孩子进球更多，更有射门欲望。

除此之外，王永珀在训练场上也表现出了不同于一般学生的霸气。如果队友踢得不好，会遭到王永珀的指责。王永珀的教练张涛对王永珀大力栽培，不仅仅因为和王永珀叔叔是朋友这层关系，他看中的是王永珀的发展

前景。在和别的教练说起王永珀时，他说："王永珀个性很强，对于这个孩子，应该给予特别的关注。不能抹杀他在球场上的个性。"在训练场外，张涛也会给王永珀开小灶，对他的训练不足之处进行反复纠正。对于王永珀在生活中犯的错误，张涛也会毫不客气。

一次，王永珀在宿舍里和队友发生了冲突，把队友的脑袋打了一个包，王永珀成了"胜利者"，耀武扬威："我看谁还敢惹我！"正当王永珀扬扬得意的时候，张涛闻讯赶来。他脸色铁青，怒目圆睁。王永珀一看就害怕了，夺门而逃。张涛大吼一声，在后面紧紧追赶，在走廊里追上王永珀，上去就是一脚，劈头盖脸几个耳光。

王永珀老老实实站在原地不敢动弹。张涛一边打一边吼着："再打架给我滚回去！"有个教练正好看到，怕愤怒的张涛打坏王永珀，急忙上前把张涛拉开。张涛和王永珀叔叔王海芳是好朋友，为了王永珀成才，王海芳一再和张涛说："该管的时候你放手管，就当自己的孩子一样。"张涛对王永珀犯错误不能容忍，他觉得要想当职业球员，品德一定要好，从小养出坏毛病，长大了想改也难。事后，他给王海芳打电话，说明了事情的原委。"你是长辈，教训孩子应该的，这不是体罚学生。"王海芳支持张涛。

王永珀虽然调皮，但秉性善良，明事理，知错就改。后来他被选入鲁能足球俱乐部一队，成为核心球员，还隔三岔五给张涛打电话。张涛说王永珀是一个懂得感恩的孩子。

对于王永珀在课堂上不守纪律的事，任课教师很头疼。教历史课的刘锦宝很有感触，一直想找个办法帮助王永珀。上课的时候，刘锦宝发现王永珀不是从头至尾都调皮捣蛋，遇到讲述历史故事的时候，他会安静下来，很认真地听讲。"抓住他的兴趣是关键。"刘锦宝心里这么想。他想到一个办法，让王永珀担任历史科代表。

自当上历史科代表以后，王永珀发生了很大的变化，从一个调皮捣蛋鬼逐渐变得喜欢学习了。刘锦宝给学生布置历史作业，对王永珀说："每个同学都要完成作业，你得保证把历史作业收上来。""保证完成任务！"王永珀

很认真、很自信地回答。

第二天，收历史作业的时候有三个同学没有交。放在以往，王永珀又会和同学打一架。但自从有了上次的教训，王永珀学乖了，他没有和同学发生冲突，而是把情况向历史老师刘锦宝做了报告。上历史课的时候，刘锦宝表扬了王永珀，对没交作业的三个同学提出批评。

每次收历史作业，王永珀都得一本一本检查，看作业本封面上的同学名字，才能确定谁没有交历史作业，挺麻烦的一件事。后来，他想到了一个办法：给班级里的每个同学都编上号，在历史作业本封皮左上方写上编号。这样每次收历史作业的时候就不用查看同学的姓名了，只要一看号码就知道谁没有交作业，他就立即找到没有交作业的同学问清楚原因。王永珀的这招真管用，基本解决了同学不交作业的行为。王永珀自己每次都把历史作业做好，他的身体力行起到了示范作用，班里的同学很少有不交历史作业的了。

王永珀1999年进入鲁能泰山足球学校，2001年就入选国少队，作为主力参加了2003年芬兰U17世界青年足球锦标赛，有两球进账，初出茅庐的王永珀开始为球迷所熟知。2003年，时任鲁能足球俱乐部主教练的涅波将王永珀调进鲁能泰山一队。2003年9月24日，在甲A联赛，鲁能泰山对阵天津泰达的比赛中，王永珀替换受伤的韦德克上场，第一次出现在甲A赛场上，成为当时甲A联赛最年轻的球员。王永珀先后和鲁能泰山足球学校的队友一起夺得2001年、2002年两届全国"耐克杯"冠军，两届都被评为"最佳球员"，获得2004年全国U17后备力量比赛冠军、全国U17"优胜者杯"比赛冠军、2005年全国U19足球联赛冠军。2005年后，在鲁能泰山足球俱乐部夺得的各项赛事的冠军中，都有王永珀征战的身影。他多次入选国家队，为中国足球南征北战，付出自己的努力。2016年，王永珀到天津权健队，依旧作为主力球员活跃在绿茵场上，他在亚冠赛有不俗的表现，受到广大球迷的喜爱。

王永珀看到《济南时报》一条消息：济南历城区孙集镇中心小学的孩子在学校环境艰苦，缺乏训练条件的情况下，坚持每天练习足球。王永珀很感

动，立刻给报社打电话，希望给孩子们提供帮助。

2015年4月3日，鲁能泰山队客场踢完与上海申鑫队的比赛后，王永珀和队友一起连夜返回济南。4月4日下午，通过《济南时报社》体育部牵线搭桥，他出现在山东师范大学附中足球场上。这里，山东师范大学附小和孙集镇中心小学的足球联谊比赛正准备开始。比赛前，王永珀将一件泰山队成立20周年的签名纪念T恤送给了孙集镇中心小学学生女队队长相飞，小姑娘带着羞涩接过这个从天而降的礼物，高兴得不知道说什么好。王永珀对校长王长龙说："我看到报纸上关于你们学校孩子练球的报道，很钦佩孩子们的顽强和勇敢，也看到了自己当年踢球的影子。希望孩子们能够坚持下去，只要努力付出，一定会有收获。"

王永珀这次向学校资助了48套球衣、24双球鞋，还有20个足球。对于王永珀的无偿捐助，王长龙校长非常激动："捐助东西都是我们需要的，更重要的是这次经历会给孩子们的成长带来莫大的鼓舞。王永珀是他们的偶像，会给孩子们带来更大的力量和积极进取的动力。"王长龙把48套球衣在胸前印上王永珀的名字。"今后我们穿着胸前有'王永珀'三个字的新球衣，会激励孩子们更加刻苦训练，更努力地比赛。"

　　孙集镇中心小学的孩子们还集体画了一幅画，通过《济南时报》体育部的记者转送给王永珀，当时他因为受伤正在治疗。画面右下角是王永珀在场上驰骋，左边工工整整地写着王永珀的经历：1992年开始踢足球、1999年进入鲁能泰山足球学校、2012年以10个进球获得中超联赛最佳本土射手、2014年担任山东鲁能泰山队队长。在画面正中间，孩子们写道："叔叔加油，祝您早日康复。"画面的下方是鲁能泰山队的队徽，右上角为冠军奖杯、小队员们集体在这张画上签下自己的名字。

　　收到孩子们的画，看到孩子们写给自己的祝福，王永珀非常感动，他说："我会一直保留到他们成为球星时再拿出来！"

　　王永珀在鲁能泰山足球学校提高了球技，更学会了怎么做人，怎么为社会做贡献，王永珀是鲁能泰山足球学校的骄傲！

第七章
肩负重任

金杯银杯不如家长的口碑，鲁能泰山足球学校引起不少喜欢足球的家长的注意，有的千里迢迢远道而来，要亲眼看看鲁能泰山足球学校是不是真像传说中的那么好。

一天傍晚，一个40多岁的中年人带着一个十二三岁的男孩走进鲁能泰山足球学校的大门。父子俩是从云南来的，家长老李觉得自己的孩子有足球天赋，想找一所好足球学校培养孩子。转了几家足球学校都不是很满意，听说鲁能泰山足球学校不错，决定前来看看。

在学校门口，保安把老李父子拦住："请问，你找谁?""我想给儿子报个名。"老李回答。保安想了想，说："你需要找学生管理办公室的人，我打个电话问问有没有人。"老李看看手表，快晚上六点半了，恐怕早下班了，还能找到人吗? 保安把电话打通了："郑主任吗，门口有位家长，想给学生报名。可以进去找你啊，好的。"保安放下电话，告诉老李带着孩子去找学生管理办公室主任郑佳忠。老李问了一句："现在都下班了，怎么还有人啊?""他们哪里有正点下班的时候，为了学生安全，天天粘在学校里。"保安不经意地说了一句，这句话在老李心里却很震撼，老师把学校当家了，这个学校对学生肯定错不了。

老李找到学生管理办公室，接待老李父子的是学生管理办公室主任郑佳忠。他先把学校的情况给老李介绍了一下，好的方面、不足的方面都实事求是地讲了。老李挺满意，心想，去别的足球学校都是天花乱坠地把自己学校说得像朵花似的，反叫人心里不落底。"我这个儿子可淘气了，你们能管好吗？"老李说这句话，自己心里都没有底气。"孩子就像一块泥，你想把他塑造成什么样，关键是看模子好不好，我可以保证地说，我们学校是个好模子！"郑佳忠很有信心地说。老李想，我可是千里迢迢从云南来的，万一给孩子选错了学校可就耽误大事了。郑佳忠看出老李心里的疑虑，对他说："要不这样吧，你在我们这待几天，摸摸情况，满意呢，给孩子报名，不满意再到别的地方看看，货比三家嘛！"

鲁能泰山足球学校学生管理办公室总共有8个人，负责学生除上课、训练之外的所有活动。这是一项非常操心的工作，做出成绩不显山不露水，可出问题就会很严重。要管理200多学生课余不出问题，的确不是一件好做的工作。

　　小学部相对好管理，班级有班主任、生活老师、教练实行"三位一体"的管理，学生年纪小，也比较听话。初中部、高中部就不行了，学生处于青春萌动期，性格叛逆，在学校除了学习就是训练，生活单调，有的学生总想到外面去玩玩，散散心。白天不是上课就是训练，没有机会溜出学校，晚上就成了学生溜出学校的最佳时间。看住学生晚间不溜出学校成为最紧要的任务，每天晚上安排两个人值班，检查学生住宿情况，防止学生溜号。他们付出的精力和体力，用四个字形容就是"心力交瘁"。

　　他们每天晚上都要对学生宿舍进行例行检查。开始是上半夜11点到12点之间，下半夜不检查，结果出了问题。

　　一天晚上，轮到刘大勇和另外一位同事值班。上半夜对学生宿舍挨个进行了例行检查，没有发现缺员，两人放心地回到值班室。

　　凌晨3点多钟，值班室的电话急促地响了。

　　刘大勇条件反射似的一激灵，跳下床奔到办公桌前，把话筒拿起来："喂。"

　　"你是鲁能泰山足球学校吗？"

　　"是，是啊。"

　　刘大勇感觉到不祥。

　　"你们来个人吧！"

　　"怎么回事啊？"

　　"你们学校的学生在网吧打架，被带到派出所来了，来人把他们领回去吧！你们学校是怎么教育的，学生出来就撒野啊？"对方用质问的口气说。

　　"对不起，我们马上就派人去。你们是哪个派出所啊？"

　　"坊子派出所。"

　　刘大勇放下电话，急忙穿好衣服，跑到值班室外面，骑上自己的自行车冲出校园大门。

　　气喘吁吁来到派出所，刘大勇看到鲁能泰山足球学校的三个学生坐在长椅上，耷拉着脑袋。"民警同志，怎么回事啊？"刘大勇急忙问。值班民警站起来，说："他们三个在网吧打游戏，其中一个内急去厕所，因为厕所里有

人，待的时间长了点，就和人家打起来了。网吧老板报警，我们把他们带回来了解情况。事情不算大，双方没有出现受伤情况，算是万幸了。不管哪一方，要是打坏了，可就吃不了兜着走！"民警加重语气，强调事情的严重性。

刘大勇急忙向民警表示感谢，办了手续，把三个学生领回学校。

这件事在学校内引起了很大震动。

学生摸透了值班人员的巡检规律，上半夜老老实实在宿舍里睡觉，下半夜才约好几个想外出的学生一起翻越学校围墙，跑到市内的网吧、电子游戏厅玩耍。这次三个学生被抓到是因为在网吧打架，派出所警察介入才暴露了。之前也有溜出学校的学生，只不过没被抓到。此事暴露了学校管理上的漏洞，必须亡羊补牢。

此后，对学生宿舍夜巡一次变为两次，重点是在下半夜，防止学生钻空子。

对违反学校校规的学生，一律给予严肃处罚。处罚分为不同等级：写检讨书，停止训练（一周到两个月不等）、警告、记过、留校察看、劝退、开除。

很多学生非常怕停止训练，他们是喜欢足球才来到鲁能泰山足球学校的，被停止训练就是被剥夺了踢球的权利，对他们来说是非常痛苦的事。学校一般不会采取停止训练的处罚方式，还是以批评教育为主。但是，对明知故犯的学生，还是会采取果断的处罚措施。

这天下半夜，刘大勇像以往一样，巡查学生宿舍。他轻轻推开初三年级一班的学生宿舍，打亮手电筒，往床铺上照了照。下铺的几个学生睡得正香，有一个还打着小呼噜。又往上铺照了照，床铺上的学生都在睡觉，没发现什么异常。刘大勇放心了，准备退出宿舍。无意间，手电筒的亮光照到下铺的床底下。床铺下面一般都放着好几个足球，这是学校为了学生练球方便，允许学生把足球带回宿舍。

"怎么没有足球呢？"

刘大勇感觉有点不对劲，本来想退出房间，把脚步又收住了。

再一次把手电筒往上铺照去，床铺上的被子鼓鼓囊囊的，不大像睡着人。

刘大勇急忙走到上铺前，伸手把被子掀开。被子里放着几只足球，看被子外形好像有人，其实没有。不用说，这个学生一定是溜到学校外面去了。

"唰"，冷汗一下渗出脑门，刘大勇急忙从房间里退出来。和另外一位值班的同事简单沟通后，让他和学校领导汇报，自己到学校外面寻找。

根据经验，溜号学生的去处有两个地方：电子游戏厅和网吧。刘大勇曾经在这些地方找回学校的学生，他已经成了这些网吧和电子游戏厅的老面孔。

那天下着小雨。刘大勇冒雨一家一家游戏厅去找，一家一家网吧去查。

在一家网吧，刘大勇被两个守场子的彪形大汉拦住。个头不大体形又瘦的刘大勇不是人家的对手。

"干什么的？"对方问。

"找人。"刘大勇回答。

"找谁？"

"找我们足校的学生。"

"我们这儿没有。"

"有没有，你得让我看看。"

"不行！"

"为什么？"

"我们老板说了，你老来找你们学生，影响我们生意。今天就是不让你进去！"

不管刘大勇怎么说，怎么开导，两个彪形大汉就是不同意，还威胁要揍他。刘大勇没有一点畏惧，和对方僵持了半个多小时。两个守场子的彪形大汉想不到刘大勇有这样的韧劲，又害怕影响别人到网吧上网，最后终于同意刘大勇进网吧找人。

在网吧里，刘大勇没找到鲁能泰山足球学校的学生。原来，网吧还有一个后门，鲁能泰山足球学校学生知道刘大勇来找，从后门跑了。

这样的违纪情况是绝对不允许的。学校研究后，决定给予这名学生停训一个星期的处罚。

这件事被老李，还有另外几个到潍坊考察鲁能泰山足球学校的学生家长知道了。他们对学校的文化课教育和训练课留下了深刻印象。

他们到鲁能泰山足球学校的时候，赶上初中的一次摸底考试。有几个学生考试不及格，被老师安排补考。这种情况在别的足球学校很少遇到。某些足球学校上文化课只是按规定要求做，能不能达到效果另当别论。

有位来考察的家长问班主任："学校为什么这么重视文化课？"班主任说："为了避免只注重踢球，不重视知识学习的情况出现，学校有'文化课学习

不合格坚决停训，重新补课'的规定。文化课必须及格是学生参加训练的资格，当不成球星的孩子，在鲁能足校一定要把他培养成有知识、有能力的合格公民。"这番话，给几位家长吃了颗"定心丸"。他们最害怕的事情是，孩子练球没练出来，学业也耽误了，两头落空，这样的损失谁也承担不起啊。有10名学生因期末考试不及格，被停止训练一周进行补课，补考合格后才重新获得了参加训练的资格。

这是一所负责任的足球学校，把孩子交给这样的足球学校还有什么不放心吗？家长们互相交流自己考察的情况，决定让孩子参加鲁能泰山足球学校文化课、体能、技能测试，通过了就留下。还有一位家长决定回海南给孩子转学到鲁能泰山足球学校上学。

第八章

脱颖而出

1999年，前南斯拉夫国家队主教练、塞尔维亚人桑特拉奇受邀到鲁能泰山足球俱乐部担任主教练。他的到来，带来了一系列新的训练方法和现代足球理念，给鲁能泰山足球俱乐部吹进一股清新的风。

桑特拉奇被任命为鲁能泰山足球学校名誉校长，他对学校也特别关注。在繁忙的训练之余，桑特拉奇抽时间到鲁能泰山足球学校，对学校进行考察和指导。在新建的训练场，他看到场地里教练正在组织学生进行训练。教练站在场地旁边，挥舞手臂大声喊："快点，再快点！"学生们在教练的指挥下，拼命奔跑。

他的目光被一个少年娴熟的球技吸引住了。他指着场地上一个高个子学生问："他是谁？"翻译说："他叫韩鹏。"

桑特拉奇心想，这孩子是个可塑之才。

韩鹏在球门前高高跃起，把足球顶进了球门。

桑特拉奇禁不住鼓掌。

之后，桑特拉奇又来到鲁能泰山足球学校，观看有韩鹏参加的一场友谊比赛。那场比赛，韩鹏6次射门，用头顶进对方球门1个球，还有3次助攻。

桑特拉奇随身带了一个小本子，一边观看比赛一边在小本子上记着什么。他不仅仅是在考察韩鹏，也在考察其他球员。

　　旁边，有几个教练看到桑特拉奇的举动，心想难道他是要选拔考察韩鹏吗，不可能吧？鲁能泰山足球学校刚成立不久，如果有学生被选拔到鲁能泰山足球俱乐部一队，这幸福来得也太快了吧？

　　一个星期之后，鲁能泰山足球学校收到俱乐部通知，调韩鹏到俱乐部一队参加训练。这意味着韩鹏将有机会参加甲A比赛。

　　那天是1999年11月13日，韩鹏16岁的生日。幸福来得真是太快了！

　　韩鹏从1999年11月入选山东鲁能泰山足球俱乐部一队一直效力到2015年。2016年，韩鹏转会到贵州人和足球俱乐部。他在鲁能泰山足球俱乐部的15年里，创造了自己足球职业的辉煌。

　　创造纪录：2010中超联赛第14轮，山东鲁能4∶1大胜长沙金德的比赛中，韩鹏5分钟内上演了帽子戏法，这是韩鹏的第一个帽子戏法，也创造了中国顶级足球联赛完成帽子戏法间隔时间最短的纪录。

追平纪录：2011年4月20日山东鲁能主场5∶0横扫阿雷马，迎来了一场酣畅淋漓的胜利。比赛中，替补出场的韩鹏攻入一球，将比分扩大为3∶0。这个进球是韩鹏在亚冠赛场攻入的第10球，追平了郝海东的亚冠进球纪录。此前，韩鹏已经创造了亚冠出场次数最多的纪录。

中超联赛进球纪录：韩鹏在中超联赛中打入93球，是中超进球最多的现役球员。

韩鹏有足球天赋，但不是足球天才，他对自己有清醒的认识。在足球赛场上，他全力以赴拼命奔跑、射门；在足球场下，他静静地等待上场机会。他第一次穿上橙色战袍，就激情四射，为鲁能泰山足球争光。他把自己最美好的青春年华毫无保留地奉献给鲁能，他为自己骄傲，山东球迷为他骄傲，鲁能泰山足球学校为他骄傲。

在鲁能泰山足球学校培养的球星中，崔鹏是韩鹏的同学、队友，他和韩鹏一样，是鲁能泰山足球学校培养的球星。

崔鹏1999年进入鲁能泰山足球学校学习，曾代表鲁能泰山足球学校梯队获得2001年和2002年两届"耐克杯"中国赛区冠军；2003年全国U15足球联赛中国区比赛冠军；2004年全国U17足球联赛冠军和"优胜者杯"冠军。凭借在场上的出色表现，得到了时任山东鲁能足球俱乐部主教练图拔的认可，在随后的亚冠联赛上一战成名，在中场崔鹏可以出任多个位置，曾入选国青队、国奥队，作为主力参加多场国际比赛。

说到崔鹏，要说到一个人，他就是崔鹏的父亲崔健。

崔鹏是1999年7月由张海涛、郭侃峰两名教练选拔，从大连东北路小学进入鲁能泰山足球学校的。他父亲崔健从小就对崔鹏寄予厚望，指望崔鹏日后成才。

崔鹏在班级里是个小个子，站在别的同学面前矮人一头，不管是训练还是生活，他都常受欺负。时间长了，崔鹏也学"乖"了，知道自己处在"小弟"位置，不能和别的大个子同学"硬拼"，想出"怀柔"策略，经常替其他同学值日，收拾寝室卫生，倒垃圾桶。难得的是他有一个好心态，经常笑

嘻嘻地帮同学把这些事情干完。时间一久，班里的同学都对崔鹏印象不错，很少有同学和他闹矛盾。

崔健在大连拼命工作挣钱，供儿子踢球。在他的想法里，崔鹏肯定会在足球上有大出息，他坚信儿子会踢出名堂。崔鹏一直是鲁能泰山足球学校重点培养的小球员，对此崔健很放心。鲁能泰山足球学校在刚成立时，对外通信条件很差，全校只有小卖部安装了一部公用电话，是学生们唯一对外联络的通信工具。鲁能泰山足球学校给每个学生发一张电话卡，平时不允许打电话，周六、周日才会按班级安排学生与家里通电话，向家长汇报自己的情况。

这是崔鹏每周向父亲汇报的唯一机会。每次他都报喜不报忧。父亲以为崔鹏训练得很好，问他："有把握进国少队吧?""有!"崔鹏显得信心十足。

2002年3月，国家少年队成立。崔健本以为崔鹏有把握进国少队的，没想到名落孙山。这对崔健来说是个意外，也是个刺激。

他决定孤注一掷！崔健把自己在大连的房子租了出去，带着简单的行李来到潍坊，他要在这里陪伴崔鹏踢球。没有人能理解他的举动，有人说他是望子成龙想疯了。不管别人怎么说自己，不管别人怎么看自己，崔健不为所动，在他心里，儿子就是他这辈子所有的希望。

为了儿子这样做的父亲在已经成功的人士中还是能找到的。神奇小子丁俊晖、青年钢琴家郎朗，当

年为了他们在专业上有所进步、有所发展，能功成名就，他们的父亲像崔鹏的父亲一样，都有过疯狂的举动。

崔健来到鲁能泰山足球学校，首先找到当初带崔鹏训练的教练张海涛了解崔鹏的情况。张海涛告诉崔健："崔鹏落选原因还是球技稍欠，在比赛时自信心不足，选拔时没有表现出他平时的实力。"崔健听到这些，多少有些放心了。"其实，这孩子只要能踏踏实实训练，克服自己身上的不足，我还是看好他的！"张海涛表达了自己对崔鹏的看法，这句话给崔健吃了颗"定心丸"。

刚进鲁能泰山足球学校的时候，崔鹏由于发育迟缓，身材在同龄孩子中比较瘦小，在训练和比赛时有时跟不上节奏。学校为了提高学生的技艺和对抗水平，往往会安排低年级足球队和高一个年级的足球队比赛，这个时候，崔鹏的弱点就更明显了。每当与高年级球队进行比赛时，他有时会因为身体对抗被高年级同学撞个跟头，有时因跟不上比赛节奏而被换下场。被换下场的崔鹏会急得哭鼻子，但还忘不了给场上的小伙伴加油呐喊。每当崔鹏所在的球队输球时，他都眼泪汪汪。崔鹏对足球发自内心的热爱，被教练看在眼里。在以后的比赛中，教练总会给崔鹏适当上场的机会，让他有更多机会得到锻炼。

后来，崔鹏由张海涛教练负责训练。他先后给崔鹏安排过右后卫、后腰、左前卫和左后卫多个位置。让崔鹏打边后卫，锻炼的是防守能力；让崔鹏打后腰，锻炼防守能力和攻守转换能力；但主要还是开阔崔鹏的视野，对全局有整体观念。最后，崔鹏基本被定位在后腰位置上。鲁能泰山足球学校的几位教练都认为，崔鹏只要刻苦训练，一定会成为一名优秀球员。

听到张海涛介绍崔鹏的情况，崔健心里有底了。从鲁能泰山足球学校出来，崔健在学校对面的徐家大路村找到一间民房，房东要租金70元。本来经济状况就不好的崔健和房东讲价，最后把房租降到50元，他算安顿下来了。房子很简陋，门窗都没有封严实，3月正是倒春寒的日子，每天睡到凌晨三四点钟崔健经常被冻醒。没法睡了，就出去跑步，直到天亮。然后找个小

摊吃点油条，和摊主聊聊天，就该去鲁能泰山足球学校看儿子了。

从那天起，崔健每天守着崔鹏，开始长达三年的陪学生活。三年里，崔健没有做其他事情，每天就是到鲁能泰山足球学校的训练场上看儿子训练，督促儿子训练。崔鹏外出比赛，崔健就自费跟着，伴随崔鹏转战南北。其中的苦楚辛酸，只有崔健自己知道……

在父亲的监督下，崔鹏球技进步很快，身体也不断发育，越来越强壮。伴随而来的是有点骄傲自满，不时有违反纪律的情况发生。2003年"非典"爆发期间，终于捅了娄子，被学校处罚。

鲁能泰山足球学校在"非典"期间接到通知，不允许学生外出，全面进入封闭状态。这对平时喜欢运动的学生们来说就像蹲禁闭一样难受。学校为了活跃校内生活，准备搞一次文艺演出。安排几位有文艺特长的女教师带领学生进行排练，不占用学习和训练时间，利用午休时间进行。

崔鹏不知从哪里知道了中午排练文艺节目的消息，午睡的时候，他串通了班级里的五六个同学，从学生宿舍里偷偷溜出来跑到排练场。

进了排练场，他们几个在后排找了座位坐下，观看台上同学排练。看到精彩之处，几个学生大呼小叫，使劲鼓掌。一位女教师走过来："你们怎么不午休呢？赶快回去！"女教师催促他们离开。有两个学生想走，还有几个学生想留下。"你们别看了，赶紧走。崔鹏，你带头。"女教师把崔鹏单独点名了。

争强好胜的崔鹏听到女教师点到自己，觉得挺没面子。站起来和女教师争辩起来："你们排练演出不就是给我们看的吗，我们先看看还不行吗？""你怎么回事啊？叫你走赶紧走，顶什么嘴？再不走找你们教练了！"女教师知道学生最怕教练，使出这个"撒手锏"。一听说要找教练，崔鹏火气上来了："屁大个事你找教练干什么？你去找啊，看你也不敢！"几个学生跟着一起顶撞老师，另外几个参加排练的女教师很生气，走过来驱赶他们。崔鹏他们年少气盛，死活就是不走。

一个女教师看到控制不了局面，赶紧去找崔鹏的班主任和他的教练。

结果可想而知。

怎么处理这几个违反纪律的学生呢？

学校领导班子开会研究，最后决定特殊时期要严肃处理违纪事件，给予崔鹏严厉处罚：停训一个月反省。

崔健知道儿子被停训一个月反省，觉得处罚太重。先找到学生管理办公室主任郑佳忠理论，没解决问题。又找到学校领导，还是被好言规劝。最后，他也认识到爱护孩子不等于纵容孩子的毛病，嘱咐崔鹏以后做事不要冲动，要考虑后果。

刻苦训练得到了回报。

2004年，鲁能泰山足球学校U17队成为全国U17足球联赛和"优胜者杯"双冠王。崔鹏以主力球员身份参加比赛，凭借自己的良好表现受到关注。崔鹏的出众表现得到了时任山东鲁能主教练图巴的认可。鲁能泰山足球学校的另外三名球员也被图巴相中，他们分别是18岁的王晓龙，司职前卫；19岁的李威，司职前卫；19岁的孙斌，司职后卫。他们在鲁能泰山足球学校学到了真正的本领，基本功扎实，能够很好地理解教练意图，在同龄球员中脱颖而出。鲁能泰山足球学校成为向鲁能泰山足球俱乐部输出人才的大本营。

在鲁能泰山足球学校被处罚的事情对崔鹏教育很大。后来他被选入鲁能泰山足球俱乐部一队，成为主力球员，多次参加重要比赛。在比赛中，多次受到对方球员的侵犯，都能够保持克制，没有影响比赛的进行，他也成为几个在比赛场上叫主教练图巴特别放心的球员之一。

崔鹏调入鲁能泰山足球俱乐部一队，跟随图巴驰骋绿茵赛场的第一场比赛是亚冠联赛。2005年3月9日晚，17岁的崔鹏在横滨亚冠赛场，一战成名，成为鲁能泰山队的新星。他司职中场，冲、撞、吊、传、射，脚法娴熟，勇猛直前，给球迷留下深刻印象，是蹿红最快的年轻球员。"有天赋、刻苦、勤奋、执着的韧劲、跑不死的拼劲、踢球爱动脑"，这是鲁能泰山足球学校教练张海涛对崔鹏的评语。崔鹏在比赛时不惜气力，满场奔跑，踢出不少好球，被球迷称为"拼命三郎"。

　　2005年，崔鹏入选中国国家青年队，满足了父亲对自己的期待，也实现了自己的梦想。在同年举办的世青赛上，中国青年队的小伙子们给球迷带来了久违的惊喜。国青队以三战全胜小组第一的身份晋级16强，除了他们的拼搏精神外，球员的技战术能力比之前的几届国青队有了较大进步。其中几位球员给球迷留下的印象更深刻，他们是崔鹏、杨程、周海滨、苑维玮。世青赛后，这几个青年球员的名字经常被球迷挂在嘴边，但球迷们不知道，他们四个师出同门，都是鲁能泰山足球学校培养出来的。

　　2016年，崔鹏转会到河北永昌足球俱乐部。经过在中超比赛的历练，他已经成熟了许多，在河北永昌足球俱乐部，他还时常与伙伴们提起令他难忘的鲁能泰山足球学校，说"最难忘的少年时光都是在这里度过的"。2018年，崔鹏重新回到鲁能足球队，他继续为山东足球效力，成为山东球迷喜爱的球员。

第九章

远方学生

　　慕名来鲁能泰山足球学校学习的不仅有中国国内热爱足球的青少年，还有韩国青少年，这是让其他足球学校非常羡慕的一件事，在中国的足球学校可谓凤毛麟角。

　　2000年3月31日，韩国LG少年足球团到鲁能泰山足球学校访问，和鲁能泰山足球学校缔结为"姊妹"校团，建立起了全面友好互助关系，约定每年至少举行一次友谊赛为主的足球互访活动。鲁能泰山足球学校同意接纳韩国学生来校进行足球训练和学习，开了国内足球学校接受留学生的先河。

　　2001年9月，首批4名韩国孩子在家长的陪同下进入了鲁能泰山足球学校学习。韩国LG少年足球团为什么选择鲁能泰山足球学校呢？

　　鲁能泰山足球俱乐部和韩国安养LG足球俱乐部是友好俱乐部，两个俱乐部的青少年选手经常进行互访交流。2001年鲁能泰山足球学校的少年队访韩期间，小球员的优异表现引起了韩国人的注意。因此，在韩国LG友好代表团访问鲁能泰山足球学校的时候，一些韩国小球员的父母也随团到鲁能泰山足球学校进行考察。学校的设施和专业化训练给这些家长留下了深刻印象。建校只有两年的足球学校，建设速度和建设规模就傲视群雄实在令人意想不到。形象点说，就是在一张白纸上画出了最美的图画，写出了最美的文字。韩国LG少年足球团不仅要和鲁能泰山足球学校进行交流，还要把韩国孩子送

到这里学习。刚听到这个消息的时候，很多人都不相信："开玩笑吧？韩国足球比中国水平高啊，怎么会把孩子送到鲁能泰山足球学校学习呢？"

这个问题的答案只能由韩国人自己回答。

曾经两次来鲁能泰山足球学校考察的一位韩国学生家长说："我们之所以把孩子送到鲁能泰山足球学校，不仅仅是看上了这里的设施，也不仅仅是看上了学校有可可维奇这样的大牌教练，我们是看上了这所学校本身。孩子将来即使当不了球星，学校也会让他们学到在社会上立足的本领。踢好足球，当职业球员固然重要，但把孩子培养成才比踢好足球更重要！"

鲁能泰山足球学校的教学、训练条件不比韩国足校差，学生生活条件比得上韩国同类学校，收费却只有韩国同类足球学校的1/3，一般韩国人民负担得起。首批来自韩国的4名学生，在这里进行为期3年的足球训练和文化学习。

这些韩国孩子非常友善，年龄最小的宋龙佑只有11岁，总喜欢围着生活老师转来转去。年龄最大的李亨勋16岁，有着韩国人的爽快和利落，每次回答问题都很干脆，训练时非常严肃刻苦认真。不管他们的家长抱着什么目的把孩子送到鲁能泰山足球学校，至少可以说，鲁能泰山足球学校对韩国人还是有吸引力的。

后来，陆续有韩国孩子到鲁能泰山足球学校学习、训练。到2003年，鲁能泰山足球学校已经有了11个韩国孩子。宋龙佑刚来到鲁能泰山足球学校时，还不会接球，在训练场中显得很笨拙，3个月以后，鲁能泰山足球学校U11队访问韩国，宋龙佑已经在足球技术方面有了很大提高，在场上动作一板一眼，还打上了主力。宋龙佑的父亲到现场观战，看到了儿子踢球水平提高如此迅速，高兴得不知道怎么表示才好，除了热心帮助球队解决一些困难之外，还自费买来西瓜、苹果等水果，每天往球队驻地送。"真没想到，鲁能泰山足球学校能在这么短的时间里把孩子训练成这样！"他非常感慨。

他不知道的是，鲁能泰山足球学校的老师为了韩国孩子付出多少辛苦和心血。

　　年龄只有20岁的刘凤英是韩国孩子最喜欢的教师之一，她是韩国孩子的汉语教师又是他们的翻译，他们都管刘老师叫"姐姐"。她用熟练的韩语与孩子们交流，经常和韩国孩子开玩笑，拉近与他们的距离。她把14岁的张明日叫"小乌龟"，意思是他比较内向，一次，刘凤英开玩笑说："把小乌龟的脑袋割下来是什么样子呢？"张明日瞪大了眼睛，颇为认真地冒出了一句："我们就喝乌龟汤呗！"逗得大家捧腹大笑。

　　韩国孩子来鲁能泰山足球学校学习的时候，家长特意和鲁能泰山足球学校老师叮嘱，一定要和中国孩子同吃同住，要完全融入中国的足球和文化环境中。家长们的想法和学校不谋而合，在这种情况下，吃饭和学习就成了他们不得不面对的问题。为了照顾韩国孩子的生活习惯，鲁能泰山足球学校经常准备一些泡菜之类的韩国食品。星期天，刘凤英带韩国孩子出去逛街，很少领他们去韩国餐馆，少数时候带他们吃点肯德基快餐，其他时候基本都是中国菜，为的是让韩国孩子快速融入中国文化。

随着中国足球职业化的发展，专业化程度高的足球学校正占据着越来越重要的地位。在韩国推行的仍旧是普通大中小学足球业余化的培训方式，学生只是在课余进行一些足球训练，专业化程度并不高。韩国的这种业余培养方式存在一些问题，淘汰率极高，对一些望子成龙的家长来说，这并不是让他们的孩子圆足梦的最好选择。这些家长到鲁能泰山足球学校考察后，对这里的环境和教学、训练非常满意，把孩子送到鲁能泰山足球学校进行专业化培养就成了他们的选择。

鲁能泰山足球学校是全国首个接受国外留学生的足球学校，全校上下都抱着为鲁能泰山足球学校争光的愿望，尽一切努力把这些韩国孩子培养成才，不辜负他们父母的期望，扩大鲁能泰山足球学校的品牌影响。这对鲁能泰山足球学校是一件大好事，也为中国足球教育开辟了一条新的道路。在学校教师、教练和韩国孩子的共同努力下，第一批来到鲁能泰山足球学校学习的韩国孩子已经崭露头角。李廷勋成为鲁能泰山足球学校U17队的主力队员。他的名字和照片被登载在鲁能泰山足球俱乐部出版的《鲁能队刊》2002年第二期中，上面还有个人情况介绍。

这期《鲁能队刊》被李廷勋的父母珍藏着，会不时地拿出来在亲朋好友面前炫耀："我儿子在中国鲁能泰山足球学校练球，一点不比在韩国差啊！与中国相比，韩国足球虽然进入亚洲前列，但韩国的足球教育与鲁能泰山足球学校的水平比起来还差不少。"他还劝邻居也把孩子送到鲁能泰山足球学校学习训练，他看好中国足球的未来，更看好鲁能泰山足球学校的发展。

后来，陆陆续续又有韩国学生到鲁能泰山足球学校学习训练。鲁能泰山足球学校以自己雄厚的教学力量，良好的训练条件，优越的生活环境，成为韩国喜欢足球的学生到中国留学的首选，为中国的足球学校赢得了荣耀。

2002年9月23日，初秋的阳光洒在鲁能泰山足球学校的训练场上，绿茵茵的草坪上一群学生正在训练。他们没有注意到有六七个人走近训练场，饶有兴趣地观看他们的训练。走在队伍前头的是一位50多岁的中年男人，正目不转睛地盯着训练场上的学生，显得很兴奋。

他是新疆维吾尔自治区足协主席伊拉姆木·乃斯尔丁，今天来鲁能泰山足球学校看望在这里学习训练的新疆学生。场上训练的新疆学生在互相追逐，在教练指挥下来回穿梭跑动，身手矫健。鲁能泰山足球学校有16个新疆学生，最小的只有8岁，最大的17岁。这群远方学生是怎么来的呢？

2001年，中国足协提出支持西部足球发展计划，鲁能泰山足球学校积极响应，与新疆足球协会联系，表达了帮助新疆发展青少年足球运动的愿望。新疆足协从600多个1985年或1986年出生的男生中挑选了足球苗子到鲁能泰山足球学校进行培养。这些新疆学生来到鲁能泰山足球学校后，学校在班主任、文化课教师、足球教练方面都配备了最强的师资力量，帮助新疆学生快速适应学习和训练环境，帮助他们迅速成长。

伊拉姆木·乃斯尔丁站在训练场地边上，看着生龙活虎的新疆学生，乐得合不拢嘴。陪同他观看新疆学生训练的康建兴向他介绍了新疆学生在学校学习训练的情况。他不停地点头："有你们大力支持，我对发展新疆足球信心十足。"

说到这里，场内有一个学生把足球踢到场外，正好落到伊拉姆木·乃斯尔丁脚边，他抬脚把足球踢回场内，引起一片笑声。"我到这里看了新疆学生的训练，对发展新疆足球更有信心了，新疆足球大有希望。以后，新疆争取成为鲁能俱乐部的后备人才基地。"他对新疆足协的同志说，"我最大的愿望就是有个新疆娃娃能进国家队，参加下届世界杯比赛。"大家都笑了，这可不是他一个人的愿望，在场的每一个人都有这样的愿望啊！

鲁能泰山足球学校总教练可可维奇特意到过新疆，考察那里的小球员，那里给他留下了深刻印象，他说自己有两个想不到：一是想不到那里没有专门的训练场地，但孩子们的足球水平却很高；二是想不到国家队没有新疆球员。可可维奇认为，新疆孩子与欧洲孩子的身体条件相似，协调性好，有踢球的天分，只要科学训练，多参加比赛，一定会出现优秀的职业球员。

鲁能泰山足球学校为新疆培养青少年运动员，经过数年努力，终于实现了新疆维吾尔自治区足协主席的愿望。2010年春天，19岁的新疆少年木热合买提江入选国家足球队集训队，实现了新疆球员入选国家队零的突破。2011年3月，出生于新疆伊犁的吾提库尔入选新一届国家足球队集训队。此前，他曾入选国家青年队。

吾提库尔是新疆维吾尔族人，2004年进入鲁能泰山足球学校学习。

对新疆的孩子们来说，鲁能泰山足球学校的教师和教练特别热情、特别关照。有的新疆学生因为不会汉语，在语言沟通上有障碍。除了参与班级集体授课外，老师们会针对每个同学的实际，对他们进行特别辅导。吾提库尔性格开朗，在一群新疆学生里有"领袖范"。同时，他又善于"察言观色"，经常和班级里表现不好的新疆学生沟通，希望同学们要遵守纪律，好好学习，好好训练，为新疆争光。他表现出来的是善良和上进，多次受到鲁能泰山足球学校教师和教练的表扬。

有时候老师下班了，他会拿着书本守在办公室门口，礼貌地问老师："这个问题我还没弄明白，老师能再给我讲讲吗？"从来没有哪位老师会拒绝，都会推开办公室的门，让他进去。老师会不厌其烦地把书本里的知识难点、要点再讲给他听，直到他弄明白为止……

刚刚来到学校时，吾提库尔基本不会汉语，也无法用汉语和教师、教练交流。可凭借自己的一股韧劲，在语言环境的影响下，他汉语水平不断提高，用汉语同教师和教练沟通的能力大大提高。在新疆学生中，他的汉语水平进步最快。老师夸奖他时，他只是憨厚地笑……时时处处以身作则，良好的表现，自然让他成为新疆学生的"头儿"。入校学习以来，无论在哪个年

龄段的梯队里，他都是队长。吾提库尔在鲁能泰山足球学校里愉快地生活，刻苦训练，球技提高很快。

几年中，吾提库尔坚持稳中求实、稳重求进的作风，很快就在新疆同学中崭露头角。他参赛获2008年曼联青少年足球超级杯赛中国区总决赛冠军、2008年全国U15优胜者杯比赛冠军、2009年第11届全运会男子足球乙组比赛冠军、2009年全国U17"优胜者杯"比赛冠军、2010年南非"未来冠军杯"国际青年足球邀请赛冠军、2010年全国U17足球联赛冠军、2010年全国U17"优胜者杯"比赛冠军、2011年第七届全国城市运动会男子甲组冠军、2012年山东鲁能足球俱乐部预备队联赛冠军。

新疆青少年球员已经在各类足球比赛中崭露头角，闪耀出自己的光芒。

第十章
海外教练

桑特拉奇是鲁能泰山足球俱乐部的第二任外籍主教练。他对青少年球员的培养和使用有自己独到的见解。1999年11月，他把韩鹏从鲁能泰山足球学校上调到足球俱乐部一队，不久就安排韩鹏以替补身份参加比赛。让他熟悉比赛氛围，逐渐调整状态，直到作为主力球员出场。韩鹏取得的成绩，与桑特拉奇重视青少年球员的培养和使用是分不开的。担任鲁能泰山足球学校名誉校长以来，桑特拉奇不是徒有虚名，他对鲁能泰山足球学校建设提出过许多有益的建议和意见。

对中国青少年足球运动员培养中存在的问题，桑特拉奇来鲁能泰山足球俱乐部执教之前还看得不清楚，了解不充分。来到中国以后，他对中国青少年足球运动的开展，青少年足球运动员的培养有了一定了解，形成了自己的判断。为此，他撰写了《关于中国青少年足球运动员培养的报告》，通过鲁能泰山足球俱乐部分别递交给中国足协和鲁能泰山足球俱乐部董事长刘振亚。

递交给刘振亚的这份报告，桑特拉奇特别用一个章节阐述自己对办好鲁能泰山足球学校的建议。

桑特拉奇强调：足球俱乐部千万不能短视，应该有一个长远发展计划。办好鲁能泰山足球学校对俱乐部发展至关重要，要把有足球天赋的孩子选

拔出来重点培养。一个青少年球员不是一两天就能训练成为足球明星的，要有一个从小球员到青年球员再到球星的培养过程。俱乐部要有自己的造血功能，有长远打算，办好鲁能泰山足球学校是打造百年俱乐部的基础。

桑特拉奇认为：青少年体系培养，首先从技术入手。踢球要有天赋，有的球员有天分，但没有好教练训练也培养不出来。鲁能泰山足球学校拥有一批高水平教练非常重要，学校目前高水平的教练还不多，视野不够开阔，影响学校的发展。建议聘请一位前南斯拉夫的足球名流来当鲁能泰山足球学校的总教练，帮助提高鲁能泰山足球学校教练的整体水平。

桑特拉奇给鲁能泰山足球学校提了一个总教练候选人：可可维奇。

可可维奇踢球时曾效力过前南斯拉夫的克拉约瓦和贝尔格莱德足球俱乐部球队，后到美国费城踢球。退役后进南斯拉夫教练学校深造，并经过欧洲足联和国际足联的教练培训。自1992年起，辅佐桑特拉奇执教南斯拉夫国家青年队，1995年取代桑特拉奇任主教练。其间，可可维奇为南斯拉夫培养了大批1978—1981年龄段的球员，南斯拉夫国奥队中有18人出自他的手下，他对培训青少年足球运动员有丰富的经验。

经过鲁能泰山足球俱乐部领导班子讨论，上报董事会批准，决定邀请可可维奇到鲁能泰山足球学校担任总教练一职。

鲁能泰山足球学校的教职工和学生热切期盼可可维奇的到来。

1999年11月，可可维奇走马上任。这是中国足球学校第一次聘请外国人做总教练，鲁能泰山足球学校开了先河。在接风酒会上，可可维奇对时任鲁能俱乐部的一位副总经理说："第一年你们给我多少薪水都无所谓，第二年你们就知道我的价值了。"

作为总教练可可维奇自然感到重任在肩。上任之初，他说："我知道自己肩上担子有多重。请相信我，我一定会付出更多努力，让这里的孩子学有所成，不会让鲁能泰山队在兵源上有后顾之忧。我对学校的工作条件十分满意，我也会做出自己的贡献。"

上任第三天，可可维奇开始给专业班的学生上训练课。

　　鲁能泰山足球学校的十几个中国教练早早来到训练场，想见识见识这位外国同行是怎么上训练课的。当然，有少数几个教练心里是不服气的：外来的和尚会念经，我倒要看看这个老外比我们好在哪儿？！

　　一队学生穿着运动服，走进训练场。

　　可可维奇穿一身蓝色运动服，手里拿着一个小本子，向学生讲解今天的训练科目、训练要领、难点要点、注意事项和训练要求。

　　被分为红白两队的学生看着可可维奇有点好奇，外国教练第一次给上训练课，觉得挺好玩。

　　"嘟——"一声哨响，训练开始。

　　以往，中国教练都是站在训练场边看学生训练，在旁边观察学生哪些地方不对，训练结束时再进行总结和纠正。但可可维奇不是这样，他直接在训练场里，和学生一起奔跑。

　　"跑，跑！传，传！"满场都能听到可可维奇的喊声。

　　40多岁的可可维奇嘴里叼着哨子，在训练场上跑来跑去，对学生要求极其严格。

"No！"白队一位小队员因黏球，被勒令停下。

可可维奇跑上来命令他传球。

"No！"红队一位小球员左侧带球打门，因忽视配合，球打偏了。可可维奇一声哨响，球员站住不动。可可维奇跑过来亲自示范，一脚把球传给了右侧位置更佳的队员，那球员一脚挑射，球进了！

站在训练场旁的中国教练看可可维奇的训练的确和他们不一样，现场马上纠正，并且亲自示范正确动作，效果立竿见影。

一个学生好像不太理解可可维奇的意思，可可维奇一手指着自己的脑袋，一手拍拍那位学生的肩膀，示意他要这样踢，不动脑不行。

"真的和我们不一样啊！"场边观看训练的中国教练赞叹，这堂训练课让他们看到了自己的不足。

90分钟的训练课结束了，学生们离开训练场回宿舍。

可可维奇跟在队伍后面。

几个中国青年教练挺奇怪的：训练结束了，教练任务就算完成了，可可维奇还跟着队伍干什么呢？有几个教练跟着一起走，要看看可可维奇葫芦里到底卖的什么药。

走到学生宿舍门前，学生队伍准备像往常一样一哄而散，各自回自己的寝室。

"No！No！No！"可可维奇大声喊叫。

在场的学生和教练都糊涂了，这是要干什么啊？

可可维奇抬起自己的脚，用手指着鞋底，告诉学生们："把鞋底上的泥巴擦干净，不要把泥巴带进宿舍。"

"这也要管啊！"学生们和几位教练都很惊诧。

"这要成为一种习惯！"可可维奇说，"只有养成良好的习惯，你们才能成为一个好球员。在场上要踢好球，在场下要严肃、严谨，邋邋遢遢的人是踢不好球的！想踢好球，先把鞋擦亮！"可可维奇一脸严肃。

学生们吐吐舌头，乖乖地清理粘在鞋底上的泥巴。

几位中国教练很佩服，从一点小事就能看出一个教练的水平，这也充分印证了"一滴水可以反映出太阳的光辉"这句话。

刚到学校不久，一天早上，可可维奇起床后到操场散步，看到学生们从宿舍里匆匆忙忙出来，有的学生还打着哈欠。他很奇怪，这是干什么呢？

学生们来到操场，排成整齐的队伍，班长组织跑早操。一边跑，一边在班长的带领下喊口号："一、二、三、四——"

可可维奇看到值日的教师，走过去问："学生每天都跑操吗？""是啊，军事化管理嘛！不光我们这么做，中国的其他学校也都这样做！"值日教师很骄傲地说。听到这样的解释，可可维奇觉得这样做不科学。

当天，他找到学校负责人，提出自己的看法，他说："学生正是发育长身体时期，必须要保障足够的睡眠时间。每天早起跑操不科学，违反青少年生长规律，一定要取消。"

对可可维奇的建议，学校很快就采纳了。学校工作遵循一个原则：尊重科学，尊重专家。这个原则在管理学校过程中一直坚持着，效果明显。

鲁能泰山足球学校没有想到的是，减少学生们训练量、停止跑早操却引来一些家长的反对。有的家长给鲁能泰山足球学校领导写信，有的登门质问："我们花钱送孩子来是学习踢足球的，不是来睡懒觉的。你们减少学生训练量、取消跑操，是不是嫌麻烦啊？你们这样做不是为了学生，别拿什么科学不科学搪塞我们！"学校的领导、教练不做过多解释工作，只是耐心告诉他们为什么要这样做，这样做有什么好处。传统的力量总是很强大的，但鲁能泰山足球学校没有退让。他们认为做对的事情不能轻易让步。

事实胜于雄辩。2000年8月，鲁能泰山足球学校派出的四队荣获2000年"金弓杯"全国甲A三线少年足球锦标赛（小甲A比赛）冠军，主教练郭侃峰和队员刘钊被评为本次比赛的最佳教练和最佳射手。

正规的学习、训练、生活管理，出色的比赛成绩，良好的口碑，迅速提高了鲁能泰山足球学校的知名度。2000年的招生工作特别顺利，达到500人规模，是建校以来的第一个高峰。

教练们跟着可可维奇学习，在训练方法、训练理念、训练技艺上都有很大提高。之前，他们在训练方法上也有很多误区。一个教练自己选拔足球苗子，从七八岁开始带孩子训练一直把他带到职业队。球员就是这个教练的复制品，教练水平有多高决定了他带的球员水平有多高，很难突破和超越。中国教练认为球员训练量越大越好，一天让球员练六七个小时，球员筋疲力尽。可可维奇让学校的教练们看到中国在足球方面与世界先进足球国家的差距：他们培养足球人才从青少年开始就有一套非常完善的机制，培养文化素质和对足球的兴趣，有非常清晰的实操量化指标，感性化的东西用理性化的工作去实现。

世界先进足球国家对青少年的身心状况研究得非常透彻，每个年龄段该训练什么内容都有具体规定。9岁以前是孩子发育的敏感期，主要培养他们对足球的兴趣，身体训练以孩子的协调性、灵敏性、柔韧性为主，之后再教他们踢球技术。15岁以后要多打正式比赛，可以是四对四、七对七、九对九，随着他们身体机能的发展逐渐和一线队衔接。在球员训练时间上，他们与中国的职业足球队、足球学校也有很大差别。中国人追求训练强度，欧洲人强调训练质量。先进足球国家以一星期为训练周期，每天训练两个小时左右（有的不到两个小时）。可可维奇告诉鲁能泰山足球学校的中方教练："足球训练有特殊规律，它需要运动员在90分钟内把体能充分释放，而不是搞疲劳战术，有效利用训练时间才是最重要的。在训练时间内加强训练强度才是第一位的。"在他的建议下，鲁能泰山足球学校把学生的训练时间压缩了1/3，训练质量明显提高。学生们对训练的关注度更集中，训练效果更好。

可可维奇作为总教练特别重视对中国教练员的指导。每周，他利用两个下午召集全体教练员集体备课，研究制订详细的一周训练计划，学习足球理论和技战术知识。教练们看到了自己的差距，学习如饥似渴，理论素养和教练水平大幅度提高。他们集体编写了《鲁能泰山足球学校学生训练大纲》《鲁能泰山足球学校教练教法》，这是国内第一部由足球学校教练编写的教学大纲和训练教材，具有开创意义。

可可维奇带来很多欧洲足球比赛的录像带，组织教练们学习、观看。中途，他会停止播放，就录像上对教学训练有帮助的片段进行讲解。

训练场上，可可维奇对教练们的要求也很严格，对动作不合格的坚决重来，绝不客气。个别教练觉得他有点吹毛求疵，可可维奇解释说："训练好每个学生，仅依靠我一个人是不成的，我们需要精诚合作。如果你们水平提高不了，怎么能把学生的水平提高上去？当务之急就是尽快提高每个教练员的执教水平。"

在一次一次的交流沟通中，在可可维奇一次一次的示范演练中，教练们的学习态度越来越端正，水平也不断提高，学生们在训练的时候都能感觉出来。以前教练是在场地旁边看训练，大声提醒。现在教练都下到场地和学生们一起练。教练流的汗水不比学生少，更能准确发现存在的问题，解决问题。

可可维奇也充分感受到中国教练、教师对他的那份友好、友爱。他在给家人发送的电子邮件里说："鲁能泰山足球学校是一个和谐的大家庭，充满了激情和爱。我在这里的每一天都是兴奋的，因为每个中国同行都勤奋。与

他们合作是愉快的、高质量的，所以我相信成功必将来临。我与同事彼此了解、熟悉，大家对我很好，我不觉得自己是个外来户，从来没有感觉到孤独。最高兴的是这里的工作开展得非常顺利，鲁能泰山足球学校会成为中国足球明星的摇篮，会成为中国和世界最好的足球学校。"

2003年，可可维奇离开鲁能泰山足球学校，到上海申花青年队执教。

聘任外国教练的成功，让鲁能泰山足球俱乐部尝到了甜头。可可维奇离开后，鲁能泰山足球俱乐部确定聘请原南斯拉夫青年队主教练拉普马诺维奇·费兰多出任鲁能泰山足球学校总教练。

费兰多1963年开始足球运动，1980年开始执教生涯。1980年至1991年担任贝尔格莱德南甲艾德里克俱乐部足球学校总教练。1993年至1999年先后担任南斯拉夫甲级足球俱乐部MILICIONAR队主教练，2000年后担任南斯拉夫青年队主教练，并负责贝尔格莱德游击队和拉夫艾德里克队青少年选拔工作。

费兰多有着丰富的青少年足球员培养经验，在训练中注重理论与实践相结合，突出趣味性和游戏性。他与可可维奇的不同之处，就是足球训练突出有趣、好玩，费兰多想方设法让足球训练充满情趣。例如，对小学三、四年级的学生以培养兴趣为主，在训练中加入了游戏形式和智力因素，训练形式多变，使学生们感到不枯燥。足球训练是一个重复训练，理论上讲一个技术动作要重复几千次才能练好，这对学生提出了很高的要求，必须要有耐心。很多时候，处在身心发育期的孩子都会表现出烦躁。费兰多告诉中国教练："你对孩子的鼓励和支持在这个时候非常重要，你自己要表现出足够的耐心。"

在训练场上，有学生练习得非常认真，动作到位，费兰多立刻上前，和这个学生击掌，做出"OK"的手势以示嘉奖。旁边的学生看了，马上效仿。训练课成为一种愉悦教育，学生们自信心增强，感觉更好，做不出来的动作也做出来了，纷纷表示："我行！"

来到鲁能泰山足球学校，费兰多感受最深的是，足球在欧洲是一种文化，而在中国是一项纯粹的运动，太看重比赛成绩。足球发达国家青少年足球非常普及，场地很多，足球是学校里的一门课程。在中国的学校里开足球

可可维奇·乔科
Kokovic Deko
第一任外籍总教练 1999~2003

拉普马诺维奇·弗兰多
Radisanovic Vlado
第二任外籍总教练 2003~2004

佐兰·佐季奇
Zoran Zagi c
第三任外籍总教练 2005~2010

曼努埃尔·巴博萨
Ferreira Da Silva Manuel ifonn
第四任外籍总教练 2011~2013

塞尔吉奥·巴雷西
Soares Sergio Felipe
第五任外籍总教练 2014~2015

保罗·诺佳
Paolo Noga
第六任外籍总教练 2017~2018

外教团队
Foreign Teachers Team

课程的几乎没有，一个城市的足球运动场和青少年球队都很少。在这种状况下，鲁能泰山足球学校是很适合中国国情的一种模式。他和中国教练说："鲁能泰山足球学校在理念和训练方法上应该向国际足球先进水平国家靠近，你们学校在管理方面做得不错，我觉得甚至超过了一些欧洲足球俱乐部的学校。"

"慧眼识珠"，费兰多在选拔足球苗子方面有自己独到的方法和眼光。第一是直观的方法。他通过观看比赛，能够对青少年球员从感性上进行正确判

定。第二是仪器分析。很少有足球教练通过仪器分析来挑选足球苗子，他却能通过仪器分析，精确地获知足球苗子的各项体能指标，发现优秀足球苗子的潜质。第三是测试的方法。通过测试，他可以更为清楚地了解足球苗子的素质和能力。对足球苗子的心理测试也是费兰多的"绝招"，包括心理承受力、求胜欲望、个人约束力、心理稳定性……他有自己多年积累的选拔足球苗子的方法，天性淳朴，怀有童心的费兰多在足球选材方面有着很高的造诣。

2003年，鲁能泰山足球学校举办暑期全国足球邀请赛。

每场比赛费兰多都会到场，手里拿着录像机，口袋里揣一个小本子，不是录像就是在小本子上做记录，费兰多是在为鲁能泰山足球学校挑选足球苗子。

这次暑期全国足球邀请赛结束后，费兰多录制了多个录像带，小本子也记得满满的。他从参加比赛的孩子中挑选了30名优秀足球苗子。经过考察后，30个孩子顺利入学，并以这些孩子为骨架组建了鲁能泰山足球学校1992年龄段后备梯队。这支队伍在2005年中国足协组织的同年龄段足球训练营中，有14名队员入选作为重点对象培养。这支队伍代表这个年龄段国内最高的水平，里面有王彤、孙东、张天龙等优秀队员，到2018年，王彤等球员还驰骋在中超赛场上。

2005年3月，聘任费兰多为总教练的合同到期，他离开鲁能泰山足球学校。这位可爱的老人留下来的背影，值得很多鲁能泰山足球学校的孩子一生回味……

2005年6月，佐兰·佐季奇出任鲁能泰山足球学校总教练。佐兰撰写的《关于发展提高8~13岁球员运动技巧的训练纲要》《足球技术》《DVD足球技术》等著作在业内有着很高的评价。经过可可维奇和费兰多两位总教练的培育，鲁能泰山足球学校已经有了一套行之有效的训练教学方法，但在5年多时间的摸索中还没有形成一套行之有效的理论，立志建百年俱乐部的鲁能足球俱乐部在这时请来佐兰这位足球理论家，希望把鲁能泰山足球学校这些年积累下来的关于青少年训练的经验进行提炼总结，编写一套适合青少年训练的教材。此外，佐兰还负责鲁能泰山足球学校年度、季度和月度教学计划、训练方案的

制订与实施。

大力加强青少年足球基本功的训练，将欧洲先进足球理念和训练方法融入训练教学中，提高训练的针对性和科技含量，确保学校梯队在国内乃至国际比赛中获得优异成绩。统一适合中国青少年足球运动员各年龄段的培养目标和测试标准，从国内选拔具有良好培养潜质的足球苗子，借助自身丰富的青少年培养经验优势，定期组织教练员业务培训，带动教练员的执教能力和综合素质的提高……这些任务都是比较艰巨的。

鲁能泰山足球学校举办欢迎宴会，欢迎佐兰到来。在欢迎宴会上，佐兰向学校领导说："我们学校是一家管理规范、训练条件和设施一流的足球学校，我对这里提供的工作环境感到很满意。我有信心通过努力，完成学校交给的工作，开创自己全新的事业。我们要建设成为世界足球名校，是很有想法的，我非常愿意尽我所能做出贡献。"参加欢迎宴会的人都希望鲁能泰山足球学校能百尺竿头更进一步，期待新的总教练能够像前两任一样，让学校的训练水平再提高一步。

平时训练不少，可是比赛太少；学生训练很努力，可是与强手过招太少。积累不了参加大赛的经验，就不知道在场上一些关键球怎么处理……这些在训练中发现的问题，要有针对性地解决。佐兰在和中国教练们一起研究这些存在的老生常谈的问题时，说到欧洲的青少年足球为什么开展得好，他说出原因："欧洲的孩子上学时抱着足球去，放学的时候找个场子就可以练一会儿，玩足球成为孩子业余生活的组成部分。玩足球没有输赢的概念，也就没有了功利心，反倒能把足球踢出高水平。中国恰恰相反，把输赢看得重于一切，平时缺乏这样的心理训练和心理准备。到打比赛，思想包袱非常重，越到关键时刻越发挥不出自己的水平。"听到这里，中国教练只能苦笑："在中国玩足球恐怕很难做到欧洲那样。许多家长把孩子送到足球学校，就是想让孩子成球星，挣大钱。"佐兰摇摇头，说："还有一个原因，足球学校的学生找不到高水平对手比赛也制约了球技的提高。在潍坊，没有和我们学校一样水平的足球队与我们的学生打比赛，我们的学生们也就提高不了。"教

练都有同感，有个喜欢下象棋的教练还给他的话做了注解："就像下象棋，你找高手过招，下棋的水平越来越高；你总和低水平的棋手下棋，只能把自己也变成一个臭棋篓子。""臭棋篓子是什么东西？"佐兰不明白中国"臭棋篓子"代表的意思，问教练，把大家逗得"哈哈"大笑。

佐兰在鲁能泰山足球学校当总教练，执教到2010年年底离开。继任者是葡萄牙足球超级联赛劲旅博阿维斯塔足球俱乐部青训总监曼努埃尔·巴博萨。自建校以来，鲁能泰山足球学校先后聘请了可可维奇、弗兰多、佐兰三位东欧教练员担任学校总教练。三位总教练对鲁能泰山足球学校的发展做出了贡献。

2011年5月，葡萄牙人曼努埃尔·巴博萨到鲁能泰山足球学校出任总教练。曼努埃尔·巴博萨出生于1951年，1969年加入博阿维斯塔俱乐部，并一直效力到退役。退役后，他多次担任球队助理教练，三次担任博阿维斯塔队主教练，并担任博阿维斯塔少年足球学校的校长。曼努埃尔·巴博萨在鲁能泰山足球学校执教期间，基本是继承前三任总教练的训练体系，因为缺少创新，在引进世界先进青少年足球训练方式上亦对鲁能泰山足球学校缺少帮助，2014年他被鲁能泰山足球学校解聘。

2013年之后，鲁能泰山足球学校加快了向海外进军的步伐。为了向学生们传授先进足球意识和足球技巧，追赶国际足球强国，与世界足球强国接轨，实施海外青少年培训成为鲁能泰山足球学校的规划之一，并得到落实。他们在巴西建立了第一个海外青少年足球培训基地，输送素质好有培养前途的青少年球员出国学习培训。

与之同步，鲁能泰山足球学校邀请了巴西圣保罗足球俱乐部派出的一个教练团队到校执教，他们是巴雷西、辛克莱、路易斯、布鲁诺，配合鲁能泰山足球学校全面开展青训各项工作。巴西团队在选材、训练、管理、体能、康复、医疗等方面提高了鲁能泰山足球学校的训练水平。这个教练团队带来了全新的执教理念，与传统青少年足球训练有很大不同。

总教练巴雷西在鲁能泰山足球学校大力推广圣保罗足球俱乐部的青训方

法和理念，但中国和巴西在文化和思维方式上有很大差异，也需要有一些调整。在圣保罗足球俱乐部的青训基地，所有部门的工作都围绕足球进行。而在鲁能泰山足球学校，各部门相对独立。到任后，他进行的第一项工作就是整合资源，简化程序。他还在教学中使用训练软件。这种训练软件在巴西的足球俱乐部普遍使用，在鲁能泰山足球学校却引起教练的极大兴趣，以前从来没有使用过。从中可以看出中国足球训练和世界先进足球国家的差距。

巴雷西在鲁能泰山足球学校推出了许多项改革。

最先改革的是青少年球员的训练理念，必须要有评价体系作为支撑。鲁能泰山足球学校过去的各梯队非常重视比赛成绩，这导致教练选材时过于注重身体、力量、速度等硬性指标，而忽视足球意识等软性指标。巴雷西出任总教练后，鲁能泰山足球学校青少年球员的评价体系发生了变化。巴雷西认为，评价体系不改变，教练就不可能看淡成绩而注重球员的成长。所以，在新的球员评价体系中，成绩不再是核心，评价体系更注重球员的意识、意志、技术发展等方面。巴雷西提供了他们俱乐部全新的青训大纲和评价体系，依托这个大纲和体系，鲁能泰山足球学校建立完善了球员成长、球队成长档案，以此作为教练员的主要评价标准。

巴雷西对密集的比赛也进行改革，降低比赛密度。鲁能泰山足球学校的梯队每周比赛都在两场以上，而圣保罗足球俱乐部的青少年球队是每周比赛一次。"如果比赛比训练还多，学生们不知道怎么样在比赛场上踢球更正确，他怎么进步？"巴雷西和鲁能泰山足球学校负责训练比赛的足球部管理人员解释道："比赛是很重要，但并不是一切。理想的做法是通过比赛看训练成果，回头再改正不足。"巴雷西强烈建议减少比赛数量。

一天早晨，巴雷西出来散步，遇到一个鲁能泰山足球学校的学生，看到巴雷西，那个学生和巴雷西打招呼："总教练早上好！"声音小到几乎听不到，学生低着头从巴雷西身边匆忙走过。巴雷西心想，中国孩子太腼腆，不像巴西人遇到生人看着对方的眼睛说话，这样更能释放自己的情绪。腼腆的情态带到训练场、比赛场上就是激情不够，巴雷西这才理解中国球员为什么

在比赛时大喊大叫的少。

在训练中，巴雷西一直强调学生要大喊大叫，要释放自己的激情。见到学生和自己说话，他第一个要求就是："抬头看着我，大声说出来！"这样不断地训练，真就改变了一些学生的习惯，他们和教练说话时头抬高了，声音也越来越大。学生们见到巴雷西时不再低头了，开朗活泼地说："总教练好！"巴雷西用生硬的汉语回答："好，好！"他自己都被自己的汉语腔调逗笑了。

巴雷西倡导要做好训练场设施的功能性。原来每个场地的小球门都要人工抬着走，巴雷西要求给小球门安装轱辘。"这样小球员可以便利地移动球门进行训练，节省他们的体力。"他了解到学生们一日三餐，马上提出整改，由一日三餐改为四餐，让学生在生长期身体不落后于欧美球员。鲁能泰山足球学校马上采纳了他的建议，给学生们加餐，保证学生们摄取足够的营养。

对青少年球员训练，巴雷西带来了多种形式。U17球员进行实践训练课，他让所有年龄段的中方教练都来观摩。专人进行拍摄，在训练后播放。一边播放一边讲解，因为有的训练问题在各个年龄段都存在，这样可以节省更多时间，让教练在训练自己的球队时把相同的问题解决掉。

巴雷西和教练团队采用更多的仪器辅助训练，分析学生们的各项训练指标、生理指标，针对不同的学生提出不同的训练方案，实行训练差异化，带来了新的训练模式。特别是在运动康复学方面，教练团队实行的是一套更科学、更人性化的方法。

一支少年球队从外地打比赛回来，进行生化指标测试，发现尿酸指标超标。以前没有这项测试，即使有也不当回事。负责康复的巴西教练说："必须要搞清楚是怎么回事。这项指标会影响孩子的发育，弄不明白不行！"于是，有关人员坐下来分析，到底是什么原因造成小球员集体尿酸指标超标。

最后终于把原因找到了：在外地打比赛时，教练为了让学生们保持体力，让他们多吃肉，少吃菜，最后影响到尿酸超标。根据找到的原因，对症下药找到解决方法。不久，这些学生的尿酸指标恢复正常。

过去遇到重要的比赛，如果队员受伤，一般都是简单治疗。教练征求球员意见："你觉得自己行不行？能不能上？"球员年轻气盛，又有上场比赛的欲望，不到实在不行的时候，都会咬紧牙关："我行！"轻伤不下火线，还会得到赞扬和鼓励。疼得厉害，甚至打封闭参加比赛。

这些违反科学的做法，让巴西康复教练布鲁诺弄不明白，这样的行为在中国为什么会得到鼓励。他坚决反对："教练不能问球员自己，球员不是理疗康复专家，他并不知道自己的伤情能不能上场。问他，不到疼得不行，他就不会下场！一定要听康复专家的意见，不恢复好坚决不能上场！"

对巴西康复教练布鲁诺的观点，鲁能泰山足球学校党委书记谭朝晖非常赞同。他举出例子：一些优秀球员为什么老是旧伤复发，就是伤还没完全好，就坚持上场比赛，剧烈运动。伤老是好不利索，结果成了"顽疾"，最终影响球员的职业生涯。鲁能泰山足球学校97/98年龄段的47个学生，23个学生有踝关节损伤，这个地方在比赛时最容易受伤，没根治好又参加训练、参加比赛，对恢复非常不利。接受康复教练的建议，一定要彻底让这些学生恢复好。

石炎是U13一名优秀球员，在训练中受伤，康复教练检查后，决定要停止训练和比赛。这时，正好有一场重要的全国U13足球比赛，教练找到康复教练布鲁诺，问石炎的康复情况，能不能参加比赛。布鲁诺摇头说"No！"教练让石炎跑几步看看，石炎跑了一段距离，教练说："都能跑了，不就是好了吗？怎么就不能参加比赛呢？"布鲁诺一口回绝"No！"他解释道：球员受伤恢复后，不要只看他还能不能跑，这不是康复的标准。重要的是要看球员在奔跑时，上身和双腿是不是协调，如果不协调就是没有恢复好，坚决不能参加比赛。作为康复教练，他要为球员负责，不是向比赛负责！

这样的康复理念经过不断地灌输，在鲁能泰山足球学校由浅及深，渐渐被大家接受。有一个青年球员，受伤康复期间入选国家青年队。当国家青年队要求他入队训练时，被鲁能泰山足球学校回绝了。理由很简单：现在参加训练影响球员的康复。这样的事情放在以前，为了学校的荣誉，也会鼓励球

员去国家青年队参加训练。

2018年6月6日，山东鲁能泰山足球学校在足球技术中心召开总教练拉莫斯见面会。会上，国网山东省电力公司鲁能体育文化分公司党委书记、副总经理，山东鲁能泰山足球学校党委书记、常务副校长谭朝晖宣布，前葡萄牙足协技术总监西尔维拉·拉莫斯将担任学校总教练。

1999年建校之初，鲁能泰山足球学校在中国开创了聘请外教担任青训总教练的先河。可可维奇、弗兰多、佐兰、巴博萨、巴雷西、保罗先后担任鲁能足校总教练，拉莫斯成为鲁能足校的第七任总教练。

谭朝晖在见面会上介绍了拉莫斯的职业履历：带过葡萄牙青少年国家队每个年龄段的队伍，曾经执教过克里斯蒂亚诺·罗纳尔多两年。担任里斯本足协青少年选拔队教练时，培养出参加U20世界青年锦标赛的球员，其中包括前世界足球先生菲戈。

拉莫斯很快进入自己的角色，在和学校教练进行交流时，他说："受邀来到鲁能足校工作，我感到非常荣幸。足球是一个团队项目，我们的目标和核心就是将我们的孩子培养成最好的球员，这是一项艰巨的任务。我的工作，要符合青训规律并切合鲁能青训体系。希望我们每名教练和工作人员都要为鲁能青训体系的发展建言献策，我会虚心听取大家的建议，也希望大家能够敞开心扉听取我的建议。"

学校一位老教练请他谈谈对中葡两国青少年足球的看法，他也直言不讳："葡萄牙青少年足球和中国完全不同，在中国青少年足球才刚刚起步，在葡萄牙已经有六七十年的历史。我踢足球，我父母也踢球，我爷爷奶奶也踢足球。现在中国的孩子们才开始踢球，中国的父母也刚开始培养自己的孩子踢球。这样一种足球环境，让中国足球马上发展到很高水平是不现实的。我想这就是葡萄牙和中国的不同。"

"中国有不少有天赋的球员，但是他们从小到大球技进步并不大，如果我们有好的教练就可以让孩子们有更好的发展。好教练可以培养出好球员，如果教练水平有限，球员虽然也可以成为不错的球员，但达不到他本该达到

的高度。鲁能足校的小球员素质不错，但他们可以做得更好，现在不是他们的最高水平。我们应该教他们如何成为更好的球员，教他们用不同的方式踢球，他们可以做得更好。"

鲁能泰山足球学校在坚持向巴西、葡萄牙学习的前提下，也在拓宽青训教练的来源。2018年6月，学校聘请日本人仓田安治出任鲁能U17B队主教练。1963年出生的仓田安治球员时代是日本国脚，退役后担任教练。2012年，仓田安治出任大连阿尔滨U17主帅，此前他还担任过东莞南城青训技术顾问。阿尔滨U17在2013年的全运会上获得了冠军。随后，仓田安治接手阿尔滨一线队。从阿尔滨下课之后，仓田安治回归青训，2016年，加盟绿城足校，出任绿城U17队主教练。仓田安治对中国足球青训有丰富的经验。鲁能U17B队虽然挂着B队的名称，但却是不折不扣的冠军球队，他们是2017年度U16联赛以及冠军杯的冠军。

仓田安治认为，中日足球的差距是从9岁到19岁的培养过程。中国有很多优秀的年轻球员，但从小接受防守反击的打法，到比赛中他们害怕从后场组织进攻，打法比较简单。中国教练太关注球队的成绩，可对于青少年足球培训来说，教练除了成绩还要关注球员的成长。如果从小就坚持和贯彻传控踢法的话，他们会有更好的发展。他说："鲁能足校的青训理念贵在传承和坚持，不管教练怎么变化，理念是不能变的。有的时候，我们会遭遇困难，但依然要坚持下去，很多年之后，一定会有收获。鲁能足校为什么输出的职业球员最多，关键在于坚持的理念没动摇，我最赞赏这个。"

不断加强和日韩两个近邻的沟通与交流，是鲁能泰山足球学校青训呈现出的新的特点，足校加强和亚洲顶级球队的沟通和交流，发现自身不足，比较快速提升自己的能力和水平。

在聘请外籍教练的同时，鲁能泰山足球学校也加强中方教练的引进与培养，形成了老中青搭配的合理结构。目前有外籍总教练1人、外籍教练9人、中方教练37人。中方教练中多人出任中国青年队、中国女队、中国少年队的教练、助理教练，执教水平较高。

　　引进外籍足球教练，不断把世界先进的足球理念带到学校，潜移默化灌输给学生，在青训中发挥越来越大的作用。俗话说"外来的和尚会念经"，这本"足球经"想念好也不容易。经过多次聘任外籍足球教练后，鲁能泰山足球学校积累了丰富的经验，更能"对症下药"。他们获得的成果，就是这些年向各级别国家队、足球俱乐部大批输出青少年球员。一花引来万花开，鲁能泰山足球学校引进外籍足球教练的做法正在被一些足球学校复制，外籍足球教练将带领中国青少年足球培训跨上一个新台阶，培养出更多视野开阔、球技高超、能打硬仗的优秀青少年球员。

第十一章
润物无声

重视学生的足球水平提高，重视文化课学习，这成为鲁能泰山足球学校的品牌。很多家长把孩子送到这里学习，也是对鲁能泰山足球学校重视学生的文体全面发展模式的认可。为了加强对教师的教学管理，鲁能泰山足球学校制定了《班级管理考核细则》《文化课教师绩效考评细则》等十几项规章制度。对教学秩序起到了良好的作用。

对学生提出的《十好行为规范》，虽然对提高学生学习、训练积极性有一定作用，对学生生活有一定指导意义，但是，如果有些学生对具体课程没兴趣，还是很难提高他们的学习成绩，这成了教学中的一个难题。对英语教师们来说，他们遇到学生厌学的问题就更严重。有的学生连汉语都学不好，让他们学好英语，比登天都难。考试时，出现十几二十分的试卷是常事。必须要想方设法改变这种情况，教书育人，不能误人子弟！

几位英语教师经常在一起研究教学问题，最挠头的是，如何激发学生的学习兴趣。作为英语教师骨干，李霞为此没少动脑筋，可效果都不是很好。有一次，她到一个同学家去玩，实际上是想请教一下教学经验，讨教一下如何才能调动学生学习英语的积极性。同学也是英语教师，她对李霞说："从小学到大学，外语都是最不受学生欢迎的，难啊！""可我看你的教学成绩蛮好的，你有什么办法吗？""我也没什么好办法，主要是让学生感兴趣。"李霞

的同学解释，"不能强制灌输，死记硬背肯定不行！你想想，孩子们为什么喜欢看动画片，就是因为感兴趣。只要能引起他们有兴趣，英语就好教了。"话虽然不多，但令李霞茅塞顿开：我们的英语教学是不是强制灌输得太多，调动学生兴趣的时候太少啊？

上班的时候，只要有时间，李霞就和几位英语教师一起探讨。

利用当班主任的便利，深入学生中间座谈，倾听学生们的意见。反映上来最多的意见是：学英语枯燥，没意思。怎么样才能让学英语变得有意思呢？

李霞找来一些关于儿童教育的心理书籍，从中寻找答案。平时注意观察学生在英语课堂上的反应，寻找最佳的突破方式。

经过几番尝试，李霞主持编写了《足球英语300句》。这本书引起了学生们的兴趣，书中都是一些和足球有关的英语句子、短文。不用死记硬背就能理解，学习起来也不费事，互相之间尝试用这些英语句子对话还挺好玩的。因为使用《足球英语300句》，不少对英语不感兴趣的学生也开始喜欢英语了。李霞和其他几位英语教师因势利导，让学生们在宿舍里贴上一些日常使用的英语字条，使用起来方便，巩固了英语学习的效果。

　　根据学生们的实际需要，鲁能泰山足球学校编写了《足球孙子兵法》《葡语口语》《运动生理》《球星宝典》等多部教材，收到了非常好的教学效果。

　　学校的每位文化课教师都把教好学生、保证授课质量看作是头等大事。教师们是这样想的：中国足球的未来在于青少年，青少年的未来在于他们有没有文化与智慧。进入鲁能泰山足球学校的学生只有少部分人能成为职业球员，而职业球员35岁左右也要退役进入社会。中国球员少年时比国外同龄球员并不差，为什么成年以后差距扩大呢？主要是文化功底不行。在巴西，要求成年球员必须高中毕业。2000年之前，在中国足球协会注册的成年球员有高中文化的凤毛麟角，如果鲁能泰山足球学校不重视学生们的文化课学习，就是有辱使命。教学实践中，他们每个人都在踏踏实实地做。

　　张则亮是原潍坊电力技工学校的电气专业教师，鲁能泰山足球学校成立后，被安排做电脑课教师。他对电脑知识虽然有一定了解，可毕竟不是本专业，要想把课讲好还需要付出许多努力。为了讲好电脑课，张则亮绞尽脑汁。自己上书店买了不少有关电脑的图书，自学电脑课程。刚开始上电脑课，心里没底，讲几分钟，眼睛就得瞄上教案几眼，生怕讲错了。精神和注意力都在教案上，没法和学生交流，课堂上乱哄哄的。

　　讲到半节课的时候，教室后面竟发出了这样的声音："两个二！""别动，

我出'炸'!"四个学生在教室后面围在一起打起扑克牌来。

这等于是对自己讲课质量的评价：老师讲得不好，我就玩扑克牌。

张则亮走到教室后面，勒令几个学生把扑克牌收起来。

全班学生"哈哈"大笑。

学生不玩扑克牌了，心思也不在上课上，打闹、说话，干什么的都有。

头一堂课就失败了，那可是精心准备的啊！面对困难，张则亮没有责怪学生，而是从自己身上找原因，到底是哪里不行？请教其他老师，遇到这种情况怎么办……

一次又一次改进。

了解到许多学生喜欢玩电子游戏，他忽然间开窍，为什么不从这里入手呢？

上课，打开电脑。也不讲课，投影仪上投射出来的画面竟是一种最流行的《闯关》电子游戏。

"啊，老师玩游戏！"下面是一片惊呼声。有不少学生喜欢这个电子游戏，有的多次闯关不成，正想着找人切磋，提高技艺，没想到老师竟然会这个。师生之间有了共同语言。张则亮的目的当然不是这个，他抛出的是一个诱饵，是要把学生引导到学习电脑知识上来。

先从电子游戏生成原理引入，然后绕到要讲解的知识点上，生动、风趣、有意思，不仅课堂秩序好，学生们的学习态度也端正了。张则亮有了深刻体会，学生们没有教好，先要检讨自己用心了没有。

后来，他被调任到后勤部门，负责学生的食堂伙食。

对他来说，后勤部门也是个新事物。他还是抱着一个态度：不懂就学。先从学生们的营养配餐抓起。从大学里请来营养专家，对鲁能泰山足球学校学生饭菜进行分析，哪里需要改进。他跟着专家学到了很多知识。什么年龄段的孩子摄取营养是多少，学校的学生有什么特殊要求，营养配餐的比例在什么条件下是最佳比例……

学生伙食有了许多改变，张则亮完全把自己的全部身心都投入进去了。

　　后来鲁能泰山足球学校聘请专门的营养专家调配学生的饮食，张则亮才退出管理舞台。每每提起过去的工作和往事，他还是挺激动，那些日子，真为学生们操碎心，心甘情愿地全心全意把工作做好。

　　怎么评价文化课教师的教学是不是达到了教学目标呢？鲁能泰山足球学校有自己的评价办法。每次考试用的试卷都不是教师自己出的，采用的是潍坊坊子区教委的中小学考试试卷。学生们都很努力，每次考试合格率都在90%以上，文化教师的心血没白费。

　　每年，鲁能泰山足球学校都邀请潍坊市教育局和坊子区教育局派专家对学校的教学质量进行评估，专家们评估后的结论是"达到标准"。

　　有一次，潍坊市教育局教育创新评估中心来了6位专家，分别从备课、教案、教法、课堂问答、课后学生评价等不同方面进行测评。对全校30位文化课教师全部进行评价，无一遗漏。在评价反馈会上，一位专家给出这样的评价："我有两个想不到。一是想不到鲁能泰山足球学校的文化课教育这样规范，与公办学校没有区别。二是想不到鲁能泰山足球学校的学生会这样有礼貌。"

　　他举出例子：中午，考评组专家在学校食堂用餐。去食堂的时候，发现走在前面的学生只要是三人以上就会自动排队，不会横排走路。他们来到食堂门口，走在前面的学生主动给他们开门，有礼貌地问候："老师好！"在他们的印象里，学体育的孩子在接人待物上与其他孩子是有点差距的，鲁能泰山足球学校竟然把学生教育得如此通情达理，有点意外。

　　他们还对教学之外的校内动态进行了考察。

　　鲁能泰山足球学校对学生教育明确提出了"要做球星先做人"理念，从养成良好习惯入手，从小事抓起，全面实施素质教育。在训练场上。考察组的专家们看到，集合整队时学生迅速、整齐，队服、装备干净统一。训练中，学生们严肃认真，服从指挥。就餐统一时间，列队入厅；宿舍每日清扫三次，衣服脏了及时清洗……

　　有专家说："我去过学生宿舍，窗明几净。不像地方上的一些住宿学

校，宿舍卫生情况很差。这里的学生都自觉维护环境。你们是怎么做到的？""我们实行军事化管理，狠抓学生的纪律性。这方面如果做不好，很容易出问题。"教务部主任曹蕴华解释，她从一个普通教师成长为学校的中层干部，这些年里，亲眼看到学校的变化，看到教学工作的不断改进，看到学校管理方面的进步。

"想问问你们学生的出路情况。"专家们又抛出一个问题。这个问题对所有国内足球学校来说都是大事，这项工作做不好，足球学校就很难生存。

鲁能泰山足球学校的学生出路怎么样呢？看一组数字：

鲁能泰山足球学校对文化教育、品德教育的重视，为学生升学到大专院校拓宽了道路。连续多年保持升学率65%以上，学生进入北京体育大学、浙江大学、山东大学、吉林大学、宁夏大学、山东体院等高校就读，还有两名学生考上飞行员。

鲁能泰山足球学校独特的办学模式，是经过不断探索形成的，有其鲜明的特色。学校学生由两部分组成：一是面向社会招生，招进来的学生们读的是普通班，自费；二是由教练到各地选拔足球苗子入校，读的是专业班。因为年纪不同，专业班形成从小学到初中、高中的后备梯队，球员交一部分学费，优秀球员免费。为了在普通班发掘有足球天赋的孩子，学校规定每年可从普通班里选拔10%的学生进入专业班。相应地专业班学生也有10%调到普通班，目的是更有利于学生的发展。

鲁能泰山足球学校成立之初，按"两岁一个年龄段"的组队方式，实行A、B建制。只有U11、U13、U15球队，后来发展到U17、U19球队。球员按照水平高低分成A、B、C队，各队之间形成相互竞争。B队的球员表现出色可晋升到A队，反之，A队的球员表现不佳则降到B队。如此一来，有潜质的队员经过不断竞争就会集中到A队中，形成了一个金字塔的塔尖，最终成为职业球员。这种"塔式结构"模式可以激励球员刻苦训练，争取早日到达金字塔的顶端。

鲁能泰山足球学校根据办学经验，初步认定17岁是判断一名学生能否成

为职业球员的分水岭，对有足球天赋的学生重点培养，在19岁之后输送到鲁能泰山一队以及其他中超或中甲球队做职业球员。无法成为职业球员的学生，学校则加强文化教学，让他们到大专院校继续深造学习。评为二级运动员的可以参加体育院校的单独考试，评为一级运动员的高考可免试入学。没有评为一、二级运动员的，因为有足球特长在高考录取时也会受到一些高校的青睐。这些都形成了鲁能泰山足球学校学生的高考优势。

根据"塔式结构"原理，鲁能泰山足球学校确立这样的培养方式：小学阶段是基础教育，无论普通班还是专业班，都要重视文化课学习，把知识基础打牢。小学时期，训练量相对较少，加大文化课学习量。15岁以后，有足球才能的学生加大训练量，根据测评，预计进不了专业班的就准备参加高考，着重进行文化课学习。根据学生们的具体情况安排教学，教学效果非常明显。足球训练与文化知识学习不是一对矛盾，要相辅相成，并行发展。学校要完成九年制义务教育，学生来源和基础各不相同，就必须因材施教，分层次进行教学，提高优秀率。学校的教学方式引起了潍坊市一些学校的兴趣，纷纷派教师来学习观摩。

教师主动引导学生学习、理解重点，让学生及时掌握当堂知识。每节课都会拿出10分钟时间，当堂测试，不把作业留到课余，这与公办学校有很大的不同。鲁能泰山足球学校半天上课半天训练，课堂上教师把握一个原则，就是让学生掌握好基本知识和概念，及时了解学生们的反馈，对普遍不能掌握的难点，在自习时间进一步讲解，让学生消化直到掌握理解为止。如此一来，教学成效大大提高。学校的训练和比赛任务多，仅靠课堂上灌输很难让学生掌握全部文化知识。要想让学生努力学习，就要有实用有效的教学方法。低年级同学上课，教师会使用多媒体和形象的课件，甚至会把《喜洋洋与灰太狼》动画引进课堂，激发低年级学生的学习兴趣，让学生主动举手发言，回答教师提出的问题。

学生们最不愿学古文。怎么才能提高学生们的学习兴趣呢？语文教师让学生们用讲故事的方式，把《卖油翁》的情节讲述下来，学生们自己评论谁

讲得好，使课堂上的气氛格外活跃。学生们争先恐后登台讲述故事，大家七嘴八舌进行评论，不时引起阵阵笑声。

讲授课本中的戏剧课文时，教师让学生们自告奋勇，扮演剧本中的角色，进行模拟表演。学生们不觉得是在上课，而像是在开展课外活动。在欢歌笑语中，一堂生动有趣的语文课上完了，应该记住的知识点，学生们在潜移默化中都掌握了。

为提高文化课教学质量，鲁能泰山足球学校实施《文化课教师岗位工作规范》，突出加强教师备课、上课、批改作业全过程教学管理，优化教学环节，采用说课、情景教学、经验交流、观摩教学、集体备课、专题讨论、教案展评、优秀课比赛、板书比赛等方式，提高教学的趣味性，激发学生的求知欲。

球星宿茂臻当教练后，在英国学习足球教练课程。回国后接受《足球报》记者采访时说："在英国足球俱乐部选拔预备队时，球员必须要有高中以上学历，我们和先进足球国家的差距不仅仅是在技艺一个方面。"鲁能泰山足球学校加大学生的文化课教学，就是要缩小差距迎头赶上。

　　现代足球不仅仅是靠体力和球技，更要有智慧，要用脑子踢球。文化素质高了就会思考：怎么理解教练意图，怎么运用合适的战术，怎么跑动更合理……文化素质高与文化素质低，球员在比赛时的表现是不一样的。鲁能泰山足球学校副校长李学利说："国外踢足球的孩子，无论进不进足球学校，他们都不会中断原来学习和生活的轨迹。中国球员因为综合素质和文化素质不高，承载不了巨大的生理和心理压力，学习、吸收、创新、应变的能力差。我们学校培养的学生，既要有高超的球技，又要有较高的文化素质，应当是一个身心健全的社会人。"

　　培养身心健全的社会人，从小就要打好基础，而不是临时抱佛脚。鲁能泰山足球学校在初中阶段发现、培养有足球天赋的学生，组织教练、专家进行评估，进入专业班的学生开始减少，进行第一次"瘦身"。学生到17岁的时候，通过训练、比赛，基本可以判断一个学生未来的发展走向是什么，进行第二次"瘦身"。少数有足球天赋、有发展前途的学生进入鲁能足球俱乐部预备队进行训练和比赛，或者到其他足球俱乐部踢球，有二三十人，这就是最后处在"塔尖"上的学生。

　　剩下的学生进行分流，或者到足球职业中专学习，或者到鲁能泰山足球学校高中学习。他们或者升学到大专院校继续学习，或者选择就业。不能做职业球员的学生，学校会提前与家长商谈学生的出路问题，对学生的未来发展给出有益的建议，而不是放任自流。

　　鲁能泰山足球学校每年都会召开不同规模的家长座谈会，向家长介绍孩子在学校的学习、训练情况。针对少数存在问题的学生，班主任会向他们的家长提出配合教育的具体要求。同时会公布本年度都有哪些比赛，大致会有哪些学生参加，欢迎学生家长现场观看比赛。学校和家长做到及时沟通有益互动，共同帮助学生成长。有时家长座谈会有一定针对性，对来年毕业的学生具体出路与家长进行讨论，对每个学生负责，是学校义不容辞的责任。

　　鲁能泰山足球学校有一个从天津来的学生，上专业班，足球踢得很好，就是喜欢去网吧。后来，在网吧里认识了一个初中女生，两个人谈起了恋

爱。这件事情被女生家长知道了，找到学校。学校领导和班主任知道后，找到这个学生谈话，要求他必须断绝与这个女生的联系，专心学习和训练，并且通知了家长，要求家长和学校一起做好这个学生的思想工作，对他实行了严格的监管措施，不得一个人到校外活动。

没想到，他竟然几次翻墙溜出学校，在校外和那个女生约会。女生家长知道后，扬言要找人打断他的腿……

事态非常严重。为了这个学生的安全，也为了对违反校纪的行为做出严肃惩处，鲁能泰山足球学校决定对该生进行劝退，让家长把孩子带回去……

严格的校纪校规、严肃的处理处罚，让鲁能泰山足球学校保证了校内的教学、训练秩序，也受到了家长们的肯定。他们把孩子交给这样的学校，放心！

第十二章
无限责任

　　培养有道德、有知识、有能力的学生，输送到社会后使其成为能为社会做贡献的人，做合格公民，这一直是鲁能泰山足球学校的目标。在全部学生中，能够成为职业球员的毕竟是少数，多数学生要走上社会，把他们培养好是非常重要的工作。要想把学生培养好，首先要有好教师。对教师严格要求在鲁能泰山足球学校具有优良传统，教师对自己严格自律在鲁能泰山足球学校由来已久。针对聘用员工较多的实际情况，鲁能泰山足球学校把教职工队伍建设放在了首位，把山东电力的企业理念和管理经验，全面贯彻贯串于学校的各项工作中，重点加强制度建设，严格执行岗位工作标准和管理标准，做到分工明确、责任到人、考核到位。确立了班主任、文化课教师、教练员业务交流制度和教练员听文化课制度，所有教职工按工作业绩实施奖励和淘汰，建立起了良好的竞争激励机制。

　　鲁能泰山足球学校的学生来自全国各地，学习基础不一样，个人性格不一样，适应环境的能力也不一样。怎么样能和学生打成一片，让他们在最短的时间里融入集体，适应环境，是教师们要解决的第一个难题。解决这样的难题，仅仅凭教师的自觉是不够的，鲁能泰山足球学校建立了《教师与学生谈心、谈话制度》。

为了加强学生思想工作，了解学生的思想动态，有针对性地开展学生思想教育，同时增进师生间的相互理解，形成良好的班风学风，促进学生身心的健康发展，特制定《教师与学生谈心、谈话制度》：

一、教师必须采用正确的谈话态度，不应单纯地对学生埋怨和责怪，而应该明确教育是一个交心的过程，必须以宽厚的师爱赢得学生的信任，以深沉的师爱激发学生对生活的热爱。

二、教师与学生谈话必须以平等的身份，以德感人，平等待人，并注意保持适当的距离，掌握并运用一定的谈话艺术。

三、教师要有计划、分层次和学生谈心，平均每学期与任课班级每名学生谈心至少一次（每周至少找2~3名学生谈心），重点学生要经常谈。不要等学生出了问题再谈，而要进行预防性谈话。

四、教师与学生谈话要从实际出发，坚持尊重学生个性与把握教育规律相结合的原则，及时掌握思想动态的基本情况（个人爱好、本人经历、家庭情况、身心状况、球技水平等），根据个体的差异，提出不同的教育要求。

五、与学生谈话，必须做好谈话记录，主要内容包括：解决问题的措施和相应的跟踪调查，以便及时发现问题、解决问题，必要时向学校有关领导反映。

六、教师与学生谈话要坚持循序渐进与制度化相结合、表扬与批评相结合的原则。对有问题、有困难的学生，必须仔细询问情况，负责思想教育与引导，不得以任何理由推诿，必须做到态度热情，服务周到，对自我要求不严，学习成绩较差的同学，教师应及时进行个别谈话，了解情况，以表扬为主，帮助引导学生增强信心，奋发努力。

七、班主任要经常与学生家长、教练、任课教师联系和沟通，争取他们的配合与支持，从多层面、多角度掌握学生的真实情况。谈话时，做到有的放矢，要深入学生宿舍、餐厅、训练比赛场地，要在关心其文化课学习的同时，关心生活和训练比赛。

八、班主任要坚持面上推进与个别教育相结合的原则。深入学生，广泛调查，不能偏听偏信，对于学生中存在的共性问题，要在全班内展开讨论，全面提高学生的素质，培养和建立良好的班风和学风。

九、教师与学生谈心、谈话情况作为教务部对教师月考核的重要内容之一，各教研组长做好统计。

这样严格的谈心、谈话制度在公办学校大概是见不到的，有谈心、谈话制度能落实吗？

鲁能泰山足球学校统一印制了"教师与学生谈心谈话记录本"，教师与学生谈话、谈心必须要有记录，领导不定时进行检查。好制度不是印在纸上贴在墙上，必须要落在具体的行动上。初中二年级班主任玄丽老师的"教师与学生谈心谈话记录本"上的几份谈话记录表，真实地反映了老师谈心工作，谈心后取得了什么效果。

教师与学生谈心谈话记录表（1）

学生姓名	李××	所在班级、球队	校队	时间	3月9日	地点	教室
谈话内容	该生是去年来的一名新生，父母离异后，父亲总感觉亏欠他的，他有踢球这个愿望，就尽力去帮他实现这个心愿。家庭的缺失使他的性格内向，不爱与人交流，不敢表达自己的想法						
思考与对策	希望他真正走进初二（1）班这个大家庭，把同学、老师当作知心的朋友，锻炼自己，变得阳光，开朗些						
建议	让他担任科代表，既锻炼能力，又方便他与老师、同学沟通						

教师与学生谈心谈话记录表（2）

学生姓名	杨××	所在班级、球队	校队	时间	3月18日	地点	教室
谈话内容	打算回家上普通学校，但遭到家长的反对，双方争吵起来，导致心情郁闷。其实他也在对自己的未来犯愁，不知该走哪条路，担心前功尽弃，最后一事无成						
思考与对策	打电话跟家长沟通一下，共同为孩子设计一个最合适发展的未来						
建议	多鼓励，多支持，相信他们，遇到困难及时伸出援助之手						

教师与学生谈心谈话记录表（3）

学生姓名	刘××	所在班级、球队	校队	时间	3月22日	地点	走廊
谈话内容	本是学习很不错的学生，但从上学期末开始变得玩心很重，考试三门不及格。家长对他的要求也十分严格，希望他以后能考上大学，但收心不是一两天能做到的，需要老师时刻提醒						
思考与对策	这几天有了进步，作业比原来认真了，上课发言也积极了，对待老师有礼貌了。总之，在肯定他进步的同时提出更高的要求						
建议	家长应与老师联手，一起为孩子加油，而不是"放任"						

　　玄丽喜欢自己的职业，喜欢这群可爱的学生。尽管有的学生有时调皮捣蛋惹她生气，可她很少在学生面前发脾气，对待学生就像对待自己的孩子。用她自己的话说："既然选择了鲁能泰山足球学校，选择了教师这个行业，就要全心全意把工作做好！"

　　为了学生学好文化课，不断提高学习成绩，玄丽时刻关心他们的成长和进步。鲁能泰山足球学校选拔人才激励学生刻苦训练有一项激励机制，每年有10%的调班名额，普通班和专业班的学生实行对调。调整到专业班的学生，意味着有走入职业球员通道的可能，在学习费用上也有部分减免或者优惠，是许多普通班学生的追求目标。专业班和普通班的学生角色可以互换，既保证了专业班作为学校梯队的质量，也促进了普通班的学生为了进入专业班发挥自己的足球潜能，这是鲁能泰山足球学校的办学特色之一。普通班的学生调进专业班当然高兴，但从专业班调进普通班的学生思想压力就比较大，往往会影响学习和训练。这时，班主任的作用就非常关键，及时谈心和心理疏导是必须跟上的工作。

　　玄丽当班主任的班级有个陈同学，初中二年级时，从专业班调入普通班，思想上背了很大包袱。调到专业班的时候，父母非常高兴，特意给他买了笔记本电脑作为奖励。现在回到普通班，他连跟父母汇报的勇气都没有。初二年级的学生正处在懵懵懂懂的少年期，不是很懂事，班里的学生对陈同学冷嘲热讽。因为座位问题，有一次他和一个同学发生摩擦，那个同学嘲笑他："你有能耐别回来啊！"旁边的几个同学跟着起哄，陈同学受不了，竟然逃课。

　　他跑到学校的围墙边，倚着一棵大树默默流泪。

　　一只手搭在他的肩头，转回头看，是班主任玄丽。他的眼泪"吧嗒吧嗒"掉下来。

　　玄丽像对待自己的孩子一样和他促膝交谈："同学们一时不理解，瞎起哄。他们不是有意的。你别灰心，你能被教练选进专业班，说明还是有能力的，前进路上的小挫折算不了什么，自己要有自信。""老师，我就是没自信。虽然去了专业班，可正式比赛一场也没上过，我觉得自己还是不行。"

陈同学怯声怯气地说。

"不能这么说啊！"玄丽鼓励道，"虽然没有打正式比赛，可你在专业班待过啊，就说明是有一定能力的。替补不一定都不行啊，不是说要有"板凳厚度"吗，坐过替补板凳就要比根本没坐过的同学水平高啊。继续努力，以后说不定还会回专业班呢！关键是自己不要气馁，要正确对待哦！"在玄丽的耐心开导下，陈同学的脸上终于露出了笑容。

这节课，玄丽没有让陈同学回去上课，而是让他自己在校园里冷静冷静，把心情沉淀下来。她自己先回到教室，和全班的学生做了一次谈话。

"谁不想调到专业班，请举手！"她问学生们。

学生们你看看我，我看看你，没有一个人举手。

"好啊，你们都有上进心，都想去专业班，这很好。可专业班不是一成不变的，对吧？有进就有出，你如果被调回来了，你想让同学们怎么对待你？"

一片寂静，没人发言。

"毛晓峰，你先说。"玄丽直接点名，他就是和陈同学发生矛盾的那个学生。毛晓峰站起来，不敢看玄丽，小声说："我想让同学们平等对待我，像我以前在班级里一样。""回答得很好，请坐！"玄丽让他坐下，再点另外一个学生的名字，这个学生是跟着起哄的。他站起来检讨："我跟着起哄了，我做得不对……""如果你是陈同学，别的同学这样对待你，你会怎么想？"玄丽问他。"我一定会伤心的，我以后再也不这样了。"

这正是玄丽想要达到的目的，让学生们自己去参悟其中的道理，比老师给他们讲大道理强。矛盾得到了解决，陈同学又像以前一样融入这个集体里。当班级和班级组织球队比赛时，同学们推选他当队长，比赛场上，又有了他生龙活虎的身影……

鲁能泰山足球学校的学生有10%成为职业球员，65%的学生升入大专院校学习，25%的学生就业。大多数学生走继续升学这条路，多数家长也支持孩子继续求学。因此，对于有继续升学愿望的学生，教师会抓紧对他们的督促，促进他们加强学习，争取好的学习成绩。

为了能够及时了解每个学生的学习情况，鲁能泰山足球学校每个月都有摸底考试。通过学生们的试卷，找出教学中存在的问题，找出应对之策。为了得到准确的数据，教师们要对每张试卷进行分析，找出共同存在的问题，仅这项工作就要五六天的时间。初中教研组组长刘锦宝看到这种情况，发挥自己特长，研究了一个试卷统计分析软件，大大提高了对试卷统计分析的速度，提高了对试卷的分析质量，使得教学整改更有针对性，对提高学生们的学习成绩有很大帮助。

在一次月度摸底考试中，玄丽看到自己班级里的一个姓谢的学生的外语和数学两科考试成绩刚刚60分。谢同学在班级学习中上等，他的父母希望孩子能够考上大学，并多次和玄丽做过沟通，表达了强烈的愿望，希望玄丽能够监督谢同学。可他自己感觉良好，觉得老师授课内容不用努力也能学好，一段时间内上课注意力不集中，不是偷看课外书就是玩手机，导致学习成绩下降。

玄丽把他找到办公室，和他谈心，摸清他的思想状况。"你将来是想踢球还是想上大学？"玄丽问。他回答说："爸妈让我考大学。""你这样的考试成绩能考上大学吗？"玄丽指着他的考试卷子问，谢同学低头不说话了。玄丽又说："想考大学，每次考试必须优秀，不然高考就没把握。学习不能投机取巧，更不能耍小聪明。你回去好好把外语和数学复习一下，我给你补考一次，找找是什么原因。"

谢同学走出办公室后，几位教师不约而同说起学生们最近学习成绩普遍下滑的事情，有什么共同的原因呢？

找来找去，教师们一致认为共同原因是：手机惹的祸。

智能手机普及，很多学生都染上了手机瘾，成为"低头族"。上课时一些学生也不能认真听讲，只顾玩手机，已经严重影响到学生的学习。

这个问题必须引起重视、得到解决。

教师们的意见很快就反映给学校领导。针对手机问题学校领导班子召开办公会议，做了专门讨论。最后决定，对学生们的手机实行统一管理。每周星期一到星期五，学生们的手机必须交给班主任统一保管。星期六和星期天班主任再把手机发还给学生。

平时家长有事情想和自己孩子联系怎么办呢？

班主任、教练、生活教师与家长建立了QQ群、微信群，交流沟通十分方便，双方信息随时互通，家长对自己孩子的在校情况都会很清楚。

手机由班主任统一管理后，课堂上的教学秩序有了很大改观，过去上课三心二意的学生收心了，手机统一管理后的第一次摸底考试，及格率、良好率大大提高。

对每个学生都要充满爱心，把自己的关怀送到每个学生心里，鲁能泰山足球学校的教师都这样要求自己。

青年教师张丽娜前脚走出大学校门，后脚迈进了鲁能泰山足球学校。这位省级优秀毕业生的选择曾让很多人大跌眼镜。就连父母都希望她能到公办学校任教。

　　张丽娜来鲁能泰山足球学校试讲那天，学校领导与她谈话，从学校的发展前景一直说到为青年教师提供的各种发展机会。面对尊师重教、求才若渴的鲁能泰山足球学校，张丽娜觉得这里充满挑战，对青年人是机遇，她选择留下。

　　在和学生们相处的日子里，张丽娜对班级里的学生有了更多的了解。鲁能泰山足球学校的孩子大部分远离家乡，从事高强度的体育运动，比起普通学校的孩子，他们更苦更累，需要更多的沟通和关爱。需要一对一地谈心，对个别学生还要进行心理辅导。风里雨里，课堂课外，张丽娜都和学生们在一起。耐心谈话，细心呵护，诚挚关爱，她用自己的真诚打开了孩子们的心扉。

　　班级里有一个学生，平时沉默寡言，和别人说话一开口就充满敌意，有时甚至随地便溺，肮脏邋遢，引起很多同学反感。张丽娜找到这位同学，和风细雨地谈心，耐心细致地辅导，让他一点一点吐出了心事：原来他从小失去生母，继母与父亲结婚后又生了个小妹妹，自己在家里变成了多余的人。父亲和继母觉得他在家里碍眼，便把他送到鲁能泰山足球学校练球，平时也不来看他……

　　对一个十一二岁的孩子来说，这样的遭遇摧残着孩子的身心。张丽娜想尽办法帮助他，嘱咐与他一起住宿的同学不能歧视、嘲笑他，更不能欺负他，一定要多关心他。在学习上，和各科任课教师沟通，给予他更多的关照。请任课教师尽量多给他回答问题的机会，尽量多鼓励、激励他上进。慢慢地，这个学生和班级里的同学"合群"了，学习成绩也有所提高。

　　张丽娜主动与他的父亲和继母沟通，在她的说服下，这个学生的父亲和继母不仅时常给他打电话，还寄来他爱吃的小食品……

　　从来不笑的他在宿舍里有了笑声……

　　放假的时候，张丽娜早早准备了一个大洋娃娃，让这个学生回家时以他的名义送给家里的小妹妹。学生眼含热泪点头答应……

　　开学的时候，他跑到办公室告诉张丽娜："老师，我这个假期过得非常

愉快，父亲和继母对我也格外好……"

这样辛勤的园丁在鲁能泰山足球学校里不止一个两个，他们都有一个共同的目标：把学生们培养成有知识有能力的人。

高萍老师的邻居在当地一所有名气的中学任教。说起鲁能泰山足球学校的学生时，邻居有点趾高气扬地说："高萍，你们学校的学生和我们学校的学生没法比，光知道踢球，学习不好。"高萍说："我不否认来鲁能泰山足球学校的一部分学生学习成绩比不上你们学校的学生，但我觉得我们的老师敬业精神比你们学校好！因为我们把更多的心思放在学生身上。"邻居有点不服气，高萍给她讲了一个自己班级发生的故事。

学期开学时，班里来了一个新生小春，满嘴脏话，只要和同学说不到一块，就抬手打人。班级里的同学都绕着他走，虽然称霸一方，但也被同学们孤立。不管哪位老师批评他，要么不服顶嘴，要么就觉得委屈哭闹。任课教师对高萍说："你们班的那个顽皮孩子是瞎子闹眼睛——没治了！"高萍听了，只是笑笑，没说什么。她没有急于求成，而是在等待时机发现这个同学的长处和闪光点。

为了迎接"六一"儿童节，学校要搞文艺会演，每个班级都要排练文艺节目。高萍组织学生们排练桑巴舞，小春也报名参加。排练过程中，高萍发现他不但积极参与，学习领悟得也特别快，还热心帮助没学会的同学练习。这个时候，他很认真，完全没有了平日里顽皮的样子。排练成绩突出，每次得到老师表扬，他也是美滋滋的。高萍及时抓住契机，鼓励他的时候也指出他的缺点："你要是能把这些毛病改掉了就是一个好学生啊，为什么不努力呢？"小春听了，点头保证："老师，我以后一定注意。"

慢慢地，高萍发现小春骂人的时候少了，和同学发生矛盾的时候也不出手打人了，脸上总是挂着灿烂的微笑。在转变自己行为的同时，他的学习成绩也在提高，老师们都说他像变了一个人似的，有很大进步。

放寒假，小春父亲来接他回家。他让小春把平时做的作业拿给他看看。翻翻儿子的作业本，父亲有点不相信："这是你做的吗？"他没想到儿子一个

学期会有这么大的变化。

小春跟父亲回家，春节的时候，他给高萍发来短信："祝老师春节快乐！感谢老师对我的培养和教育。我待在家里好没趣啊，期盼假期快快结束，早日返校，和老师和同学们在一起！"

看完短信，高萍心里非常激动，对于老师来说，还有什么比这个更叫她高兴呢！

这条短信刚看完，又一条短信发来了，是小春父亲发的。

"高老师，祝你全家过年好！感谢你把我儿子教育得这样好！这次放假回家，我和他母亲发现孩子懂事多了，变化很大。孩子也许将来当不了职业球员，但成长过程比成才更重要。您花费的心血，我们当家长的会永远记得的。希望您一如既往严格要求，让他成长为一个有知识的人。"

像这样的短信，一个春节期间高萍会收到很多，都是家长的肺腑之言，她觉得这是对自己最好的奖励。她把这些家长的短信还有班里所有学生发的短信都下载存放在电脑一个专门的文件夹里。这些短信带给她温馨的记忆，这些家长的短信是对自己的最好奖励，学生们的短信则承载着他们的成长经历，传递着师生之间心灵的沟通和温暖……

取得学生的信任，这是基础条件。在与学生们的交往中，初中部教师李建可千方百计和学生们打成一片，取得学生们信任。"只有学生信任老师的时候，他才会和你讲真话，才会把自己的真实感受和想法告诉你。老师才可能了解学生的真实想法，师生之间才会形成有效的沟通。"李建可这样总结自己的工作经验。

2013年5月，他担任班主任的初一（1）班来了一位新生晓刚。父亲带着晓刚一起到学校报到。李建可与晓刚的父亲进行了简单交流，了解了晓刚的情况。"以前在普通中学上学，学习成绩很好，我和他妈一直很放心。"晓刚父亲介绍道，"小学五年级的时候，与班主任发生了一点摩擦后就不愿意上学了，自暴自弃，从此就放弃了学习。然后先到保定打了一年乒乓球，感觉没什么发展，现在决定改学踢足球。还请李老师多费心啊！"晓刚的父亲有

点无可奈何地说。

按照晓刚的年龄计算，他应该上初二，由于一年没学习了，上初二课程跟不上，不得不从初一开始。到校之后，晓刚表现得非常懒散，上课不是趴在课桌上就是左顾右盼，不知道他在想什么，老师布置的作业也不完成。

"晓刚，你怎么不写作业啊？"英语老师问他，晓刚翻翻眼皮："不想写，怎么着？"对英语老师一副不愿搭理的样子，心里对老师极度不信任。小学五年级时与班主任老师的冲突在他的心里留下了阴影，使他很难转变过来。

为了取得他的信任，李建可把晓刚找到办公室，与他进行长谈。晓刚把头扭到一边，根本不听，李建可耐住性子，一直说："晓刚，不是所有的老师都像你小学时的班主任那样，老师从心里希望你有进步、有出息。我能体会你的感受。我上初中的时候也有过像你这样的经历，逃过课、打过架、顶撞过老师。但我没有放弃学习，而是通过努力学习让自己变得更优秀，这是对自己负责。"听到老师说这些话，晓刚转过头，看着李建可，说："你也是淘气包啊！"李建可摸摸晓刚的头，笑了笑，接着又说："咱们学校上课只有半天时间，在时间上和公办的学校就有差别，用心学习都不一定能赶上人家，不用心学习的话，差距就更大了。以你的学习基础，在这里只要用功一定会取得好成绩的。老师不强求你学习，也不会逼着你学习。可你想想，你过去有非常好的基础，就这么放弃了，多可惜啊！"晓刚不说话了，他把老师的话听进去了。原来脸上不屑一顾的表情也消失了。

看到这些变化，李建可暗想"有门"，趁热打铁，慢慢和晓刚拉起家常，从他父母对他的培养和期待说起，一点一点引导。说起他身边的几个同学，怎么样从后进生变成了先进生。有个同学刚来时，学习成绩特别不好，通过努力，一个学期成绩在班级里就名列前茅，还获得了学校颁发的学习进步奖……

在润物细无声的交流中，晓刚的心结慢慢打开了。他和老师之间的隔阂正在消除，老师获得了他的信任。谈话结束的时候，晓刚忽然说："老师，星期天您有时间，我请您吃饭吧！"李建可笑了："你只要学习好了，比请吃

饭还让我高兴！"

很快，李建可就从晓刚身上看到了变化：上课的时候不在课桌上趴着了，注意听讲了，积极举手回答老师的提问。任课教师反映，上课时老师布置的课堂练习和作业晓刚也能够完成了……

一个学期以后，晓刚获得了学校颁发的学习进步奖。

李小利教的是高中一年级，学生们正处于青春期，特别自尊自强，尤其渴望老师和同学的认可和赞同。平时看上去大大咧咧的男孩子有时候比一个小姑娘更敏感，有些同学甚至在作文中诉说自己的苦恼，说"自己长得不够帅，在别人面前抬不起头来，恨不得去韩国整容"。

每位教师教育学生各有不同的方法，目的却只有一个：把学生培养好，让他们德、智、体、美全面发展。李小利总结自己的教育方法，是放大学生身上的优点，树立他们的自信心、自尊心，把学生打造成"阳光男孩"。

高中时代的学生，心理很难把握，常常起伏不定。应该怎么样对症下药呢？李小利想到了班级里的墙报。他让班里几个写字画画比较好的同学组织成墙报小组，开辟了"我喜爱的球星""成长之路""好作文"等专栏，还专门开辟专栏"他山之石，可以攻玉"。李小利带头写稿，从一个班主任的角度来发现每一个同学的优点，把它们写下来。要发现每一个学生的优点并形成文字，不是一件容易的事。有些调皮的学生，从他们身上发现优点真的很难。李小利开动脑筋想办法，在学习方面找不到这些学生的优点，李小利就避开学习，抓生活细节，将他们的优点写成稿子，贴在墙报专栏里。

一个平时有些顽劣的学生，看到老师写自己"有一次放晚自习，主动配合老师关窗户，害怕刮大风打烂玻璃，爱护公物"。"老师，我有那么好吗？"这个学生看到李小利写的墙报，很惊异地问道。"你在这方面表现不错，要继续努力。看看其他同学身上有没有你值得学习的地方？"李小利鼓励他说。

这样的举措，让班里的风气大大好转。"你是怎么教育学生的？最近上课时纪律特别好。"其他任课教师这样评价。过了几天，李小利发现有两个

山东鲁能泰山足球学校 1999—2009 年建校十周年特刊之四

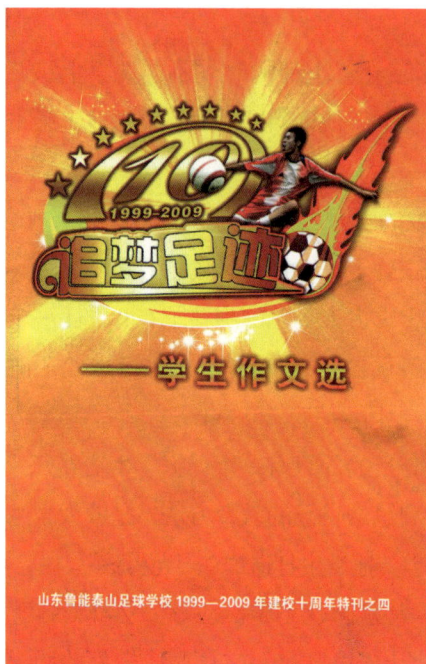

同学的评语不见了，就私下里找到他们问原因。"老师，我们没有您说的那么好，说得太不像我，怪不好意思的，所以我们就把它扯掉了。"两个学生的话，引起李小利深思：是不是他们觉得我有点"言过其实"了，是不是我平时对学生们的负面评价太多了，他们才对这些赞扬有些吃不消呢？

反思之后，李小利对学生们不再像以往那样以批评为主，而是多表扬，效果却比批评好得多。处在青春期的高中生，他们的心理真的需要好好研究。

不久，李小利偶然在一个学生的课桌上发现了一个精美的笔记本。他给这个同学写的表扬评语居然在笔记本中夹着呢，这个同学对老师给予的评价原来是很在意的啊！顿时，李小利的心里涌起一股暖流，也有一丝得意：自己对学生的正面评价总归还是走进了学生的心里。只要学生在意老师的评价，开花结果，是早晚的事。

为了巩固成果，李小利让学生们都为这个专栏写稿，让每个同学认识到自己的优点，说说应该怎样吸取别人的长处，弥补自己的短处。学生们积极性很高，纷纷动笔，写了不少给人启发的稿子。学生们比学赶帮超，班级风气大大好转。

针对鲁能泰山足球学校学生与公办学校学生的不同，有的教师潜心研究教材教法，有的教师虚心向公办学校教师取经，有的教师写出心得体会与大家分享。李伟玲老师写的《一个都不松手》引起教师们的关注和好评。

一、知识学习不松手。学生的智力水平学习基础都有差异，有的学生即使付出比别人多几倍的努力，收获却甚微。因此，我们不以学习成绩的好坏来评价一个学生，关键是他付出了多少，我们付出了多少。为了这个不松手，小学部的老师最常做的就是利用业余时间给学生补课。训练前，训练后，中午时间，常常有学生在小学部的办公室接受老师辅导。由于有了这个不松手，小学部每次考试都能取得较好的成绩，让家长满意，让学校领导放心。

二、卫生习惯不松手。洁净良好的仪表也是学生形象的重要组成部分。每次家长来到学校，首先看到的就是学生的外表，因此，让学生养成良好的卫生习惯，也是班主任们需要经常抓的事情。除了班级卫生，学生的脸、脖子、头发、手脚，都是班主任经常检查的地方。有的班主任对那些卫生习惯差的学生甚至安排了专门监督的对子，互相督促，互相提醒。现在学生们都能达到老师的要求，学生干净了，家长看到也非常开心。

三、为人处世不松手。小学生还处在人生刚刚起步的阶段，要给他们讲做人的大道理，可能对他们影响不大，留给他们的印象也不深。但如果我们把做人处世的道理放在日常的细节中来教导，效果就会好得多。学生之间发生小矛盾的时候，学生对家长不够尊重的时候，学生心里有了心结需要倾诉的时候，都是我们对学生进行做人教育的契机。有时安排学生去帮老师办一些力所能及的事情，也是培养他们说话办事能力的好机会，千万不要放过。

虽然针对的是小学部的教师，但全体教师都受益匪浅，说出了全体教师的心声。老师教学生就像在放风筝，那些或美或丑或大或小的风筝，有的飞得高些，有的飞得低些，但无论他们高、低、美、丑，当老师的都不能松手。只要一松手，结果就是坠落。学校的教师牢牢握住学生的手不放松是对学生负责，也是对事业负责。

鲁能泰山足球学校对教师严格要求，对教练也不例外。要想培养出优秀职业球员，就必须有优秀的教练，就必须在提高教练考评上下功夫。鲁能泰山足球学校对教练团队实行"一评三考"。"一评"，就是由领导、学生、家

长、文化课教师、管理人员对教练进行评价。"三考"就是考核比赛成绩、考核人才培养、考核苗子选拔。"一评三考"绩效考核体系调动了鲁能泰山足球学校教练工作积极性，保证训练质量不断提高，促进梯队建设和球队建设，为培养职业球员打下坚实的基础。

有许多足球教练善带球员训练，却不善于总结，成为他们的一块"短板"。培养教练的总结提高能力，是鲁能泰山足球学校对教练提出的明确工作要求。鲁能泰山足球学校完善了足球竞训部的组织架构，明确工作职能，为充分发挥各岗位人员的工作积极性创造了条件。学校要求教练员必须每周将训练方案、训练情况整理为工作总结上报。开始，有的教练存在抵触情绪："我们是教练不是文化课教师，犯得着吗？"学校没有退让，坚持教练必须这样做。在强制推动下，教练们转变了思路，开始每天厘清自己的工作思路，加深对学生训练情况的了解，制订的训练方案更有针对性。原来不善动笔总结的教练开始动笔，不仅写训练总结，还撰写有关青少年足球训练方面的论文。鲁能泰山足球学校把这些论文汇编成册，发给大家学习采长补短，鼓励大家针对训练工作深入研究，提高训练质量。

针对不同的学生，提出不同的训练方案。鲁能泰山足球学校把学生们的训练情况资料数据化，要求教练为每名学生建立单独的档案，档案涵盖每名学生历年来的评价和各类信息。通过这些学生训练档案，能清晰地了解球员的成长轨迹，制订有针对性的训练计划。

以下是几位教练对学生的评价。

姓名	位置	评价
赵剑飞	中后卫	该球员有良好的身体素质和领袖气质，能指挥全队在进攻防守中贯彻教练员意图。对两侧边后卫身后的空当都能及时地进行保护，头球技术在进攻和防守定位球当中尤为出色。但在进攻传球组织方面还需要加强合理性和准确性，减少在后场无谓带球的次数，在战术方面和场上的比赛阅读能力还需要进一步加强，发展潜力巨大

续表

姓名	位置	评价
何统帅	中场	较好的中场球员，他的决策能力、阅读比赛能力、观察和视野在全队都是佼佼者，左右脚技术出色，包办队伍的定位球，而且两脚都能在禁区附近射门得分。该队员由攻转守的意识较慢，防守中一对一的拼抢能力还需要提高，相信会有较大的发展
杨意林	边前卫前腰	该球员可胜任边路和进攻中场，结合球速快，变向能力强，在狭小的空间中技术动作连贯准确，灵活快速，需加强与同伴的控球意识，提高观察能力，发展潜力巨大
高柏涵	前边卫	速度快，一对一能力强，面对防守队员敢于做动作，敢于突破，有一定的门前得分能力，在训练中刻苦耐劳，生活中对自己严格管理，懂礼貌，尊敬师长

有了对学生们的正确评价，训练才会有的放矢。培养出来的球员运动素质才会更好。这些基础工作，保证了鲁能泰山足球学校的训练质量。

伴随教练水平的提高，鲁能泰山足球学校的一些教练进入中国足协的视野。2001年10月，鲁能泰山足球学校教练郭侃峰由于带队成绩突出，被中国足协任命为国家少年队助理教练，这是他首次执教国字号球队。2003年11月，张海涛被中国足协任命为女足国家队主教练，这是山东省第一位担任成年国字号球队主教练的教练。此后，张宁、宿茂臻等人陆续担任国家各级别足球队的主教练或助理教练，为鲁能泰山足球学校赢得了荣誉。

教练水平的不断提高，促进了鲁能泰山足球学校学生训练水平提高，学生们的球技不断迈上新台阶，被越来越多的足球俱乐部相中，选调为职业球员，形成良性循环。有的学生被选调到鲁能泰山足球俱乐部的预备队、一队，有的在鲁能泰山足球学校直接被其他足球俱乐部选调。像秦升等7名球员就是被青岛海牛足球俱乐部选调走的，秦升后来转会到上海申花足球队，受到重用。学生们做职业球员的路大大拓宽，也激发了他们学习训练的积极性。

对学生负责是全方位的，不仅仅是班主任、任课教师要担负起自己的职责，学生进行生活、课外活动，学生管理部也同样肩负重任。

2016年2月1日，农历小年。

家在奥地利的华侨学生叶云还没有回家。别的同学都已经离开了学校，为什么他还没走呢？

原来是因为航班问题。从北京飞往奥地利的航班每周只有一个，错过就要等一个星期才能再有航班。没有买到农历小年之前的航班机票，叶云只能等过小年回家。从时间上算，先从济南机场乘飞机到北京机场，再转去奥地利的飞机，能在春节前赶回家。

早上起来，天气就不好，阴沉沉的。学生管理部的刘大勇心里打鼓：可别出点意外耽误叶云回奥地利啊！

心里想着，加快脚步来到叶云的宿舍。

宿舍门前停着一辆轿车，是送叶云到济南机场去的。刘大勇一边嘱咐叶云路上注意安全，一边催促他赶紧上路。

天空飘起了雪花，看着轿车驶出学校的校门，刘大勇心里念叨："但愿这场雪对叶云回家没什么影响。"

伸出手接到一片落下的雪花，在手心里凉丝丝的……

下午，刘大勇的手机忽然响了，是叶云教练打来的。

"刘老师，叶云在济南走不了了，赶紧想办法啊！"手机里传来叶云教练焦急的声音。"怎么回事啊？"刘大勇也着急了，看向窗外，雪还在下。

叶云教练把原因简单地说了一下：因为下大雪，济南飞北京的飞机不能起飞，叶云无法按照原计划赶到北京国际机场，如果不能按时到达北京国际机场，就无法在明天早上登上飞往奥地利的航班，只能改签下一个航班。

刘大勇听了，脑袋立刻就大了：改签下个航班，要一个星期之后才能再乘飞机去奥地利，意味着回到家里春节已过去了！

"无论如何得让叶云坐上明早的飞机！"刘大勇只有一个念头，"我马上和领导汇报，你把叶云的手机号码给我，剩下的你不要管了！"刘大勇大包大揽。挂断电话，刘大勇给学校一位副校长打电话汇报情况。"你想怎么办？"副校长问。"我马上去济南找叶云，陪他上北京，一定要赶上明早的飞机！"刘大勇回答。"来得及吗？"副校长又问。"应该来得及，学校派辆车，马上走！"刘大勇心急火燎。"好好，马上派车！"副校长挂了电话。

这时，教练把叶云的手机号码发短信给刘大勇。

刘大勇马上打电话给叶云："你立刻去济南车站买两张今天晚上去北京的火车票，我们坐火车去北京。买票后你在车站不要动，等我过去会合！"饭都顾不得吃，刘大勇立刻和司机开车赶往济南火车站。

一路飞奔，到了济南火车站，没等轿车停稳，刘大勇就拉开车门下车，向火车站售票处冲去。

叶云只买到两张快车票，是日照到北京的，卧铺、硬座票早卖完了，他们只能站着去北京。为了第二天及时赶回潍坊，刘大勇又买了一张第二天回来的高铁车票。

从济南到北京，一路上六七个小时，两个人就这样站着。春运期间，火车上旅客特别多，挤得水泄不通，想上厕所都困难。叶云急得眼泪在眼圈里转。刘大勇安慰他："没事，没事。只要明天早上赶到北京，就能坐上飞机……"其实，他心里比谁都急。

火车晚点二十多分钟到达北京站。

刘大勇帮叶云拎着行李箱快步走出火车站，找了一辆出租车。"师傅，我们去首都国际机场！"刘大勇把目的地告诉司机。"啊，国际机场有好多登机口，你们去哪个啊？走错了可就麻烦了！"司机提醒他们。刘大勇和叶云都蒙了，他们也不知道在哪个登机口登机。"我们也不知道啊！"刘大勇头上冒汗，时间已经不宽裕了。"你们去哪个国家？"司机问。"奥地利。"刘大勇答。"我知道是哪个登机口。"司机加大油门，出租车飞快地向北京机场驶去。

出租车把他们拉到首都国际机场，谢过司机，刘大勇和叶云赶紧走进候机大厅，办理登机手续。看着叶云一个人走，中间还要中转，刘大勇有点不放心，问安检口的女安检员："能不能给他办一个陪护？"女安检员说："办陪护手续很麻烦的，时间来不及了。""啊——"刘大勇很失望。女安检员看看刘大勇，问："你是孩子的什么人啊？""我是他老师。"刘大勇回答。"啊——"女安检员很惊异，一个学生的老师像对待自己孩子一样关心学生的远行，她在机场工作了七八年还没见到过。"你别管了，我让同事和机组空姐说一下，帮助照顾照顾，不会有问题的，放心吧！"

刘大勇目送叶云过了安检门，叶云停下，向刘大勇招手："刘老师，回去吧！"刘大勇喊着："一路小心！"心里还是不踏实，生怕路途上再有意外。

看着刘大勇转身向外走去的身影，刚才给叶云安检的女安检员很感慨地对身边的同事说："刚才我还以为他是孩子的爸爸呢，人家不过是孩子的老师。""这样的老师不多见！"同事夸奖道。

出首都机场，刘大勇打了一辆出租车，直奔北京火车站，他要赶时间回潍坊。

过车票检票口，检票员看看他的车票，说："你坐的高铁不在北京站坐车，在北京南站！"从来没在北京坐过高铁的刘大勇走错了火车站，时间已经很紧了。

"那，那怎么办？"刘大勇急忙问检票员。"你别在上面走了，坐地铁在宣武门换乘四号线，也许还来得及！"检票员手指地铁方向告诉他。

撒丫子狂奔，刘大勇只有一个念头：赶紧坐地铁。

紧赶慢赶，终于到了北京南站，过安检，找到12号检票口，检票进站。"噔噔噔"跑到站台，已经空无一人，只有车站喇叭在广播："去往青岛北的旅客请抓紧时间上车，列车马上就要开车了！"

上了高铁列车，还没找到座位，列车开动了。

刘大勇擦擦头上的汗，心"扑通扑通"地狂跳……

第十三章

放飞梦想

鲁能泰山足球学校专业班的学生分为不同梯队，从小学到高中，就是通常说的U10~U19，呈金字塔形状，学校叫作"塔字结构"。小学阶段主要以学习文化课为主，足球训练为辅，培养小学生的踢球兴趣。初中阶段可以初步判断一个中学生能不能成为职业球员。开始普遍培养、重点选拔，把具备足球天赋的初中生选拔出来重点培养。能进入专业班的学生明显减少。初中毕业后，想升学的学生进入高中学习，想毕业后工作的学生进入职业中专（也可对口升入体育职业院校学习）。

鲁能泰山足球学校学生在升学上与公办学校相比具有一定的优势。学生在校期间，会被安排参加全国性的足球比赛。比如中学生全国足球联赛，球队取得前三名，球员会被评为二级运动员，体育院校可以单独招生录取。

鲁能泰山足球学校狠抓学生们的训练，这种训练从建校开始就一直紧紧地绷着。虽然主管训练的部门名称从训练教研室、竞训部到足球部变化了好几次，但狠抓训练质量是永远不变的。正因为不断提高学生的训练质量，学校才能源源不断地向鲁能泰山足球俱乐部预备队和一队输送职业球员，向其他足球俱乐部输送职业球员。

"现在的我，已经在事业上获得了很大的成就，在国际足坛上有了较高的声望。自从我和队友夺得大力神杯的那一刻起，世界上有名气的足球俱乐

部，开始把他们的目光投向了东方的一个文明古国——中国。因为那里有一些能够与马拉多纳、梅西相媲美的球员，所以，各个俱乐部都不惜重金来购买中国球员。我的队友有的去了英超，去了意甲，只有我一个人去了西甲，去了皇马。因为它是我从小就向往的俱乐部。"

这是鑫鹏同学写的作文，作文中对未来充满憧憬，带着少年的稚嫩，充满了热烈的幻想。

对这样的学生，鲁能泰山足球学校都是鼓励他们大胆憧憬自己的未来，为实现自己的梦想好好学习。每位教师和教练都感到自己肩头沉甸甸的责任。

鲁能泰山足球学校提出并严格执行"文化课学习不合格者坚决停止训练，重新补课"的规定，把文化课和品德课及格作为学生参加训练的资格。每个学期都有少数学生因只重训练不学文化课受到停止训练的处罚。每年新

学期开始时，上学期期末考试不及格的学生被停止训练一周进行补课，补考合格后才能重新获得参加训练的资格。严格要求，促使学生们对学习文化课重视起来，打牢知识的基础。这对他们在训练场上理解教练指导意图，提高训练质量是一个促进，帮助他们在迈向职业化的路上扎扎实实走好每一步。

鲁能泰山足球学校的学生成为职业球员的成才率是10%。这个数字对足球学校来说已经是相当高的比率了。为了这个成才率，学校千方百计组织各种比赛，让学生们在比赛中增长见识，增强技艺。除了参加国内各个年龄阶段的比赛外，鲁能泰山足球学校每年还会送学生足球访问团出国拉练参加友谊比赛、参加国际青少年足球邀请赛。这些举措开阔了学生的视野，让他们更快更好地成长。

学生们都有成为球星的梦想，但进入鲁能泰山足球学校的学生有90%是不能成为职业球员的。成年之后，他们肯定要分流。在保证有新鲜血液不断注入鲁能泰山足球俱乐部的同时，在这里学习的大部分学生也面临无法成为职业球员的巨大压力。这给鲁能泰山足球学校的教育提出了一个严峻课题：一方面要保护学生们的梦想，另一方面要使学生们面对现实。

必须让学生成为有道德、有知识、有能力的合格公民。鲁能泰山足球学校在建校时就提出了这样的教学方针，一直坚持不懈。在这个方针指导下，鲁能泰山足球学校对学生们的文化课从不放松，严格要求，从而保证让学生们完整接受九年制义务教育，学习成绩达到要求。

鲁能泰山足球学校的学生最不愿学的是英语和数学。而这两门课对想参加高考的学生来说又非常重要。不但要想方设法调动学生们的学习积极性，在教材教法上进行创新也是非常重要的。

一次开学生家长座谈会，有家长提出想看看教师的课堂教学。他们也是借此来考察一下学校教师的教学实力。不能光听学校介绍，还是"眼见为实"的好。学校满足学生家长们提出来的要求，安排观摩英语教师李霞讲的一堂英语课。

为什么选择英语？因为学生最不愿意学习，如果英语课都能激发学生的

学习兴趣，其他科目的学习积极性会更容易调动起来。

上课了，教室后面黑压压坐满了听课的家长。

李霞走上讲台，没讲课，先放一段录像。是著名演员刘全有、刘全和的一段哑剧表演，接着是陈佩斯、朱时茂的一段喜剧小品表演，最后是马季、姜昆的一段相声表演片段。

学生们不时哄堂大笑，看得很高兴也很认真。播完录像，李霞突然发问："有没有同学能告诉我，西方的幽默种类和代表人物都有哪些呢？"

有几个同学举手。

"你站起来回答。"李霞点到坐在前面的一个学生。"有憨豆先生。"学生站起来回答。"那还有没有其他的？"李霞追问。"还有卓别林。"又有学生抢着回答。"还有吗？"下面没有人举手了。李霞趁热打铁："好了，本单元我们就来一起学习那些你还不知道的英语幽默形式和代表人物。""老师，在哪一页啊？"学生们的好奇心和求知欲被调动起来了，着急地问。李霞让学生们翻开书，开始读课文，找出她刚才提出问题的答案……

教室里，学生们认真听李霞讲课。

坐在教室后面的家长频频点头，教师对教学如此严肃认真、动脑思考是他们不曾想到的。学习文化课和训练并举，学校的每位教师都认真落到教学实践中。他们的使命就是让学生们扎扎实实地学到文化知识，在鲁能泰山足球学校改变自己的命运，实现自己美好的梦想。

陈建是2000年来到鲁能泰山足球学校的，他以强健的体魄和优异的文化课成绩考上了飞行员。陈健开始来鲁能泰山足球学校，没有成为飞行员或考大学的想法，因为那时他就喜欢踢足球，一心想当球星。通过足球训练发现，他的足球水平无法有更大的提高，不适合当职业球员，面临选择。学校和家长沟通，和陈建交流了解他的想法，建议他选择读高中，准备考大学。

在考上飞行员之前，陈建还有另外一个选择：去哈尔滨体育学院上学。最终他顺利通过四次体检并以优异的成绩通过了文化课考试，成为一名飞行学员。他感谢鲁能泰山足球学校，始终抓紧学生们的文化课学习，不然，即

使有机会也是干瞪眼。"我知道即便考上了飞行员，要想真正驾驶飞机还要学习各种技术，还有很多考验，但我不会畏惧。我在鲁能泰山足球学校的求学经历让我学会了吃苦，不怕困难。希望有一天我会驾驶飞机飞上蓝天。"陈健对自己充满了自信。

鲁能泰山足球学校的"邻居"恰好就是空军某师。一架架军机不断地从鲁能泰山足球学校上空掠过。或许在未来的某一天，陈建将自己驾驶着飞机俯视自己曾经学习和踢球的地方，那该是一种多么美妙的感觉啊！

鲁能泰山足球学校建校第三年时，就有31名学生分别入选国家青年队和国家少年队，并向鲁能泰山足球俱乐部预备队、一队输送优秀球员。在2000年至2001年的两年时间，他们先后获得U17、U21全国联赛的6项冠军，2002年U15队荣获"耐克杯"中国赛区冠军。

2003年，鲁能泰山足球学校第一批高三学生毕业。首批15名高中毕业生全部参加了高考和足球单招考试，有12人被全国体育类大专院校录取。正是搞好文化教学，落实"文体并进"的办学理念促进了这些成绩的取得。

此后，鲁能泰山足球学校的学生升学比例一直保持在65%以上，那些没有实现当职业球员梦想的学生，大部分实现了上大学的梦想，这所学校为他们实现自己的梦想插上了腾飞的翅膀！

第十四章

精钢锻造

　　对学生要有爱心，训练要尽心尽责，平时要努力钻研业务，按鲁能泰山足球学校制定的训练大纲高质量完成训练科目。要求教练要和班主任、任课教师保持交流、沟通，及时掌握学生们的状况，配合班主任把学生教育好、管理好。不断开阔教练视野，提升教练水平，是鲁能泰山足球学校的主要工作之一。

　　30年前，日本足球水平落后于中国，19年前，日本足球水平开始赶超中国，10年前，日本足球水平全面超越中国。2018年世界杯赛，日本足球队打进16强，受到广泛好评……日本足球超越中国足球的秘密有两个：选派有足球天赋的青少年留学国外，主要是巴西、阿根廷和欧洲；选派教练出国学习。在巴西、阿根廷的一些城市，除了能看到很多日本足球少年，还能看到一脸严肃、格外认真的日本人。他们手里拿着小本子，斜挎着微型录像机，不是在不停地记录，就是举着微型录像机拍摄足球比赛。这些人都是日本的足球教练。

　　日本的工业高端制造世界闻名。他们的高端制造能够领先，"绝招之一"就是瞄准最前沿的工业技术，加快发展自己。在很多人感叹日本工业发展已经失去20年发展的最好时期时，日本高端制造从来没有停止追赶世界先进制造的步伐。2018年公布的相关数据表明，日本高端制造在20多个领域都世界

领先，令人震惊。日本足球的"高端制造"也是如此，瞄准世界足球先进国家，根据自己人种的特点进行设计，注重向南美足球国家学习。经常邀请这些国家的足球队来自己国家交流学习。著名的"丰田杯"国际足球赛，不但让日本企业赚足了眼球，更让日本足球受益匪浅，从球员数量到技术水平都得到了突飞猛进的发展。日本足球的"高端制造"值得亚洲国家学习效仿，为亚洲国家的足球走向世界提供了很好的借鉴。

送一个孩子留洋，他踢出来了，也就是一个孩子；送一个教练留洋，他学成了，可以带出更多的孩子，培养出更多优秀球员。"授人以鱼不如授人以渔"，中国老祖宗早就说过的道理，中国人没怎么领会，日本人领会理解得更深刻，在培养优秀教练员这方面，他们比中国做得好。

认真研究先进足球国家的经验，特别是学习了日本、韩国发展足球的经验后，鲁能泰山足球学校有了深刻体会。学校有计划安排优秀青少年球员赴

巴西、葡萄牙训练踢球，同时，还制订了教练留洋学习培训计划。这是教练的"高端制造"计划，留洋计划以轮训为主，一批教练去三个月，跟巴西圣保罗足球俱乐部、葡萄牙波尔图足球俱乐部的教练学习。学习内容包括他们的授课、技术分析、体能、康复等。除了教练，鲁能泰山足球学校的队医、队务、管理人员、领导和足球部主任，都在国外培训至少两三个月，目的是复制人家的成功模式。

这是一种很成功的培训方法，在中国国内，肯下这样大的本钱和花气力做这种事情的足球俱乐部很少。如果都能像鲁能泰山足球学校这样做的话，中国的青少年足球训练很快就能见成果。送教练出国培训，国内大多数足球学校是做不到的，不仅仅是经费的问题，有的足球学校觉得没必要，认识不到位。鲁能泰山足球学校对此做这样的解读：请进高水平外教是在本土让中方教练员跟着学习，是普及式的；走出去，是选派高水平教练去国外跟随著名足球俱乐部的教练学习训练方法，会大大提高中国教练水平，对促进青少年球员培训水平将发挥巨大作用。

从2008年起，鲁能泰山足球学校公派教练出国培训就成了一种制度。每年都有教练被公派出国，到德国、葡萄牙、巴西等国家的著名足球俱乐部学习培训。他们把这些足球俱乐部的先进培训方法带回来，促进了鲁能泰山足球学校青少年球员培训水平的提高，使得球员在不同级别的比赛中，获得优异成绩。

培养优秀球员，教练在其中发挥的作用是非常大的。一个好教练必须具备慧眼识珠的本领，不然就会有遗珠之憾。选拔球员的方法有三种：第一是直观的方法。教练通过比赛对球员进行感性认识。第二是仪器分析。通过仪器分析能更为精确地获取球员的各项体能指标，有利于发现优秀球员。第三是测试的方法。通过测试，可以更为清楚地了解球员的素质和能力，比如说球员的速度和协调性。但只有好的选拔方法是不够的，重要的是选拔组织工作要有目的性。教练的作用十分明显。

第一次派出教练赴德国"充电"是在2008年3月，当时全国的足球学校还

没有先例。U14队主教练范学伟、U15队主教练李刚前往德国科隆足球俱乐部，开始为期三个月的足球学习培训。

科隆足球俱乐部在德国科隆市，成立于1948年，曾夺得三届德甲冠军、四届德国杯冠军，是德甲成立初期最成功的足球俱乐部。科隆足球俱乐部在青少年球员培养领域成绩斐然，足球俱乐部在德国影响很大，青少年球员培训也有许多成功经验。

范学伟2006年从鲁能泰山足球俱乐部一队退役，到鲁能泰山足球学校U14队担任主教练，曾率队征战2007年亚足联足球节。李刚1994年到1999年效力泰山足球队，到鲁能泰山足球学校任教练后，率队获得2003年华北区U15足球比赛冠军、2007年全国U17足球联赛冠军、A3U17足球友好之旅比赛冠军。两位年轻教练有一定执教经验，热爱教练工作，有强烈的上进心。鲁能泰山足球学校公派他们出国培训，是经过慎重考虑的。作为足球学校，不能只站在一个学校的立场上看待青少年足球发展的问题，那样眼界太狭窄，也不会有发展高度，必须有放眼中国青少年足球发展的大眼光，有发展中国足球运动的气魄，才能大胆地"走出去"，为中国足球发展做出贡献。选派优秀教练员出国培训，不仅走在了国内青少年足球教练员培训的前列，也探索了青少年足球教练员培养的新模式。

范学伟、李刚在培训期间除了完成培训任务之外，还深入了解德国青少年足球的训练理念，熟悉科隆足球俱乐部青少年梯队的竞赛体系。对科隆足球俱乐部青少年队伍的建制、队员选拔方式及输送途径等情况进行全面考察，为鲁能泰山足球学校的青少年球员培训体系提供有益的参照。

他们抵达德国科隆足球俱乐部后，以助理教练身份参与球队工作。在科隆足球俱乐部学习期间，他们参与科隆足球俱乐部U8~U19年龄段梯队的训练，详细了解球队的训练计划、队员选拔程序及梯队组队机制。结束每天的学习训练后，晚上回到教练宿舍，两个人认真做好当天的业务学习笔记，把没有弄明白的问题——列出，第二天与科隆梯队的教练员进行沟通交流，向人家请教，把人家的先进经验学到手。

对德国足球的发展，两位教练颇有感触。科隆市有100万人口，足球人口竟接近40万。走在大街小巷，到处都能看到踢球的孩子，足球俱乐部选材范围非常广泛。范学伟在日记里写道："作为世界足球强国，德国足球有很多地方值得我们借鉴和学习。我们应该结合中国足球及学校青少年球员培养的实际情况，有选择性地学习德国足球的先进理念及球员培养机制，促进中国青少年球员培养水平的提高。"他最为感慨的是，中国是世界人口大国，却是足球人口小国。

数字最能说明中国足球人口情况。

2018年参加俄罗斯世界杯足球比赛的国家中，人口1100万以下的小国有11个：比利时人口1100万、突尼斯1080万、葡萄牙1034万、瑞士800万、塞尔维亚700万、丹麦573万、哥斯达黎加466万、克罗地亚424万、巴拿马400万、乌拉圭344万，冰岛只有33万人口。

这么多小国的足球队打进世界杯，中国这么一个大国为什么进不去？原因是足球人口太少。如果一个国家的大部分成员都不玩足球，人多又有什么用？

韩国人口是4400万，注册的青少年球员有50万。姑且把这些青少年球员看作8~17岁，就是说，韩国8~17岁的青少年注册球员是50万，大概1/5的男孩较为正规地接受了足球训练。比利时人口1100万，是韩国的1/4，少年儿童踢球的人口近40万，这就是小国也能冲进世界杯的原因，和绝对人口数量没有太大关系。说得直白点，一个国家人口再多，人们都不喜欢踢足球，也选拔不出多少青少年足球人才，出不了出类拔萃的球星，这就是中国目前的青少年足球状况。

怎么解决这个问题，有专家提出过一个设想，就是在职业学校中大力发展青少年足球运动，让足球人才在比较宽松的环境里发育。2015年全国中等职业学校1.12万所，在校生601.25万人。如果每个职业学校建立一支很好的足球队，将大大增加中国的足球人口，对发展中国足球是大有益处的。

到2018赛季，鲁能泰山足球学校培养的近200名球员活跃在中超、中甲、

中乙赛场上。许多球员都是各球队的主力，成为中国足球职业比赛的一道亮丽风景。在中国国内，还没有一家足球学校能与鲁能泰山足球学校媲美，也还没有一家足球学校能够输送如此众多的职业球员。所以，鲁能泰山足球学校被业界誉为"中国足球的'黄埔军校'"，更被比喻成制造职业球员的"兵工厂"。

　　能大批培养出职业球员，一定有自己的"绝活"。从建校到现在，鲁能泰山足球学校在培养青少年球员方面，到底哪些地方与众不同呢？

　　鲁能泰山足球学校专业班学生组成的后备梯队参加各种高水平的比赛，是学校培养青少年球员的重要部分。从2000年开始，每年都有不同年龄段的球员被送到国外参加训练和比赛，这也是不少学生家长看中的地方。他们说"鲁能泰山足球学校培养学生舍得下血本"。但是，每次出国一支专业梯队，加上管理、服务的工作人员，都需要一笔不菲的开支，长此以往，这样的出国拉练还是受到了制约，能不能找到更好的办法呢？

　　在反复的论证中，一个新思路打开了：邀请外国青少年球队来潍坊参加邀请赛，既可以节约开支，又能与高水平球队交手，一举两得。

　　这个国际青少年足球邀请赛命名为"潍坊杯"国际青少年足球邀请赛，这是瞄准了法国的"土伦杯"国际足球邀请赛模式开展的一项赛事。

　　法国"土伦杯"全称为"土伦杯国际足球邀请赛"（Toulon Tournament），是在法国土伦举行的国际足球邀请赛，被誉为培养国际球星的"摇篮"。首届"土伦杯"于1967年举办，1974年举办第二届，此后每年6月举办。参赛球员年龄要求在21岁以下。历史上法国队曾夺得11次冠军，中国队最好成绩是2007年获得亚军。足球界对"土伦杯"足球赛十分重视，它比世青赛的水平

还要高出一截，颇受国际足联和欧洲足联的青睐。参加"土伦杯"的青少年球员都是各参赛国未来国家队的候选队员，"土伦杯"已成为培养国际球星的摇篮。

2006年7月，经中国足协批准、亚足联备案，首届中国"潍坊杯"国际青年足球邀请赛在潍坊开赛。受邀前来参加比赛的有德国拜仁慕尼黑队、澳大利亚联队、澳大利亚悉尼队、中国武汉光谷队、韩国首尔联队、山东鲁能泰山队、中国山东元丰队等14支球队。

这14支球队经过35场比赛，最终名次全部排定。东道主鲁能泰山足球学校成为邀请赛的最大赢家，包揽了U15、U13两个年龄组的冠军。

2012年，"潍坊杯"在亚足联注册，并在国际足联备案，"潍坊杯"赛事纳入中国足协年度竞赛计划。到2016年，"潍坊杯"国际青年足球邀请赛已经举办了12届，成为国际青年足球比赛的一个品牌。受邀参加的比赛球队的水平和知名度与首届相比大大提高，许多国际著名足球俱乐部纷纷要求参加。像皇马巴萨、巴西圣保罗、德甲沃尔夫斯堡、葡萄牙里斯本竞技、阿根廷河床、日本柏太阳神、西班牙比利亚霍亚尔等都名列其中，由此可以看出这个邀请赛在国际上的影响力。这个被称为中国"土伦杯"的青年足球赛事的影响越来越大。近两年，每届"潍坊杯"都会云集全国各地的球探，也有少数欧洲国家球探出现，足球赛事已经成为中国足球界发现足球人才的富矿。

"潍坊杯"从小到大，得到潍坊市政府的大力支持。潍坊市从只有"世界风筝都"一个品牌，发展到"风筝都"和"国际青年足球邀请赛"两个品牌。原来潍坊的地方特色就是风筝，举办国际青年足球邀请赛后，潍坊市民发现，风筝比起足球受到的关注度差很远。打开互联网、打开智能手机，搜索"潍坊"，出现的第一个词条是"潍坊杯"。"真没想到青年足球能如此提升潍坊的知名度，鲁能泰山足球学校创立的这个品牌真不错！"潍坊人提起"潍坊杯"满脸的自豪。

鲁能泰山足球学校培养职业球员成才率是10%，淘汰率是90%。万一选错了足球苗子，就会贻误学生的升学、就业，耽误学生的发展。青春是耽误不

起的，责任实在太重大了。从2013年开始，学校实行职业球探制度，在全国范围内，遴选高水平足球专业人士帮助在各地选拔足球苗子。同时，聘请业余球探帮助进行这项工作，对完成选拔任务成绩优秀者进行奖励。这项工作的开展，在一定程度上弥补了选拔足球苗子工作的不足，为青少年球员的选拔、培养起到了补充作用。

一所成功的足球学校，不仅仅在于它的规模有多大，更重要的是要有各个年龄段完整的梯队。只有建立起年龄结构合理的梯队，才能保证源源不断培养出职业球员。这个体系的跨度至少是10年，即从9岁到18岁。这也意味着，必须要有持续稳定的投入，才能让一所足球学校运转下去。为此，山东省电力公司每年都要为鲁能泰山足球学校投入资金支持。从资金方面说，只有投入，没有回报，是"赔钱买卖"。但是，从发展中国足球事业，培养后备力量上说，又是为中国足球事业做出了巨大贡献。特别是在《中国足球总体改革方案》出台后，山东省电力公司创办鲁能泰山足球学校的意义更加为业界称道，被赞誉为"具有战略眼光的大手笔"。

2015年初冬，中国足协公布中国国奥队29人集训名单。在这份名单中，鲁能足球俱乐部吴兴涵、刘彬彬、王彤、陈哲超4个球员入选，他们都是从鲁能泰山足球学校走出来的。但当人们看完整个名单时，会发现出自鲁能泰山足球学校的远不止这4个球员。上海申鑫足球俱乐部的陈灏、河南建业足球俱乐部的杨阔、石家庄永昌足球俱乐部的糜昊伦、河北华夏足球俱乐部的韦世豪，都是从鲁能泰山足球学校走出来的青年球员，这是对鲁能泰山足球学校的最好褒奖。

刘彬彬、吴兴涵、秦升、关震、高迪、杨程、苑维玮、吴泽、万程、杨增奇、刘剑、李丹、张金九、郑铮、马龙、马兴煜、韦世豪……这些走进职业球员行列的球员，都在各自的足球俱乐部效力，在足球赛场上拼杀，为发展中国足球事业贡献自己的力量。他们都不会忘记当年在鲁能泰山足球学校学习训练的时光，那里有他们留下的欢笑，有他们洒下的汗水。

"精钢锻造"要有好教练，也要发现和培养有潜力的好球员。只有在两

个方面同时发力，才能让鲁能泰山足球学校走得更远，为中国足球做出更多贡献。

刘彬彬来自中国足球之乡广东梅州。他从小喜欢踢球，小时候跟妈妈上街赶集，路过卖足球的地摊，他就蹲在地上看那些足球。妈妈苦笑着，家里条件不好，不能给他买，拉着他走开。

回来的路上，走过那个卖足球的地摊，刘彬彬对妈妈说："咱们不买，我看看还不行吗？"妈妈不好扫孩子的兴，咬咬牙，给他买了一个足球。那是他第一次有自己的足球，别提多高兴，连睡觉的时候都要放在枕边。

尽管踢球的时候很小心、很仔细，可足球质量不好，还是被踢坏了。他就想了一个土办法，用报纸揉成团，外面扎上塑料绳，当作足球踢。踢来踢去，他的踢球天赋让足球教练发现，被招进了鲁能泰山足球学校。那是2005年，刘彬彬12岁。

来到鲁能泰山足球学校的刘彬彬，开始有点不习惯，这里毕竟北方孩子多，南方孩子有点孤独，显得不太"合群"。只有12岁的刘彬彬很自律，为人处世"彬彬有礼"，这是班主任和任课教师给他的评价。教过他的老师最深刻的印象就是他是个守纪律、懂礼貌的学生。训练时，刘彬彬表现出一种与年龄不相符的"疯狂"，那是教练的最爱。

刘彬彬很快就适应了学校的生活，性格开朗的他爱玩、爱闹、爱跟老师开玩笑。他有浓重的广东"乡音"，很多平翘舌音发不准，会招来同学们的哄笑，调皮的学生会学他的口音，弄得刘彬彬很不好意思，满脸通红。但同学们不欺负他，因为无论上课、训练、写作业，还是课余活动，他都是好学生，是同学们的标杆。刘彬彬作业写得很认真，学习成绩在年级里一直名列前茅。班级里搞文艺活动，他还会亮一嗓子，有时跑调也要坚持有始有终地唱完。班主任很喜欢他，对他的成绩及时肯定，树立他的信心。遇到他犯小错的时候，老师善意提醒他："彬彬，你不是要做球星吗，要有球星的风范啊。"对刘彬彬不用很严肃地批评，只要提醒，他就会知道自己做错了，马上改正。老师希望刘彬彬能快速成长，在职业球员的路上走得更远。

赛场上遇到挫折时，平日里爱笑爱闹的刘彬彬也哭过。有一次，参加"耐克杯"足球比赛，因为在前一年拿过冠军，他信心十足，以为这次可以再次夺冠。但比赛最终只获得亚军。走下赛场，他就哭了，心里很难过。每次比赛结束，他都会找找自己存在哪些不足，及时调整心态，从失败中吸取经验教训，争取下次把比赛打好。

在一次训练中，刘彬彬被同学踢到了脚踝，当时就肿起一个大包，疼得他直咧嘴，吓得那个同学不知该怎么办。他却安慰同学说："没事，没事。叫队医治治就好，咱们训练就得有狠劲，敢拼敢上。"教练看到这一幕，心里说：这孩子将来一定是个挑大梁的球员。

时至今日，刘彬彬谈起在鲁能泰山足球学校踢球的日子，依然充满感恩："是鲁能泰山足球学校成就了我，我不会忘记在学校踢球的日子。我们那一批球员每个人都有自己的特点。虽然很多人去了别的俱乐部，但我们都知道，没有鲁能泰山足球学校，就没有我们的今天。"

刘彬彬很快脱颖而出，2010年被选派到法国梅斯足球俱乐部进行为期半年的留学，归国后于2011年进入鲁能泰山俱乐部一队。2012赛季中超揭幕战，鲁能客场对阵贵州人和，19岁的刘彬彬迎来他个人的中超处子秀，首发出战，踢满全场。2013赛季，刘彬彬成为鲁能泰山球队的奇兵。对于这个梅州少年，主教练安蒂奇夸他必成大器。他所在球队获得2009年全国U17优胜者杯比赛冠军、2010年南非"未来冠军杯"国际青年足球邀请赛冠军、2010年全国U17足球联赛冠军、2010年全国U17优胜者杯比赛冠军、2011年第七届全国城市运动会男子甲组冠军、2012年中国预备队联赛冠军。

入选国青队的时候，刘彬彬与国安足球俱乐部的张稀哲关系很好，他俩经常一起聊天。张稀哲和刘彬彬说了许多他在西班牙学习训练的事情，遇到困难是怎么克服的，这给了刘彬彬很大启示。张稀哲问刘彬彬的梦想是什么。刘彬彬答："我就想做好我自己，教练信任我，俱乐部培养我，我要珍惜每个上场的机会。不是每一个人都有机会的，有时机会错过了就不再来了。"刘彬彬喜欢看欧洲足球，他的偶像是梅西。有队员说他踢球特点有点像

梅西，他就不好意思了。"我喜欢梅西，并不是说我跟他特点像，我觉得自己距离他的能力差得不止是一点半点吧。我喜欢梅西在场上的那种感觉，盘带、突破、射门……"他一边说一边模仿着梅西的动作，"我喜欢看他踢球，看他比赛，有时候会不自觉地模仿，希望自己也能够成为他那样的球员。"

因为奔跑速度快，刘彬彬被球迷称作"追风少年"。迎着初升的朝阳，他一路走来，且行且成熟，且行且珍惜。做一个像梅西那样的球星是他的梦想，蓬勃的青春伴随他的脚步，他会为实现自己的梦想不断努力、不断奋斗。

他的奋斗目标不仅仅是要成为球星，在政治上也追求进步，向党组织递交了入党申请书。在球队中，刘彬彬团结队友，表现突出，追求上进，通过了党组织的考察，参加了山东省直机关工委组织的入党积极分子培训班并顺利结业。2018年"七一"前夕，党组织同意吸纳刘彬彬入党。

庄严的时刻到来了，刘彬彬在鲜红的党旗下举起右拳庄严宣誓：

"我志愿加入中国共产党，拥护党的纲领，遵守党的章程，履行党员义务，执行党的决定，严守党的纪律，保守党的秘密，对党忠诚，积极工作，为共产主义奋斗终身，随时准备为党和人民牺牲一切，永不叛党。"

宣誓后，刘彬彬显得格外激动，表示一定要更加努力做一名合格的共产党员。球员们纷纷向他表示祝贺，不仅祝贺他入党，还有一件事可喜可贺。他从小进入鲁能足校学习培训，是鲁能青训体系的优秀代表，2018年被选聘为鲁能"潍坊杯"国际青年邀请赛的形象大使。刘彬彬以自己出色的表现，让人们看到了鲁能足球学校青训的可喜硕果。

如果说，刘彬彬这样有天赋的足球苗子是自小就被发现，后来不断培养、提高最终成为职业球员，自身的优越条件促使他成才，那么，像高迪这样的球员，则是鲁能泰山足球学校教练发现后对其加强培养，他自己又不断努力的结果。

高迪比刘彬彬入校早，是89/90年龄段的球员。刚来鲁能泰山足球学校时，高迪是一个普通生，在普通班上课。高迪有着圆圆的娃娃脸，大眼睛，

笑起来两个小酒窝，长得很可爱。他学习成绩不错，班主任让他担任班长。上课时，他会紧紧盯住老师，生怕漏掉一点老师讲的知识。遇到没有弄懂的问题，会用笔顶着自己的下巴思考，想不明白，就会举手提问。老师要求做的作业他都会一丝不苟地完成，老师不要求做的思考题他也要努力做出来。高迪作为普通班校队的队员，刚接触足球时，很多足球知识不懂。有一次写训练日记，"伤停补时"这个词他不知道怎么写，就问老师，老师也是刚刚接触足球知识，就写下了"商停补时"四个字，高迪一看，乐了，和同学说："明白了，就是商量商量补多长时间啊！"

普通班的学生没有机会参加后备梯队比赛。高迪看到专业班的学生经常参加比赛，特别羡慕，于是和同学说："我什么时候能进梯队就好了。"同学笑话他："别做梦了，天上掉磨盘大的雨点也砸不到你！"同学的奚落，没有浇灭高迪内心要成为职业球员的那盆火，反倒激发了他的强烈欲望：专业班的同学能打上比赛，我为什么不能？人一旦有了自己的梦想，就会激发出巨大的能量。自从他下定决心要成为一名职业球员，自己就给自己提出了高要求：比别人多练，跟别人多学，相信付出总有回报，努力一定成功！

专业队的学生在训练时，高迪静静地站在场边，仔细观察他们是怎么练习的，教练是怎么指挥的。

不管天气好还是坏，高迪总是一个人在训练场上练习，拼命地奔跑，以提高自己的速度。

到了星期六、星期天，班里的同学或跟随家长回家，或结伴到外面游玩，他一个人跑到训练场对着球门一脚一脚练习进球技术。对着球门，从不同角度往里面踢。满脸大汗，一边练球一边大喊："高迪，你行！高迪，你能进梯队！"

"就你这条件，还想去梯队？真敢想啊！"班里有的同学看不起他，时不时会冒出几句话讽刺他。高迪不和同学争辩，只要有机会，他就去练球。他牢记老师和自己说的话"天道酬勤"。

一天，下着毛毛小雨。总教练可可维奇从训练场走过，发现一个少年在

训练场上踢球。不由得心里一动，停下脚步，站在场地边饶有兴趣地看着他练球。高迪没有发现有人在看自己练球，和以往一样，专心致志地把足球往球门里踢。他专门从一个角度练习定位球，距离球门20多米放好足球，然后起跑，瞄准球门的左上角，抬脚发力……然后自己跑到球门里把足球捡起来，跑出球门，放到预先定好的位置，放下足球，再起跑，重复刚才的动作……

高迪全神贯注旁若无人的神情和娴熟的脚法吸引了可可维奇。"你是哪个班的？你叫什么名字？"可可维奇忽然在场边向他招手问道。高迪急忙收住脚步，朝可可维奇跑过来……

世界上有的事情并不仅仅是巧合，因为俗话说"机会是留给有准备的人的"。

不久，和高迪同年龄段的梯队要参加一场比赛，打前锋的球员都不同程度受伤，可可维奇想到了高迪，把他临时选入梯队，高迪得到了第一次机会。当他被选调到梯队的时候，班里那些曾经嘲笑过他的同学都不敢相信这是真的。那场比赛，高迪在传、带、切、挑、射等方面都表现出了足球天赋，发挥了很高的水平，有点出乎教练的意料。

通过这场比赛，高迪在梯队站稳了脚跟。在专业班里，他不仅训练十分刻苦，平时文化知识学习也同样认真努力。专业班的训练比赛任务很重，有些学生参加完比赛，很少主动找文化课老师补习落下的课。高迪尽管很累，但也要找老师将落下的课补上。"你们都应该向高迪学习，训练要刻苦，学习也要努力。这样你们的专业水平会在现在的基础上大大提高。"不少教练对专业梯队的学生这样说，鼓励他们向高迪学习。高迪通过自己的努力从普通班进入专业班，在比赛中崭露头角，还进入国奥队、国家队，成为球迷熟悉的职业球员，这些都是高迪自己不断学习、不断刻苦训练的结果。

高迪调入鲁能泰山足球俱乐部一队第一次亮相中超是2010年4月9日。因为队中锋线上人才济济，强手如林，此后高迪很难获得出场机会。像他这批89年龄段的球员在队中地位比较尴尬：王永珀、崔鹏等87年龄段的"黄金一

代"之前牢牢占据主力位置，吴兴涵、刘彬彬、王彤等93年龄段新星又强势崛起，使得高迪的比赛机会很少。尽管这样，他对自己的要求没有降低，一直等待机会。2011年，高迪在预备队找到了自己的舞台，他在全国预备队联赛打进12球，在2012年预备队联赛打进22球，是鲁能预备队第一射手。

高迪在鲁能泰山足球俱乐部预备队的上佳表现，引起了绿城预备队主帅小野刚的注意，小野刚将他推荐给绿城队主教练冈田武史。在以后的几次预备队联赛上，冈田武史都到场观战，留心观察高迪在场上的表现。高迪勇猛顽强的比赛作风让他非常喜欢，决定把高迪引进绿城足球俱乐部。2012赛季结束后，在杭州绿城足球俱乐部的内援引进名单上，高迪的名字进入前三名。

到杭州绿城足球俱乐部后，高迪很快找到了最适合自己的战术体系和舞台。主教练冈田武史重用高迪，他的职业生涯发生了重大变化，多次在中超比赛中把足球射进对手的球门。他赢得了绿城球迷的喜爱……

2014赛季，高迪转会上海绿地申花足球俱乐部，并入选国家队。2014年6月18日晚，高迪代表国家队在同马其顿国家队的热身赛上，在最后时刻打入一球，帮助国家队以2：0战胜马其顿国家队。这位从鲁能泰山足球学校走出来的职业球员，始终相信通过自己的不懈努力，一定会成为受到球迷欢迎的球星。

郑铮走上足球道路完全是因为一个偶然的机会。

郑铮小时候非常想当警察。每天早上，当他睁开眼睛的时候，都会看到一脸严肃的父亲在镜子前整理警察制服，把制服领口的一对风纪扣子扣紧，再戴好帽子，对郑铮说一句："臭小子，爸爸上班了，在家里要听妈妈的话啊！"说完，走出屋子，推着自行车走了。"当警察抓坏人"，这个概念从小就印在郑铮的脑海里，邻居问他："小铮，长达了干什么啊？"他一挺腰板，大声说："当警察抓坏人！"逗得大人们哈哈大笑。

一个星期天，轮到郑铮父亲在巡警队值班，有一个铁路工人走进来。郑铮父亲急忙站起来："请问，有什么事啊?"铁路工人把手里拎着的一个皮包放到办公桌上，说："我在路上捡到了一个包，等了一会儿也没见到失主，

把它交给警察吧。"说完，想走。郑铮父亲急忙叫住他："先别走。咱们一起把包里的东西清点一下，免得失主找来，他说的和包里的东西对不上就麻烦了！"铁路工人听了，点头说："好好。"看着郑铮父亲打开皮包，把里面的东西倒在办公桌上清点：有钱包、有名片盒、有一串钥匙……"有名片就好办了。"郑铮父亲把名片盒打开，从里面拿出一张名片。名片上印着人名，姓肖，职务是山东省体工大队的足球教练。郑铮父亲拿起办公桌上的电话，照着名片的电话号码，拨通了电话……

　　过了一个多小时，郑铮母亲领着郑铮走进办公室。郑铮父亲忙问："你们怎么来了？""我们出来买菜，走到你这里了。你看会儿孩子，我上个厕所。"郑铮母亲说。"快点啊，我可值班呢！"郑铮父亲催促道。郑铮母亲答应着，走出去。

郑铮前脚走，山东省体工大队足球队肖教练后脚就来了。进门开口说："我姓肖，刚才有位同志给我打电话，让我来领包。""正等着你呢。"郑铮父亲说，"你把包里的东西说一下，我得核实核实。""里面有钱包、名片，还有钥匙……"说得一点不差，郑铮父亲把手里的皮包递给他："是一个铁路工人捡到送来的，也没留下名字，好人啊！"郑铮父亲夸奖那个铁路工人。肖教练连声说："谢谢！"

领完皮包，郑铮父亲以为肖教练就该走了，没想到他看着郑铮，上上下下好一顿打量。"他干什么呢？"郑铮父亲心里有点发毛。"你还有事啊？"郑铮父亲问肖教练。"啊啊"，肖教练拉起郑铮的一条腿看看，又拉起另外一条腿。"你这是……"郑铮父亲确实不明白他要干什么。肖教练说："我想和你说个事。""说什么事啊，皮包你不是拿着了吗？"郑铮父亲以为肖教练要说皮包的事。"不是皮包的事，是这个小孩，是你儿子吗？"郑铮父亲点头。"我看这孩子是个踢足球的材料，让他跟我学踢足球怎么样？"肖教练开门见山，打郑铮父亲一个措手不及。"这，这个……"他一时不知道怎么办好。这时，郑铮母亲回来了。"教练想找咱们儿子踢足球，你看……"郑铮父亲急忙和妻子说。肖教练一看，好啊，两口子都在这，我得好好跟他们说说踢足球有什么好处。于是，拉过一把椅子坐下，和郑铮父母说起为什么选中郑铮踢足球……

郑铮父母一时决定不了，肖教练让他们回家再好好商量商量，他等着回话。

为郑铮踢足球的事，父母商量了好几天，最后还是被肖教练说动心，答应儿子跟肖教练学习踢足球。

1999年7月，在济南银行学校举行的一场足球苗子选拔赛上，郑铮出色的表现引起鲁能泰山足球学校教练的注意，被圈定到入校学生的名单里。9月初，他接到了前往鲁能泰山足球学校学习的通知。

进入鲁能泰山足球学校，郑铮非常珍惜来之不易的学习机会。和很多好动的学生不同，郑铮在课堂上总是很安静，学习非常认真。每次老师布置作

业，他差不多都是前三个完成。因为这个，他受到任课教师多次表扬："大家要向郑铮学习，当球员也要把文化课学习好！"这时，郑铮就会抿着嘴笑，心里很美。暗想，下一次我要做得更好。郑铮有主见、有个性，对待班内的各项工作，他总会提出各种建议，配合班主任老师工作。当自己的观点和班主任老师有冲突时，他就找班主任老师沟通，寻找解决问题的方法。

训练的时候，他早早地就把训练服准备好，放到背包里，来到宿舍门前等候集合。在学校8年的训练中，从来没迟到。他认真的训练态度，得到教练多次表扬，私下里几个教练说："郑铮早晚被选进国家队。"

教练说中了。2007年6月，郑铮入选国青队。

进入国青队后，他认真刻苦参加训练，珍惜每一场比赛机会，在比赛中敢冲敢拼，有股刺刀见红的劲头，自己球技也不断提高。他有自己的职业目标：进入鲁能泰山足球俱乐部一队，进入国家队，靠自己的努力闯出一片新天地。

2008年，郑铮顺利入选鲁能泰山足球俱乐部一队，实现了自己当职业球员的梦想。他随鲁能队参加与韩国浦项制铁队的亚冠比赛后，坐稳了主力左后卫的位置。随后他表现出上佳状态，频频上演助攻好戏，受到主教练的表扬。2011年10月，他与队友韩鹏、蒿俊闵、苑维玮一起入选国家队，出征卡塔尔多哈，参加与伊拉克的亚洲杯十强赛。

2018赛季，郑铮作为鲁能泰山队主力队员参加中超比赛。在比赛中，他顽强拼搏的作风深受球迷好评，作为边后卫不仅防守积极，还多次参与进攻，为鲁能泰山队取得好成绩做出贡献。

郑铮当选2010赛季最佳新人。那个赛季郑铮出场24次，首发19次，打进3球，助攻5个，作为一名边后卫这是相当抢眼的数据。

雄厚的办学力量、良好的学习训练环境、合理的上升通道、负责任的职业出口、比较高的升学率……这些都使得鲁能泰山足球学校具有足够的含金量，吸引了越来越多的有足球天赋的青少年。原U16国少队主力前锋段刘愚进入鲁能泰山足球学校学习，就是学校吸引有足球天赋青少年的结果。

段刘愚是深圳罗湖区翠园中学高二学生，曾入选97/98年龄段国少队，并代表国少队参加了2014年亚少赛决赛阶段比赛。在这届国少队中，有好几个从鲁能泰山足球学校来的球员。训练比赛闲暇时，段刘愚发现，在球队中，最愿意拿着书本读书的是鲁能泰山足球学校来的球员，而他自己就喜欢学习，和鲁能泰山足球学校的球员特别谈得来。性格有点腼腆的段刘愚和鲁能泰山足球学校的队员在一起说话时特别投机。和他们交谈，段刘愚知道了许多之前不知道的事情：鲁能泰山足球学校是怎么创办的，作为国企办的足球学校有什么样的文化底蕴，学校作为鲁能足球俱乐部的后备人才基地，如何开展训练和比赛。"我去鲁能泰山足球学校，可以去巴西培训吗？"段刘愚问，他对海外训练和比赛特有兴趣，他知道自己的"短板"在什么地方。鲁能泰山足球学校的一个球员回答："我们在巴西有海外培训中心，出去培训的球员能进入圣保罗足球俱乐部参加训练，还能随队比赛，能更好地提高球技。"还有叫段刘愚更心生仰慕的事：鲁能泰山足球学校已经为各级别国家队培养输送了100多名球员，每一届国家队都有鲁能泰山足球学校培养的球员，这是球员最大的梦想啊！

在这之前，段刘愚曾跟随国少队来鲁能泰山足球学校参加训练和比赛。校内完备的训练设施、标准比赛场地、设备一流的康复馆，都给他留下了深刻印象。他还随国少队一起赴鲁能巴西体育中心进行了为期半个月的集训和比赛，鲁能青训的海外战略和完备的青训培养规划，让段刘愚心生向往。

跟随国少队在鲁能泰山足球学校集训比赛期间，鲁能泰山足球学校足球苗子选拔小组对段刘愚曾进行多次观察。他训练时的刻苦认真，在比赛中的奋力拼搏，给选拔小组成员留下了深刻的印象。还有几家足球俱乐部对段刘愚也非常感兴趣，甚至开出优厚条件"诱惑"他加盟自己的足俱乐部，他一一婉拒，义无反顾地选择鲁能泰山足球学校。

这不是一个青少年球员入校的简单问题，鲁能泰山足球学校对学生的精英化、国际化培训正在成为招生的一个重要砝码。学校未来培养青少年球员的工作重心是培养精英球员，通俗一点说就是"精钢锻造"，使得国内有足

球梦想的青少年对进入鲁能泰山足球学校专业梯队引以为豪。鲁能足球俱乐部在巴西成立了培训中心，球员可以加入当地的足球俱乐部，使球员正式参加巴西足球联赛由梦想变成了现实。

来到鲁能泰山足球学校后，学校领导与段刘愚进行了交谈，并告诉他，足球生涯才刚刚起步，不要对自己搞特殊。在学校里与别的学生一样要继续努力，以实现自己的梦想。段刘愚向学校领导表示："我是慕名而来的，一定会好好学习，好好训练，做一名合格的学生，做一名合格的球员，不辜负学校对自己的期望。"

段刘愚这样的孩子，在鲁能泰山足球学校乃至国内其他足球学校的孩子当中还有不少，是校园足球培养球员的典型代表，他的成长过程，契合鲁能泰山足球学校倡导的球员培养理念。

来到鲁能泰山足球学校不久，段刘愚与学校其他赴巴西留学的球员一起进行了为期半个月的意志品质教育和特别军训。军训结束后，启程前往巴西留洋参加训练。在这样短的时间里就实现了自己留洋巴西的梦想，段刘愚连说"想不到"。他给父母发邮件汇报自己在学校的情况："学校的严格训练和浓厚的学习氛围超出我的预想，我在这里一定会很快成长起来，做一个让爸妈放心的好球员。"

很多人关心段刘愚的学习培训情况，关注他能不能成为职业球员。2018年，段刘愚的名字出现在鲁能泰山足球一队的名单中。通过在鲁能泰山足球学校5年的学习培训，段刘愚交出一份合格的答卷。学校对精英球员培训收到可喜成果，有足球天赋的青少球员被培养出来，走上职业化道路。段刘愚以自己的经历证明：在这所学校里，只要自己努力，在严格的培训下，有足球天赋的青少年球员不会被遗漏。

2014年10月，在缅甸举办的亚青赛小组赛首战，中国国青队以2：1击败日本国青队，实现开门红。赢球的两大功臣是韦世豪和周煜辰，他们都是鲁能泰山足球学校培养的球员。而制造点球的队员唐诗、球队队长陈哲超、替补登场表现活跃的陈科睿也都是从鲁能泰山足球学校走出来的。

缅甸亚青赛，鲁能泰山足球学校毫无疑问成为大赢家，他们培养的6名青年球员表现极为惊艳：首战击败日本，唐诗制造了点球，韦世豪梅开二度。小组赛最后一场打越南，唐诗打进扳平一球拯救了国青队。三场比赛中，门将周煜辰凭借稳定的发挥化解了对手一次又一次射门，堪称国青队出线第一功臣。

除这三颗新星，还有一颗新星，就是防守型后腰、队长陈哲超。他能拼能抢，技术也不错，作为国青队的队长十分称职。

出生于1995年的陈哲超，老家在武汉，是鲁能泰山足球学校95年龄段梯队第一个走出去留洋的球员。2011年12月，国家足协选拔青年球员去葡萄牙留洋，陈哲超被选中。那时他的踢球水平在球队里居中游。他想去国外好好训练，提高自己的水平。陈哲超性格坚韧，比同龄人心理更成熟。留洋三年半，陈哲超一直效力于皇家体育会U19队。这支球队在葡萄牙参加第四级别

的联赛，后来整合到第三级别，也就是葡冠（第一、二级别分别是葡超和葡甲）联赛。他效力的皇家体育会U19队参加的是葡萄牙U19联赛最高级别的比赛，和波尔图足球俱乐部、本菲卡足球俱乐部、里斯本竞技足球俱乐部的U19队一起比赛。在中国留洋球员中，陈哲超以28次出场，场均88.6分钟高居出场率第一位，在高度竞争的葡萄牙U19甲级联赛中，陈哲超攻入了8个进球，是球队进球比较多的球员。

在球队中，陈哲超打过多个位置，如边前卫、边后卫、前腰、后腰等，这也是他的特点，进攻和防守都可以，葡萄牙教练认为陈哲超是个多面手，在多个位置上都能适应。2015年夏天，陈哲超回到鲁能泰山足球俱乐部一队，成为球队的主力替补。2016中超赛场上开始闪动他的身影，不仅是主力替补，有时还被主教练重用首发出场。

中国未来的足球运动员应该是一个什么样子？中国足球的希望何在？一位足球记者对鲁能泰山足球学校培养的球员这样评价：

"鲁能泰山足球学校成了制造中国足球职业球员的'兵工厂'，犹如一位具有强大内功的太极高手，其能量开始源源不断地爆发出来，形成较为完全的塔形后备梯队。这些现象只是冰山一角，在这背后有鲁能泰山足球俱乐部对足球理念的崭新认识，严格管理和一整套适应足球发展潮流的青少年足球人才培训机制作强力支撑。鲁能泰山足球学校用自己的发展实践克服了目前我国青少年足球运动员培养方面的诸多顽疾。"

第十五章
斑斓多彩

鲁能泰山足球学校的教学楼走廊两边的墙壁上，张贴着许多色彩斑斓的图画。一幅名为"中国足球"的图画上，画着5个天真烂漫的学生在抢一个足球，另外一幅《我的理想》画着一个抱着足球的孩子睡觉时做梦，梦到了自己的偶像梅西；《可爱的学校》画的是鲁能泰山足球学校的风景……一幅幅色彩鲜艳的图画把走廊装点得充满情趣，充满朝气蓬勃的气息。

这些图画的作者都是鲁能泰山足球学校的学生，他们用自己的作品，表达自己的理想，描绘生活的美好，展示自己的才华。鲁能泰山足球学校还有专门的学生作品展示室，在那里会有更多的学生作品进行展示，琳琅满目的展品展现的是丰富多彩的课余活动的成果，展现的是鲁能泰山足球学校重视素质教育获得的成效。从学生们的作品中，人们能洞悉他们丰富的内心世界，看到中国足球充满希望的未来。

为了使道德教育、美育教育不流于形式，鲁能泰山足球学校从上至下把开展丰富多彩的课余活动当作一项重要的工作抓紧抓好，以形式多样的活动为载体，生动活泼的课余活动让鲁能泰山足球学校成为培养学生全面发展的重要阵地。

开展丰富多彩的课余活动，并不是一帆风顺的，少数教师有些抵触情绪：足球学校主要是提高学生们的足球水平，只要保证上好文化课、搞好训

练就是完成了主要工作，开展课余活动，不是多此一举吗？坚持开展好学生课余活动，是鲁能泰山足球学校领导班子毫不放松的一项工作。他们认为：学生们正处在发育期，心志不成熟，需要健康的心理引导，有益的课余活动必然对学生们的心理产生有益的影响，有利于学生们的健康成长。在校住宿的学生离开父母，难免有一种孤独感，适当的课余活动，会冲淡学生（尤其是小学生）对父母的依恋，增强集体观念，培养学生们的独立意识，引导他们的健康情趣，培养和提高他们的审美品位。

开展好丰富多彩的课余活动，首先从班主任抓起。班主任是"孩子王"，如果他们对此没有积极性，那么课余活动要想开展好是很难的。为此，在制定《班主任管理考核细则》时，对开展课余活动进行了专门要求。

班级是学校工作的基础，是教师和学生开展活动的基本组织形式，是贯彻学校《十好行为规范》和《十项规定》的重要阵地。做好班级工作对坚持"文体并进"的办学方向，培养"精英化、国际化"的人才具有重要的意义。班主任是班级管理的第一责任人。为了促进学生全面发展，培养良好的学

风、班风，对班主任工作进行客观评价、合理奖惩，制定本细则。班级管理的整体要求：

1. 班级要有明确的奋斗目标，其目标应具有整体性、方向性，符合班级学生的实际情况，有具体的实施措施。全班同学应在此目标指导下，共同为实现班级奋斗目标而努力。

2. 有良好的班级干部队伍。他们必须有较强的责任心，协助班主任、任课教师开展班级管理工作和各项活动。

3. 有勤奋求实的学风。学生学习目的明确，态度端正，有勤奋刻苦、好学上进的精神和良好的学习习惯及学习方法。

4. 有活跃的课余生活。从每个学生的兴趣、需要和愿望出发，科学地设计和组织班级活动。活动要有思想性、知识性、专业性、有意义、有收获，全班学生要积极参加各项文体活动。

5. 有严格的规范和纪律，全班同学要自觉遵守《小学生和中学生守则》和学籍管理规定所提出的各项要求，遵守学校规定的各项规章制度；有较强的法制观念，履行学校和老师提出的要求，做到老师在与不在一个样，校内

校外一个样。

《班主任管理考核细则》的第四条对活跃学生们的课余生活提出了具体要求，要求班主任带领学生积极参加各项文体活动。这样的规定从教师层面就有了硬性约束，保证了学生们的课余活动有组织、有内容，全方位参与。

小学部的教师们开会研究如何开展课余活动。一位教师说："孩子到足球学校学习，对足球充满热爱，心里都有自己的足球偶像。我们能不能结合孩子们的兴趣，组织有关活动呢？"围绕这个话题，大家七嘴八舌讨论起来。一位女老师说："最近上课，有几个学生都在偷着读《舞者梅西》，我还在课堂上没收过。既然他们喜欢读这本书，我们何不就此组织读书活动，既满足他们的读书需要，又与文化学习结合，不是很好吗？"女老师的话音刚落，其他几位老师都表示赞同，很快就做出决定，在小学部开展"我读《舞者梅西》"活动。活动分为读书、谈体会、演讲、写读后感几个部分，各个班级还开展读书比赛。

鲁能泰山足球学校有图书馆和学生阅览室，藏书有两万多册，一般能满足学生们的借阅需要。小学部开展读书活动，图书馆收藏的《舞者梅西》只有4本，要满足上百个小学生的阅读是不可能的。每个班级拿出班费购买《舞者梅西》，供小学生阅读。一个小学生很想自己收藏这本书，就找到班主任，和班主任要钱买书。学生找班主任要钱，这事放在其他学校一定是爆炸性新闻，但在鲁能泰山足球学校是挺平常的事。这又是怎么回事呢？原来，这些学生在班主任那里都有"账本"，班主任老师帮助学生们管账。

鲁能泰山足球学校的学生都是寄宿生，很多学生离家远，平时学习训练紧张，很少有时间回家。这就产生了一个问题：对于寄宿生来说，手里没钱不行，平日里买点东西不方便，可钱太多了不安全，曾经发生过丢钱的事情。根据这种情况，学校作出规定：学生有多余的零花钱可以存在班主任老师那里，学生用钱的时候到班主任那里取。于是，每位班主任老师多了一样东西——学生账本。

　　班主任老师的账本有全班同学的账户，一人一页，分四项内容：存入金额及时间、支出金额及时间、余额、支取人签字。学生们把钱"存"到班主任那里，跟存在银行一样保险。少到十元、几十元，多到三五百元甚至上千元，班主任老师都照收不误。这是一个很细致的工作，虽然班主任老师平时工作很多，但对这项额外工作还是很热心。有的学生今天手头"紧"了，到班主任老师那儿去"支"出几十元钱；明天家长来探视，手头又"宽裕"了，赶紧去班主任那里把钱"存"上。班主任老师从不嫌麻烦，每次都是热情接待。在这一"支"一"存"中，学生与老师之间多了一层特殊的信赖关系，每次"支"和"存"的过程都是师生交流沟通的好时机。学生如果"支"的钱太多，老师就问："你拿这么多钱干什么用？"从而了解学生花钱的用途，帮助学生取消不合理开支，压缩支取金额，让学生学会勤俭节约。学生从老师那里获得了父母一样的关爱，心里暖暖的。

　　很多学生喜欢到班主任老师那儿去"存"钱或者"支"钱，班主任老师教会了学生怎样有计划地开支，不该花的不花，该花的也尽量压缩，天长日

久无形中培养了学生的节约意识。学生在与班主任老师的交往中学到了办事严谨的作风、平易近人的品质，养成了注意节俭、不乱花钱的好习惯。不少家长对此举双手赞成，他们发现自己的孩子大手大脚花钱的毛病改了许多。

为了培养学生们的良好读书习惯，学校在每个班级都设立了读书角，有上百本图书。除了有用班费购买的图书，也欢迎学生家长捐赠。有的学生家长一次就为图书角捐赠上百册图书，对学校开展的这项活动，家长们都热情支持。

小学部开展的"我读《舞者梅西》"活动，在学生中产生热烈反响。课余时间，学生们都在阅读和讨论这本书，向梅西学习，做一个好球员。每个班级还组织演讲选拔赛，鼓励同学参加演讲，讲述自己的读书心得，锻炼自己的演讲能力。有8名学生被班级推选参加小学部组织的学生读书演讲。

演讲会在学校的多功能教室进行。

"奇迹总会降临在那些经过重重磨难而又继续奋力向前的人，就犹如他——梅西。许多人只看到他现在的辉煌而不晓知他曾付出的汗水……"一个四年级的小学生声情并茂的演讲吸引了台下的师生，引来热烈掌声。

又一个小学生登台，演讲的题目是《怎么样成功》。"读了《舞者梅西》，我明白了要想成功除了需要团结、谦逊和感恩，更需要坚韧和永不放弃。如果我们每一个人都能像梅西那样，坚持不懈，刻苦训练，相信我们的球星梦一定会实现……"

每个小学生都有自己的读书感想，抒发自己的不同情怀，道出自己的读书心声。他们在台上讲述自己对梅西的理解，讲述《舞者梅西》带给自己的启发……

像这样的读书活动在小学部经常开展，为的是培养学生良好的读书习惯，开阔学生的视野。"朝阳读书"系列活动同样受到学生们的欢迎。每次开展读书活动，语文老师、班主任都认真组织实施，有步骤、有计划地引导学生开展活动，要求学生将读书的所思、所想写出来。语文老师、班主任指导学生读书，写读后感，参加演讲比赛，还组织小学生进行名言名句搜集、

展评活动。"朝阳读书"系列活动，不仅丰富了小学生的课余生活，培养他们形成了良好的读书习惯，而且给小学生提供了一个展示自我才华的平台，为他们创造了一种良好的读书学习的文化氛围。读书活动让更多的小学生明白了做人做事的道理，懂得了实现球星梦想必须不断努力。

根据学校的部署，学生们主要以文化课为主，要多开展课余活动，小学部经常组织一些主题班会。多种多样的主题班会，引起小学生的极大兴趣，和培养小学生良好的习惯相结合，事半功倍。"善待环境、爱我校园"主题班会活动时，小学生们可以报名参加当"爱我校园"小志愿者，有12名同学自愿加入"绿色小卫士"行动队中。"爱心使人健康，善心使人美丽，真心使人快乐。讲道德，重品质，校园里的我们在行动……"开展"爱我校园，看我行动"班级主题活动，让同学们认识到保持校园清洁的意义和环保的重要性，每个班级讨论制订了具体的可行性善待环境的行动方案。校园"绿色小卫士"志愿者得到学校表扬。

开展好学生们的课余活动，教师的主导作用很重要，如何培养学生的爱好，激发学生的兴趣，教师的作用举足轻重。写字是学生们应具备的一项重要的基本功，但是，随着计算机、平板电脑、智能手机的普及应用，写字已经被越来越多的学生忽视。把汉字写好，不仅是为了美观，更重要的是养成良好的学习习惯，培养学生们热爱祖国语言文字的情感，陶冶情操，培养审美能力，为学生以后的学习和全面发展打下良好的基础。学生如果既能踢好球又能写一手漂亮的钢笔字，那应该是两全其美的事情。在学生作品展示室有一些学生的硬笔书法作品，这也是学生们课余开展的硬笔书法比赛的成果。

为了帮助学生们写好汉字，对硬笔书法产生兴趣，教师邢燕燕没少努力。为引起学生们对写字的兴趣，她先给学生们讲故事：欧阳询途经一块满足荒冢之地时因发现了一块石碑上的字写得好，宿于碑下三天，琢磨字里行间章法的严谨和气韵的生动。"书圣"王羲之幼年学习书法时，家门口的小水塘都被他洗涮毛笔的墨染黑了……

这些古人学写字的故事让学生们对写字有了兴趣，集中了注意力，开始觉得写字挺有意思。邢燕燕还把往届学生的一些优秀书法作业拿给学生们观看，课余引导学生们欣赏校园团队黑板报、橱窗内书法作品。看到学生们的羡慕眼神，她马上进行鼓动："别的同学都能把字写好，我们为什么不能呢？大家要经常练习，只要刻苦努力，都能写一手漂亮的字。"

邢燕燕指导学生写字，确定"识写结合，描仿入体"的写字训练思路。每次练字之前，让学生自定目标，即将这次写字预备得分填写在"预计格"内，学生都朝着这个目标努力。每次习字完毕，又让学生对照字帖及以前作业进行自评，将自评得分填写在"自评格"内。邢燕燕在批改学生们的写字作业时，多用"写得真棒""大大进步""很好"来激励学生。

对个别学生，采用个别辅导的方法。学生沈鹏对写字有倦怠情绪，邢燕燕针对足球中的"罚点球""发任意球"等专用词汇，告诉沈鹏"描红"就是罚点球——难度小，其实很简单。"临写"就是"发任意球"——要进球可有一定难度。邢燕燕自己示范给他看，沈鹏高兴了："老师，让我来罚一个点球！"埋下头一笔一画地在写字本上描写字帖。

课余时间，开展写字比赛，举办写字展览。教师当评委，对学生们的写字作品进行评比，分不同等级进行奖励。学生们的写字乐趣逐渐变成了志趣，很多学生都在练字。"别等当了球星才想到写好字，还得请书法家设计签名，那不是光彩的事。"老师总是这样教导学生：临时抱佛脚就晚了。

其他足球学校的同行到鲁能泰山足球学校学习考察，看到展出的学生书法作品有点奇怪："足球学校的学生普遍写字不好，你们是怎么样让学生对写字感兴趣的？""没什么高招，就是重视学生们的课余活动。引导学生写好字，告诉学生将来当球星写不好字是很丢脸的事情。"陪同参观的学校领导回答。

人们常说，风景如诗如画。可见语言和绘画是人们抒发情怀的最好的表达方式。倘若能把二者完美地结合在一起，一定会产生意想不到的效果。在引导学生们写好字的同时，培养学生们的绘画兴趣，把上好美术课与开展课余绘画活动相结合，也是学校开展课余活动的重要内容。

一次课间，一个学生拿着一幅自己的画跑到美术教师贾凤面前，说："老师，您看我的画好玩吗？"贾凤被他的画吸引住了：画面上一个脏兮兮的小男孩歪戴着帽子，手里拿着一把扫帚，咧嘴笑着。画面中间歪歪扭扭地写着一句话："开学第一天做值日生，我心里很高兴，我干得特别卖力气。"画面中因为加进了学生自己生动真实的心里话，变得趣味盎然。

一幅画让贾凤顿受启发：如果能让学生把日记和儿童画结合起来，把自己一天中最感兴趣、印象最深的人或事物画下来，并且写上一段相关的话，让他们走进生活体验生活，一定能提高他们观察生活的能力和视觉表达的能力。

于是，贾凤在课上积极鼓励学生利用课余时间进行"日记画"训练。引导他们把眼睛看到的、心里想说的、喜悦、苦恼、值得纪念的事随时画下来，把文字写在画里。

课余时间，许多学生喜欢上了画画。他们把平时一些看起来微不足道、司空见惯的小事画到了自己的画里，表现自己的亲身经历，表现周围熟悉的人和事，表现自己的创造热情。许多学生把"日记画"作为一种有趣的爱好随时随地信手涂抹，为紧张的训练之余注入了轻松和愉悦。

这些生动有趣的"日记画"妙趣横生，表现了学生们生动丰富的内心世界，"日记画"也缓解了学生们因学习训练而带来的压力，满足了他们渴望了解世界的求知欲，为学生们发挥创造性拓展出了一片新的天地，使学生们以自己独特的思维视角去观察世界、领悟生活、表现自我。"日记画"使原本无声的视觉艺术变得生动起来，在这个过程中，学生们的语言能力得到了锻炼，思维得到了拓展，通过描绘身边的人和事加强了彼此的联系，加深了同学的友谊，思想得到了升华。

学校努力让学生们的课余生活丰富多彩起来，充满不同的颜色。鲁能泰山足球学校每周都会组织学生们观看一次电影，安排在星期五晚上，不上晚自习课，组织学生们观看。对影片的选择有专门人员负责，根据学生们的理解程度、娱乐需要，选取既有教育意义又符合学生们欣赏口味的影片。

　　有一次，放映的影片是《背起爸爸上学》。

　　故事发生在一个偏僻的小山村。一户穷苦人家，家里有一个小男孩儿叫山娃，在他很小的时候妈妈就去世了，剩下他和姐姐跟爸爸相依为命。由于家里穷，供不起两个孩子念书，于是爸爸用转勺子的方法来决定谁上学，幸运之神降临到了山娃头上。从此，山娃便每天蹚过一条大河到对岸的学校上学，学习成绩一直名列前茅，直到他考上了市里的重点高中。学费的问题成为一个难题。为了交上山娃上学的学费，姐姐被迫嫁人，爸爸不幸摔断腿成了残疾人，生活不能自理。山娃决定，背着爸爸去上学……

　　影片放映时，看到山娃用他稚嫩的肩膀背着爸爸，吃力地蹚过那条大河时，许多师生的眼睛湿润了……

　　看完电影，贾凌宇同学写了一篇观后感。

　　看完《背起爸爸上学》这部电影，我的内心久久不能平静，曲折的故事情节催人泪下，主人公的精神感人至深。拿我们的条件和山娃的家境比一比，简直是天壤之别……山娃从小失去了母亲，每天上学要蹚过一条大河才能到邻村上学，吃的是窝窝头，有一点时间也要下地帮父亲和姐姐干农活。他每天都要到几十里之外的城里去上学，还要背着残疾的爸爸。而我们呢，别说照顾父母了，连自己都照顾不好，还要让父母操心。我们的意志和山娃比真是相差千里，这样怎么能担起建设未来祖国的重任呢？让我们永远记住山娃的故事，学习他坚强的毅力，来报答我们的父母，报效我们的祖国吧！

　　课余生活不是简单的娱乐，寓教于乐对帮助学生们成长更重要。

　　为了让学生们对农村学生的艰苦生活更有感性认识，把电影中的内容与实际生活对照，学校组织学生们到临朐县的寺头学校，看看山区里的孩子是在什么样的条件下学习和生活的。

　　来到寺头学校，看到学校住宿条件非常艰苦，学生大部分是农村孩子，吃中午饭的时候，有的学生只能用一根油条当菜下饭……鲁能泰山足球学校

的学生们看到这样的场景，内心很震撼，同时也受到了教育。

一个学生从口袋里拿出了34元钱，交给带队的老师："老师，我想给他们捐款，今天没带多少钱，全捐给他们！"带队老师还没来得及反应，周围的学生纷纷开始拿出自己的零花钱："我们也捐款，这是我们对他们的一点心意！"每个学生都把自己的零花钱拿出来，给寺头学校捐款，表示今后一定要珍惜时光，好好学习，刻苦训练，以优异成绩报答老师、教练和学校。鲁能泰山足球学校与寺头学校结成"手拉手"联谊学校，结对帮扶。通过双方交流，培养了鲁能泰山足球学校学生吃苦耐劳、顽强拼搏精神，达到了互帮互助、取长补短的目的，相互鼓励，共同成长。

这次"手拉手"活动，对学生们触动很大，回来后不少学生都写了自己的感想，表示要学习山区孩子刻苦学习精神，做最好的自己。

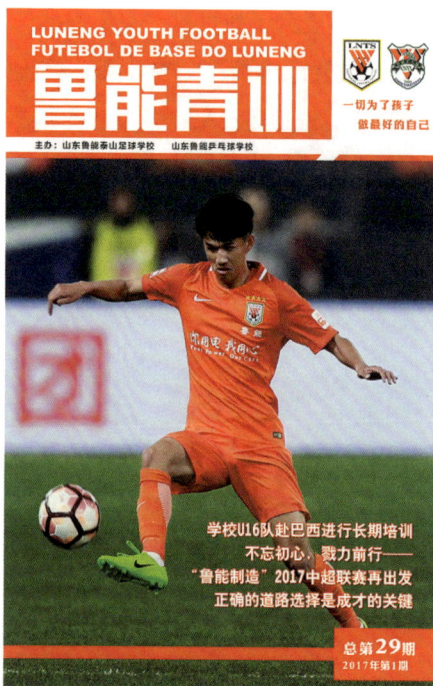

"看到他们在那么艰苦的条件下，还孜孜不倦努力刻苦学习，我非常受感动。想想平时自己娇生惯养，开学时军训怕苦怕累，实在太不应该了！今后，我一定要做到不怕苦、不怕累，好好学习，刻苦训练，做一个有道德、有知识、球技好的好学生，为我们的学校争光！"这篇《到临朐山区学校参加"手拉手"活动的感想》刊登在《鲁能泰山足球学校报》上，没有去临朐山区学校参加活动的学生争相阅读了这篇文章，受到了教育。

《鲁能泰山足球学校报》在鲁能泰山足球学校成立之初就开始创办，主要反映学校工作、训练、学习等情况。校刊有一位专职编辑，三四位兼职编辑。在学校的各个部门都有通讯员，主要负责为校报提供稿件，提供报道线索。校报对校内近期情况、校务动态、教职工和学生的新人新事及时报道，起到了很好的信息平台作用。2013年，《鲁能泰山足球学校报》改刊，创办了杂志型校刊，刊名为《鲁能青训》。校刊专职编辑刘锋，还有一位兼职编辑王冰，两个人除了编辑本校刊，还有其他一些工作，忙得团团转。说是编辑，其实记者的工作也一起做，还附带设计、校对、印务等工作。从他们俩的工作量就能知道，鲁能泰山足球学校的每个岗位的员工都是满负荷，如上紧发条的钟表，天天不停地转。

新校刊的反映内容进一步拓展，学校的重点工作、训练、教学、学生课余生活、每月球星、海外培训基地资讯、学生作文、家长寄语等，都能够在校刊中与读者见面，刊物设计大方新潮、印刷精良，内容丰富多彩。刊物内

部发行，每次印刷2000册，在校内发放到各个部门，各年级教学班。同时，也和国内其他足球学校、社会兄弟学校交流，是外部了解鲁能泰山足球学校的一个窗口。

校刊还经常举办一些征文比赛，丰富学生们的课余活动，把文化课学习和课余活动有机地结合起来，调动学生们的学习写作积极性。在一次"我和我的学校"征文活动中，学生们纷纷动笔写征文，抒发自己对学校的热爱，描述自己对学校的深厚感情。

《我爱鲁能泰山足球学校》是初中二年级三班褚波同学写的：

我从小就喜欢足球，渴望成为一名足球运动员，而今我迈入鲁能泰山足球学校的大门，距离我的梦想又近了一步，距离为国家争光又近了一步。和我日夜思念向往的足球在一起，别提我心里多么激动了，连肢体的每一个骨节、神经系统的每一个细微末梢，都在回荡着一个激动的声音：我爱你，足球！

我爱鲁能泰山足球学校，因为她是培养足球运动员的基地，是培育国足精英的摇篮。她能给我强健的体魄、娴熟的技巧；她能教给我丰富的足球知识和扎实的基本功；她能帮助我一步一步走进足坛圣地。抓住这个难得的成长锻炼的机遇，就等于抓住了实现足球梦想的纤绳。世界杯足球赛场上，一定会出现我矫健的身影。

尽管写得还有些稚嫩，有的用词造句还不完美，但字里行间透露出孩子对鲁能泰山足球学校的热爱，对中国足球冲出亚洲的渴望，对自己美好未来的畅想。评委老师给予了充分肯定。

初中三年级二班的高一翔写了《美丽的鲁能泰山足球学校》：

几年前，当你在中国地图上看到"潍坊"时或许唯一想到的是一年一度的"国际风筝节"。现在不同了，在潍坊有一所名扬四海的学校，她既不是

英才学府，也不是潍坊一中，而是具有雄厚实力的"硬件""软件"全国一流的鲁能泰山足球学校。

作为一名"老生"，我目睹了鲁能泰山足球学校的成长过程，鲁能泰山足球学校一点一滴的变化令我惊喜，更为自己是一个鲁能泰山足球学校的球员而自豪。记得三年前刚来鲁能泰山足球学校时，这里不过是一个很普通的学校，加上学校处于市郊，一切的一切都显得太微不足道了。然而，现在不同了，当你一踏进学校的大门时，便自然想到了荷兰的"阿贾克斯"、法国的"克莱方丹"训练基地。学校里绿树环绕，地面干净整洁，一座座楼房是那样充满活力，绿色的足球场，更让我们看到了中国足球的希望。

齐全的训练设备在全国足球学校处于绝对领先。走在学校干净的马路上，心中有一种说不出的感觉，是自豪，是喜悦，还是难以掩饰的兴奋？这样美丽的景象使我联想到了欧洲的足球学校，真的不敢相信在中国竟有如此美丽的足球学校。我想，再过几年，我们学校在世界的名气一定会大于清华、北大，这不是痴人说梦，因为我们鲁能泰山足球学校有这个实力，有为中国足球腾飞而做巨大贡献的热心、恒心、决心。也许有一天，我会离开鲁能泰山足球学校，但学校的美丽会令我终生难忘，我学的知识会使我终身受益。我爱鲁能泰山足球学校，不多，就一生。

学生的征文透露着自豪，透露着对学校的热爱，透露着他对学校未来美好的祝福，抒发着他对学校炽热的爱。为了实现这些美好的愿景，为了不辜负学生们对学校的期望，鲁能泰山足球学校加快建设步伐，为建设世界一流足球学校不断努力，奋勇攀登！

《鲁能泰山足球学校报》改版为杂志型校刊《鲁能青训》，刘锋的工作量没有减少，还是满负荷运转。原来只有足球学校，后来又创办了鲁能乒乓球学校，多了一所学校，工作量自然增加许多，校刊的工作越来越忙。有人形容刘锋忙得像只陀螺，整天不停地转。他不仅有文字编辑工作，还要负责照片编辑。只负责图片编辑工作量还会轻点，但他还要自己拍照，工作量增加

了好几倍。2018年举办"潍坊杯"国际青年足球邀请赛的那些日子，只要有比赛，刘锋就得背上照相机到现场。正是一年里最热的日子，在外面不要说活动了，不动弹都会满身大汗。背着长焦镜头照相机，围着赛场捕捉镜头，上衣全湿透了。一场比赛下来，他要拍摄两三百张照片，回到办公室连夜把照片从卡上拷贝到电脑里，再一张一张仔细地挑选，把理想的照片挑出来提供给鲁能足校官网、鲁能泰山足球俱乐部官网刊登发表，此外，还要提供给部分媒体和互联网网站使用。困得不行，眼皮打仗，跑到卫生间用自来水洗洗脸，回来继续工作。饿了，拿起准备好的方便面用热水泡开，赶紧填饱肚子。心里想，不能耽误明早把比赛图片发出去。不知不觉，天已经亮了……

鲁能泰山足球学校的学生们喜欢运动，喜爱体育，也喜爱文艺活动。为了满足学生们的文艺需要，学校会经常举办文艺演出活动，特别是在一些重要的节假日，都会举行文艺会演。为了参加文艺会演，小学部、初中部、高中部的师生都会积极行动，利用课余时间进行精心的排练。特别是每年的元旦文艺演出，更是一年里的重头戏，每次都十分火爆，以至元旦过后，还会被大家谈论很久。

2013年的元旦晚会名为"相聚在梦开始的地方"，在鲁能泰山足球学校大礼堂举行。元旦晚会不仅有文艺演出，还有颁奖，表彰2012年学校的先进教职工、优秀学生，晚会比起以往的文艺会演更隆重，全体师生欢聚一堂，共同欢庆难忘的时刻。

随着悠扬的音乐，六年级二班岳雷雨的诗朗诵《相聚在梦开始的地方》，拉开了元旦晚会的序幕。

我们来自五湖四海，江南、塞北、东海、新疆……
你们也来自四面八方，雪松、银杏、丁香、白杨……
我们相聚在鲁能泰山足球学校，
相聚在梦开始的地方。
这里是一片肥沃的土地，

无私地给我们丰厚的营养。

她让怀抱中的每一粒种子，

生根、发芽、自由、茁壮……

舞台下，坐满了参加元旦晚会的师生，大家都沉浸在岳雷雨声情并茂的朗诵里。字字真情的朗诵打动着大家的心灵，他们仿佛看到书声琅琅的课堂、刻苦训练的训练场、激烈拼争的赛场、日夜兼程的海外拉练……

朗诵结束，舞台下响起一片热烈掌声。

主持人报幕："下一个节目是高中一年级专业班带来的足球舞。"

一群足球小子上场，随着动感十足的音乐翩翩起舞，舞蹈整齐有力，舞出了力量、舞出了刚强。观众仿佛看到顶风冒雪的艰苦训练，你拼我夺的"潍坊杯"比赛，鲁能泰山足球学校球员参加国外比赛的精彩表现……

你方唱罢我登场，随即小学部五年级带来了《好汉歌》。宋文浩同学浑厚的领唱，让人感到振奋，给人鼓舞，同学们动情的演唱也深深感染了台下的观众，大家不由自主地随着一齐唱起来。

《诗中有话》书声琅琅，为观众重现了鲁能泰山足球学校每一个温馨而整齐的早读。

《世界等着我们》让观众感受到学生们远大的理想。

……

学生们的表演，展示了他们多才多艺的另一面，证明了热爱足球的学生们不只是绿茵场上的竞赛者，也是富有才艺的才俊。

学校领导走上舞台，为获得优秀班干部、优秀学生、优秀班集体、优秀队员、优秀球队的获奖集体和个人颁奖。

每颁发一个奖项，台下都响起一片热烈的掌声。过去的一年里，全校师生一起努力，创造了优异成绩，铸造了建校以来新的辉煌。

——鲁能足球启动国外青训基地建设计划。鲁能足球代表团赴葡萄牙、西班牙考察职业足球俱乐部和青训体系建设，标志着鲁能足球欧洲青训基地建设正式启动。

——学校受到中华全国总工会等上级部门表彰。学校被中华全国总工会授予全国五一劳动奖状，被共青团中央、全国青联授予中国青年五四奖章集体荣誉称号，被中华全国妇女联合会授予全国三八红旗集体荣誉称号。

——"潍坊杯"在亚足联注册。"潍坊杯"组委会与国内知名运动品牌企业特步公司签署10年赞助协议。赛事纳入中国足协年度竞赛计划，并在国际足联备案。

——全面完成年度赛事目标，升学率再创新水平达到65%。U13、U15、U17队全部进入全国总决赛。向各级别国家足球队输送队员12名。

——入选鲁能一队的U19队8名队员在中超赛场显实力。学校U19队韩熔泽、吾提库尔、李松益、齐天羽、罗森文、吴兴涵、陈灏、糜昊伦等8名队员入选鲁能泰山足球俱乐部一队，是鲁能足球重塑辉煌的希望。

开启新的航程，扬起新的征帆，鲁能泰山足球学校再次起航……

第十六章
海外培训

从2013年开始，鲁能泰山足球学校积极开始对青少年培训体系进行改造，坚持走国际化之路，与巴西、葡萄牙等足球发达国家建立深度的青少年培训合作。18岁以下的球员选派到巴西，重点进行南美先进的足球技术和理念的学习；18岁及以上的球员选派到葡萄牙，重点进行欧洲先进的足球技战术和理念的学习。学校的决策者知道，这不是一个能够短期见效的战略。但他们依旧要坚持这样做，是为了未来在世界顶级联赛的赛场上也有中国球员的身影。中国球员走向世界，鲁能泰山足球学校要勇于走在前面。

如果说鲁能足球俱乐部对职业队的投入还比较谨慎的话，那么在青训和校园足球方面的投入，则完全可以用"甩开膀子大干一场"来形容。校园足球和青少年培训，不仅是鲁能泰山足球俱乐部未来发展的基石，也是中国足球未来发展的基石，在这上面的大笔投入，必将会有丰厚的回报。

2013年，鲁能泰山足球学校启动了青少年球员留洋葡萄牙培训计划，2014年，启动了巴西青少年培训基地建设计划。在《鲁能体育中长期发展规划》中，推出了"鲁能泰山足球学校—巴西基地—葡萄牙"的人才培养和海外发展路径。其中，巴西的青训基地承上启下。鲁能泰山足球学校负责国内8~13岁适龄人才选拔、巴西鲁能体育中心提供U14~U19年龄段的技战术培养、葡萄牙负责U19以上准职业球员的技术水平提升，最终培养出能够立

足于五大联赛的中国球员。为什么去巴西训练的球员要U14以上呢，因为巴西有规定，只有14岁以上的孩子才可以离开监护人单独到足球俱乐部进行训练。中国到巴西参加训练比赛的球员也必须遵守这个规定。

2013年9月，鲁能足球俱乐部成立海外基地筹建组，俱乐部总经理担任组长。经过两次考察，鲁能泰山足球俱乐部和巴西圣保罗足球俱乐部签订了战略合作协议，核心内容是：鲁能泰山足球俱乐部从14岁梯队开始，选派优秀球员进入圣保罗足球俱乐部梯队进行训练和比赛，提高球员水平和能力。

2014年1月，在国家电网国际公司、国家电网巴西控股公司的支持下，确定了收购巴西体育中心事宜。3月18日，在巴西体育中心正式签署收购协议，4月10日，巴西体育中心正式移交给鲁能泰山足球俱乐部。

在移交仪式上，国家电网巴西公司以及鲁能泰山足球俱乐部领导在场内展示国家电网和鲁能泰山足球俱乐部的旗帜。当地华侨把一面五星红旗赠送给鲁能泰山足球俱乐部领导。一位老华侨手举着国旗，代表当地华侨激动地说："这面国旗是二十年前广东健力宝派少年球员留洋巴西时，我们当地华人组织队伍欢迎健力宝队用的。今天，我们把这面国旗送给鲁能，希望你们能把中国足球推向世界杯赛场，打出我们中国人的精气神！"

鲁能巴西体育中心于2014年7月15日在圣保罗市费利斯港揭牌。这是中国足球在海外的第一个青少年培训基地，它将成为鲁能泰山足球俱乐部以及我国各级别国家队的海外集训和培养基地。这是鲁能海外青少年培训战略正式启航的标志，是鲁能泰山足球学校青少年培训工作迈向海外的重要一步。

"这将是你们职业生涯最重要的一个阶段，我希望你们每一个人都能够取得最大的收获。但在收获之前会有一个艰难的过程，你们到了巴西之后可能会想家，想你们的父母，想你们的朋友，想你们的老师，想你们的同学。但我很认真地跟你们说，一定要坚持住，再难也要坚持住。你的梦想是什么，你的梦想有多大，你有多大的意志去实现自己的梦想，要踢世界五大联赛有那么容易吗？每当想家时，每当难受时，就想想这几个问题，想想学校老师和教练对你们的期望，想想父母对你们的期望，想想你们来巴西是为了什么。"

鲁能泰山足球学校总教练巴雷西的声音在俱乐部礼堂回荡。

坐在台下的33名青少年球员神情肃穆，望着台上的巴雷西用力地一边挥舞着手臂一边讲话。

时间是2014年9月23日下午3点半，鲁能泰山足球俱乐部礼堂召开欢送会。参加欢送会的有鲁能泰山足球俱乐部的领导、鲁能泰山足球学校的领导、教师、教练代表、学生代表、学生家长代表，此时，他们心底都回响着一个声音：走向海外，为国争光！

9月24日上午9点，大巴车载着33名青少年球员驶出鲁能泰山足球俱乐部，这代表着一个新的时刻的开始。33名青少年球员从青岛飞往西班牙的马德里，再从马德里飞往巴西圣保罗。在那里，他们将接受巴西教练的训练。同时，3名鲁能泰山足球学校教练员也将在圣保罗足球俱乐部学习培训。鲁能泰山足球学校将照这一模式输送优秀青少年球员进入巴西体育中心，进入圣保罗足球俱乐部，参加巴西青少年足球联赛，实行优胜劣汰，把最好的青少年球员通过这种机制选拔出来。

经过三十多个小时的飞机旅程，33名青少年球员到达了巴西圣保罗市。

大巴从机场出来，在高速公路向西行驶，路两边是大片的甘蔗种植园，甘蔗生长得很茂密，像树林一样。路旁的路标上出现"费利斯港"的字样。巴西使用葡萄牙语，在葡萄牙语中"费利斯"的意思为"幸福"，所以鲁能泰山足球学校的教练、球员更喜欢称这座城市为"幸福港"。大巴行驶约一个半小时，路边突然出现一个巨大的牌子，上面用中文写着"鲁能巴西体育中心"几个大字。一路上都看着外国字的球员们看到了中国字很激动，大声喊："快看啊，鲁能！鲁能！"

大巴车里的33名青少年球员分别属于不同的后备梯队，U17有12人，U15有19人，U14有2人。97年龄段的陈蒲、于成磊、汪瑞祺、周生智，99年龄段的杨意林、何统帅、赵剑非、刘长奇、张浩宸将进入巴甲圣保罗俱乐部梯队训练和比赛，其余24名球员将入驻鲁能海外培训基地——鲁能巴西体育中心。因为签证和巴西员工休假等原因，这些球员只在巴西接受三个月的训练，之后回国短暂休整。对球员的考核将采用升降级制，依照巴西青训教练的整体评价，确定继续留在巴西深造的队员名单，表现不合格或者违规者将不会再来巴西，同时鲁能泰山足球学校再选拔优秀球员补充进留洋队伍。这

种有升有降的选拔机制，有利于把最优秀的球员送到海外培训提高。

鲁能巴西体育中心依山建在海拔300米的山麓上，掩映在蓝天白云和亚热带阔叶树下。很远，就能看到竖立在大楼上的"鲁能巴西体育中心"标志牌，迎着太阳熠熠生辉。大巴车开进体育中心大门，车里的球员看到车外有巴西人向他们招手。院子里，一群巴西工人正在组装一个鲁能足球俱乐部的徽标。停车后，球员们走下车，因为时差原因，个个昏头涨脑，走路好像脚下踩着棉花。在飞机上还为自己能够第一批出国训练比赛而兴奋不已，现在已经没有了那股劲头，只想睡觉。陈蒲走路的时候竟然有点顺拐，身子和手臂不协调。走在旁边的汪瑞祺笑话他："瞧你，都不会走路了！"话音刚落，觉得自己也顺拐了，身不由己，谁也别笑话谁。

鲁能泰山足球学校的一个教练问走在身边的一个球员："是不是不习惯啊？""不习惯也要坚持！我爸说，一定要珍惜这次机会。我们这个年龄段的同学一共有50多个，这次只来12个人，多不容易啊！"教练笑了："是啊，在学校里竞争激烈，到这里竞争也很激烈，你们都要好好努力啊！"

鲁能巴西体育中心原本属于巴西体育俱乐部，成立 7 年，在巴西是有名的青少年培训学校。不同于当年健力宝队留洋巴西时的"整队集中"模式，鲁能泰山足球学校的这批留洋球员将融入巴西体育俱乐部各梯队和巴甲圣保罗梯队中，训练全部由巴西教练负责，比赛为当地的青少年联赛，至少每周有一场比赛。第一批球员处于过渡阶段，在体育中心的球员暂时不与巴西球队组队，保持整队参训。足球俱乐部的教练已经为球队量身定制了每一天的训练计划，包括力量、攻防、传球、协调性、灵活性等训练，每周六将安排一场与巴西青少年球队的比赛。这与中国国内的青少年足球比赛有很大不同。国内的青少年足球比赛是赛会制，球队一年内的20~30场比赛在一两个月内就打完了，其余时间只有训练，没有比赛，对提高球员水平很不利。来到巴西，球员参加当地联赛，一年到头都有比赛，多达70多场，在这种高对抗环境下才能及时暴露和解决培训中存在的问题，球员的水平会有明显提高。

球员们在工作人员带领下先到球员宿舍休息。

宿舍楼是二层楼，橙色外墙，是鲁能泰山足球俱乐部球员球衣的颜色。球员宿舍面积不算很大，每间房有6张床，上、下铺，一共住 6 个人。宿舍条件没有鲁能泰山足球学校的住宿条件好。一个巴西工作人员用生硬的汉语说："住宿条件是差点，但很快就会进行改造的。山东电力一定会把这个青训基地建设成全巴西最好的训练基地。"他显得很有信心，"你们先休息一下，一会儿吃饭的时候，我再来叫你们。"说完，他轻轻把房门关上，走了。

鲁能巴西体育中心占地面积230余亩，地面建筑约有4000平方米，有 7 块草皮训练场。主体建筑是一栋"工"字形的二层楼。一楼是食堂、健身房、医疗康复室、室内游泳池、冰池、新闻发布厅、电教室等功能性设施。二楼是管理人员、教练团队和球员的宿舍，可以同时容纳190人住宿。

中午吃饭的时候，鲁能泰山足球学校的球员来到一楼餐厅。他们本以为会有中餐供应，但走进餐厅一看，全是巴西餐、自助餐方式。这是基地特意安排的，为的是让中国球员能够全方位融入巴西。球员们一人拿起一个不锈

钢餐盘，走到放巴西餐的长条餐桌前，上面放着黑豆饭、牛肉、鱼排、沙拉等，牛肉好像半生不熟。球员们各自取了一些食品放到不锈钢餐盘里，找到座位坐下，硬硬地往嘴里填食物。他们觉得牛肉在嘴里"咯吱咯吱"地响，硬生生往肚子里咽……

关于中国球员的饮食问题，鲁能巴西体育中心有人提议，是不是请一个中餐厨师给球员做中国口味的饭菜，经过研究这个建议被否决了，一切按当地饮食习惯。请一个做中餐的厨师很简单，在圣保罗市中餐馆很多，做中餐的厨师也很多，花点钱就可以请个厨艺不错的中餐厨师。但中方管理团队考虑的是，既然鲁能泰山足球学校的球员到这里是要跟巴西人学踢足球的，那么就要让他们和巴西的各个方面融合，首先从饮食上入手。一样的年龄，巴西的孩子比中国孩子强壮得多，除了人种上的差异，和饮食也有一定关系。吃完饭，托盘里还剩下一点牛肉，实在有点吃不下了，高惟策站起来想走。一个餐厅服务员走来，指着托盘里的牛肉，用葡萄牙语说："不要浪费，请把牛肉吃了。"高惟策看着服务员比画，干着急，不知道是什么意思。旁边的翻译和高惟策说："他让你把剩下的牛肉吃了，别浪费。"高惟策苦着脸说："真吃不下了！"翻译把高惟策的话翻译给服务员听，又做了一番解释。服务员用葡萄牙语说："以后吃多少取多少，不要浪费！"高惟策一个劲点头，根本不知道服务员说了些什么。巴西体育中心除中方管理团队外，基地的翻译、司机、大厨、保洁等后勤团队都聘请巴西当地人。

走出餐厅，看到门口有一块提示牌，上面写着每天开饭的时间。早餐：7：30，午餐：12：00，晚餐：18：00。特别注明了每天的加餐时间：21：00，这个用餐时间基本和鲁能泰山足球学校的用餐时间差不多，球员们在这里很快会适应。

同龄的中方球员身体发育比巴西球员差一些，身体不强壮，在场上对抗处于下风，很大原因是饮食结构与巴西不同。为此，鲁能巴西体育中心有专门的营养师为球员进行膳食营养搭配，中方球员通过几年培养，未来要在巴西、欧洲等足球发达地区发展，不仅在技术上、理念上要学习这些国家的足

球先进经验，在饮食上也要以西餐为主、适应西餐。

　　语言不通是海外培训的最大问题。虽然出国之前，鲁能泰山足球学校的球员在国内上了10堂葡萄牙语课，学会了一些简单的日常用语，但在和巴西教练、球员交流沟通时基本用不上，交流的时候，只能打手势，完全是一种哑语。鲁能泰山足球学校的球员要努力适应和融入巴西文化，在不适应的环境中学会适应。

　　为尽快解决中国球员的语言问题，鲁能巴西体育中心从当地学校给他们请来老师，上葡萄牙语课。第一次上课的时候，鲁能巴西体育中心常务副总经理孙立臣亲自给大家讲话。孙立臣是鲁能泰山足球学校的元老，从建校开始就在学校工作，先任文化教研室主任，后来任青训部（足球部）主任，再任校长助理，因贡献突出，被评为国家电网公司特等劳动模范。鲁能巴西体育中心成立后，他被调任到这里任常务副总经理。

　　"同学们不远万里来到巴西培训，一定要珍惜来之不易的机会。要把语言学好。只有把语言学好了，和当地人交流才会没有障碍，和教练沟通才会更方便。学好语言不是为了别人，而是为了你们自己！我们鲁能泰山足球学

校提倡'三敢'精神，是哪'三敢'啊?"

"敢想、敢拼、敢于胜利!"

讲台下的球员们大声呼应。

"对，我们就是要敢想、敢拼、敢于胜利! 不但比赛要这样，学习语言也要这样! 相信你们一定会成功!"孙立臣的话引来热烈掌声。

对学习葡萄牙语，不用动员，球员们都知道很重要，学习的时候都很认真。葡萄牙语老师对这些中国学生很满意，也很卖力气，把课本改编成话剧，让球员们上台表演，利用话剧里的对话，学习与巴西人对话时的状态、语气和语调。感性认识让球员们能尽快记住常用单词，尽快进入当地的语言环境。

一边学习一边训练，即使是在巴西，对球员们的文化课学习也不会放松。上午上足球课，下午是训练，晚上时间安排远程教育自学。为了提高球员们的综合素质，鲁能巴西体育中心还请当地孔子学院的老师给球员们讲授中国传统文化，让他们从中汲取知识的营养。孔子学院的老师刚开始接受邀请时还不理解，在电话里和孙立臣说："踢足球跟中国传统文化好像不搭边啊!""我们不这样认为，踢足球首先要有智慧。"孙立臣说，"能不能从'智'的角度切入，讲讲有'智'才会到'谋'，才有大'勇'，达到'胜'的目的。"孔子学院的老师豁然开朗："好啊，这个题目好，中国足球早点从传统文化里汲取营养，也许就找到发展思路了!"原本以为青少年球员不会对这样的课程有兴趣，但讲课效果还不错，球员们反映，咱们老祖宗发明了蹴鞠，是足球的起源。足球要有勇有谋，大智才会大胜，以后比赛时要多动脑子。

中国球员在海外立足难，一个重要原因就是无法适应国外的语言和文化，对于读书和踢球的问题，球星孙继海说："我们没有办法兼顾读书和踢球，这是由中国应试教育决定的。我自认为自己在念初中一年级时是个好学生，学习成绩还行。后来学习和训练发生冲突，想吃足球这碗饭，就只有选择训练了。"关于读书学文化的问题，孙继海提到了球星郝海东，"郝海东很早就去了八一队，书读得更少。他去了八一队就没怎么继续读书了，但从他

的谈吐，他的知识，在中国足球圈里，比他认字多的还真不一定多。知道他是怎么学习的吗？他家厕所里永远放一本新华字典，他知道自己认识的字少，书读得少，所以他不认识的字就翻字典，知道每个字是啥意思。他上厕所时间也比较长，都成习惯了。"职业球员文化知识缺乏的问题，现在依旧解决得不好。鲁能泰山足球学校在尽最大努力解决这个问题。在鲁能巴西体育中心，对球员的学习问题有硬性制度规定，没有完成学习任务的球员，会受到批评教育，不改正的话，作为条件，不再考虑下一次留洋。

真正让鲁能泰山足球学校球员感到不适应的是这里没法上网。鲁能巴西体育中心为了不让球员们在房间里玩电脑和手机，宿舍里面都不配备无线网，只在基地的大堂里可以上网。这让已经习惯了上网与朋友和家人联络的中国球员有些不适应。中国球员愿意待在房间里自己玩电脑，巴西的青少年球员更愿意聚集在娱乐室里，在这里他们三五成群地看电视、打扑克、玩台球。

鲁能巴西体育中心对中方球员管理严格，经常开会进行"智仁勇"教育，强调学习的重要性，要求球员务必完成远程文化课学习任务，克服困难把葡萄牙语学好。所有球员都按照巴西法律规定在当地学校注册上课。学校每次都要通报球员在课堂表现和出勤情况。训练比赛之余，日常生活管理与文化课学习有条不紊地进行。在中国球员管理会议上，孙立臣就队员的日常训练、自身安全、课程学习做出了明确规定，并强调作为职业球员最基本的素质就是要学会自律，遇到困难时多想想自己的梦想。孙立臣语重心长地说："中国梦是由每个人无数的小梦想汇集起来的，你们是为了实现自己的梦想到巴西来的，是为了振兴中国足球到这里来的。你们要胸怀大志，不辜负父母的期望，不辜负老师和教练的期望，不辜负广大球迷的期望，不辜负国家对你们的期望！"

话似重锤，每一下都敲打在球员们的心上。

他们像一只只展翅欲飞的小鹰，要从这里飞向广阔的天空！

球员在鲁能巴西体育中心与巴西球员按照"融入式培养，混合式训练"方式进行训练，每周会有一两次比赛，以检验训练成果，这样能及时找到球

员们的不足与差距，以便及时改正。

经过三天的休整，第一堂训练课开始了。

巴西教练很严肃地点名，有趣的是他只点中国球员名字的第一个字，就是球员的"姓"，这是因为把中国人的名字全翻译出来有点麻烦，巴西教练记不住。

"孙——"

"到！"孙睿大声喊。

"高——"

"到！"高惟策大声喊。

"刘——"

"到！"刘长奇大声喊。

……

点完名后，巴西教练先把今天的训练重点和要求跟球员们说了一遍。然后，分为两组开始训练。

很快，鲁能泰山足球学校的球员们就感觉到这里的训练和在国内的不同：训练节奏明显比国内的节奏要快许多，巴西球员非常认真，专注度和打比赛差不多，这种对待训练的态度，中国球员是没法比的。

"快，再快点——"巴西教练在场边挥手大声喊叫。

传接球的速度已经很快了，巴西教练还不满意，要求再快点。

训练氛围就创造出一种比赛气氛，训练场面也很火爆。当一个巴西球员一脚远距离射门，足球远角打入球门的时候，队友一片欢呼，进球后的庆祝和正式比赛一样，那种感觉在中国训练场上几乎就没有。

激烈对抗下进行小范围精准传球。在三对三对抗练习时，巴西教练要求球员一定要提高传球精确度，要给对方施加足够多的压力。跑动要积极，不允许站在原地等着别人传球过来。控球必须提前观察传球线路，跑动节奏要快而不盲目……

两天之后，鲁能泰山足球学校的少年球员与巴西同龄的U15队进行合

练，球员们再次感受到了巴西足球的训练模式和方法，了解自己的能力水平是否可以到达巴西同龄球员的高度。训练课由巴西教练团队安排，两国的少年球员一起合练，巴西的少年球员们很享受训练带来的乐趣，鲁能泰山足球学校的球员显得有点拘谨。从热身到一对一、二对二，再到最后的分组对抗赛，鲁能泰山足球学校的球员们在感受不一样的训练的同时，也体会到了巴西同龄球员的技术能力和对比赛的掌控力，看到了自己的差距和不足，海外训练不虚此行。

首批到巴西参加海外培训的陈蒲、于成磊、汪瑞祺、周生智属于97年龄段，没在鲁能巴西体育中心培训，而是进入巴甲圣保罗足球俱乐部的梯队训练和比赛。来到巴西一个月左右的时间里，从训练到比赛都有了提高。在训练方面，巴西足球的先进理念和不同的踢球风格让4个球员有很多的不适应，第一天训练就有3个人出现抽筋的现象。别看平日里巴西人做事拖拖拉拉，但到足球场上踢球时一点都不拖泥带水。球员注重脚下足球的传递，传接节奏非常快，不会轻易将球传在空中，在没有很好破门机会的时候会选择让足球继续在场地滚动，一边传递一边寻找更好的进球机会……

训练闲暇，陈蒲、于成磊、汪瑞祺、周生智4个人会凑到一起交流训练体会。"你看巴西人训练时的4—4—2阵型跟中国的踢球方式一样，"于成磊说，"咱们是死板地站在自己负责的区域，没球不跑动。你看巴西人就不是这样，在阵型中每个人都相互换位，相互补位，穿插跑动。"陈蒲补充说："整个中场更是非常频繁地交换位置，整个球队打法灵活。我觉得他们更喜欢把边路交给两个边后卫，使他们更多地参加到进攻当中。"他们一边总结，一边谈论自己的训练体会，而这样的总结，在国内往往是教练做的工作。到了巴西，他们四个人的思维方式在不知不觉中发生了改变。由"智"到"谋"，激发大"勇"，最后到达"胜"的彼岸，他们正在成长起来。

训练时，鲁能泰山足球学校的球员在身体对抗上远远不如巴西的小球员，甚至比他们小两岁的U15的队员的身体状况都跟他们差不多，中国球员的体质问题的确应该引起注意。训练时，对抗非常激烈，放倒对方或者被对

方放倒都是很正常的事。他们没有抱怨，从地上爬起来，继续参加对抗训练，全部精力都用在进球上。平时，4个队友会更多地交流，互相指出谁在哪里做得不好，谁在训练或比赛中什么时候发挥得出色……陈蒲说："在巴西训练让自己的意识和大局观有了很大的提升，可以说对足球的理解不一样了。"他们的努力赢得了巴西教练的赞赏："这些孩子是中国足球的未来，鲁能泰山足球学校坚持下去，把海外训练扎扎实实做好，在世界足坛展示中国人的风采很快就会实现！"

比赛后，陈蒲敲打着电脑键盘，写下自己的心得体会。

"比赛中出球要简练，一脚传球，传完球要马上跑动，奔向预先设定的位置，整个球队都要运转起来。巴西的训练主要是力量、技术、速度和对抗，必须积极地去抢球、接球，多去跑动。我要更努力地去训练，争取更多

机会参加比赛，我要把自己和巴西球员融为一体。"

鲁能泰山足球学校在巴西培训青少年球员的主要目的就是要把他们本地化。中巴两国球员的培养实行"三统一"：统一管理、统一评级、统一组队。由巴西教练团队负责管理、训练，用同一标准进行评价。在鲁能巴西体育中心没有中国教练，随队来巴西的3名教练被安排在圣保罗足球俱乐部梯队学习。要强制中国青少年球员在巴西教练的指挥下逐渐习惯成为一个"巴西式的中国球员"。与同年龄段的巴西球员相比，中国球员在基本技术、阅读比赛能力、场上创造力、攻防转换、拼抢意识、意志品质、体能、场上训练习惯等方面都有差距，通过青少年球员海外培训，这样的差距在逐渐缩小。鲁能泰山足球学校的雄心是，这种差距在未来会大部分乃至全部消除，实现习近平总书记说的"对中国足球有三个愿望：一是中国足球走进世界杯；二是中国能举办世界杯；三是中国有朝一日能获得世界冠军"。

鲁能泰山足球学校对第一批到巴西参加培训的青少年球员不是一训定终身，而是实行动态管理，考核采用升降级制，表现不合格或者违规者将不会再来培训，学校会再选拔校内优秀球员补充进留洋队伍。为了让国内和鲁能巴西体育中心拥有统一的评价标准，鲁能泰山足球学校总教练巴雷西专程回到巴西，与巴西体育中心俱乐部的总经理、总教练商讨中国球员评价标准，确定了"值得培养、可继续培养和没有培养价值"三个等级标准。按照这个标准淘汰和选拔青少年球员。

巴雷西对留洋巴西的球员说："去巴西开始会很困难，饮食不习惯、语言听不懂、教练和训练方法和国内不一样，会让你很不适应。需要克服很多困难，吃很多苦，必须要做好心理准备。但只要渡过这个难关，你肯定会在同年龄段的球员里竞争到有利位置。为了实现自己做球星的梦想，必须跨出这一步！"对于青少年球员来说，他们正处在一个快速成长提升水平的阶段，只有先战胜自己，球技才能有更大突破，人生能有几次搏，为自己的未来，为振兴中国足球，留洋巴西搏一把，一生不会后悔。鲁能泰山足球学校为他们打开了成才之门，他们不仅承载着鲁能足球的期望，也承载着中国足球的期望。

2018年4月3日，山东鲁能泰山足球学校U17A队和U16队41名队员启程前往巴西，进行为期9个月的培训。前一年，鲁能足校在总结历年海外培训经验的基础上，遵循青少年球员成长规律，提出了更加适合鲁能青训球员成长的"三结合一突出""四段式"培养的鲁能青训国际化培养模式。"三结合一突出"即坚持海外长期培养与短期拉练相结合；整队培训与个体融入式培养相结合；走出去与请进来相结合；突出尖子队员培养。"四段式"培养模式即U13及以下梯队重点在校培养和加强与日韩等亚洲足球强国比赛交流；U14、U15梯队整队每年在鲁能巴西基地进行为期两三个月的短期拉练；U16、U17梯队整队每年在鲁能巴西基地进行为期不少于9个月的长期培训；U18以上年龄段梯队选拔优秀球员在鲁能巴西基地进行融入式培养。

在这份41人的大名单中，翟守峰、易呈龙、卿锦、谢炆希、谢文能、李凯等6名队员入选2017年U16国少队，苏华、侯金江、阿卜杜热合曼、杨镇宇、高柏涵、张星亮、石炎、洪成宇等8名队员入选2017年U15国少队。2001年龄段队伍是2024年奥运适龄球队，鲁能足校此次派队伍赴巴西长期培训，是践行国家足球发展战略，推动青少年足球技术提高，助力2024奥运战略的重要举措。

鲁能足校U17队队长谢汶希说："巴西的饮食习惯与国内不同，初到巴西很难适应。与同龄巴西球员相比，我们个人能力存在差距，他们阅读比赛能力强，能根据场上情况变化及时调整打法。我们在巴西，主要精力投入边路防守上，中路暴露出很多空当。培训结束后回国参加锦标赛，我们还是按照巴西全场压迫的打法，反而被对手抓住身后空当打反击，暴露出我们的短板。在新的培训周期，我要做的就是提高个人能力，缩小与巴西队员之间的差距。刻苦训练，认真比赛，完成好培训任务。"

鲁能巴西体育基地的领导请巴西教练巴雷西喝咖啡，向他请教："中国足球和巴西足球相比，差在什么地方呢?"巴雷西放下手里的咖啡杯，想了想，说："中巴两国的球员最大的不同点就是巴西球员视足球为生命，他们每天脑子里面总想着踢球，训练的时候注意力非常集中。中国球员则会把训练当作一项任务来完成。虽然在训练的时候也很刻苦，但能感觉得到他们有

时希望训练早点结束，去过自己训练之外的生活。中国球员还没把足球当成自己的生命。"

把足球当作自己的生命，在中国有多少球员会这样做呢？有多少球员的家长会这样做呢？当"金元足球"大行其道，让球员的眼睛紧紧盯着自己钱包的时候，把足球当作自己的生命真的不容易做到。有时候不是球员自己想不想的问题，是这个环境能不能让他这样想、这样做。儿童开始喜欢足球是一种天性，是发自内心的一种爱好。这种原始动力没有一点功利心。可是，在其成长之后，特别是表现出发展潜力，表现出一定足球天赋之后，外部对他的足球生活开始介入。这种介入很多时候是反向的，带有明显的功利色彩。这就形成了一种恶性循环，把原本孩子对足球的纯粹热爱，加进了金钱元素，使其"变味"。于是出现了许多违背常理的现象，例如一些入选国家队的球员在代表国家队比赛时不能全力以赴，害怕受伤耽误回俱乐部踢球，影响自己的收入。这种足球环境对中国足球发展，尤其是对青少年足球发展非常不利，不在这方面下功夫解决问题，即使出台再多的足球发展规划，对推动中国足球的发展所起的作用都要大打折扣。

第十七章
不负众望

鲁能泰山足球学校自建校以来，坚持足球文化建设，提升学校的软实力，增强学校的核心竞争力，为实现快速、健康、持续发展起到了至关重要的作用。

学校自建校之初就确立了各项培养理念和办学方针。紧密围绕青少年球员培养工作实际，认真研究中国青少年人才的培养特点和科学规律，确立了"科学化管理、规范化运作、市场化运营、文体并进、与国际接轨、培养高素质新型人才"的办学宗旨。着眼长远，科学决策，制订并实施了《2001—2010十年发展规划》，提出了前、后两个五年的发展子规划，核心目标是"建设世界足球名校"，确立学校在中国乃至世界足坛的重要地位，提升鲁能足球事业的整体实力和水平。

要实现这些规划，配套设施是不可或缺的。

从硬件方面说，国网山东省电力公司每年都有资金投入，从教学场地到训练设施，从学生宿舍到食堂，从图书馆到业余活动室，不断进行改善。经过19年的建设，学校已经从丑小鸭变成了白天鹅，令人刮目相看。每年的家长开放日，都会吸引许多学生家长到学校参观考察，他们对学校的校园文化赞不绝口。

走在宽敞整洁的校园里，横贯东西的文化路、希望路、球星路和纵贯南

　　北的冠军路、文明路、球缘路把校园分割成功能不同的训练区、教学区、生活区、办公区和接待区。标志性的体育广场坐落在校园中心，每个部分都被赋予了了不同的足球内涵，充分反映了鲁能足球文化和努力拼搏、永不言败的体育精神。

　　世界杯广场朝气蓬勃、奋勇拼搏的球员雕塑引人遐思，令人浮想联翩。瞄准世界最高水平，吸收足球发达国家先进的足球理念，提升青少年培养的水平和质量，坚持高起点办学，是学校一直坚持的办学理念。他们希望有更多的青少年球员从这里走向全国，冲出亚洲，走向世界。要做到这些，仅仅有良好的球技是不行的，还要有知识，在比赛中要有足够的智慧。倡导足球文化成为学校一项重要工作。

　　自2003年起，在时任山东电力集团公司党委书记、足球俱乐部常务副董事长刘广迎的倡导推动下，俱乐部开创性地开展了鲁能足球文化建设工作，经过大量细致的调研与探索，形成了较为完整的《鲁能足球文化大纲》，将鲁能足球文化的整体框架呈现出来，让"文化足球、百年鲁能"指导方针深入鲁

能足球，为鲁能泰山足球俱乐部的职业化、规范化、制度化建设注入了鲜活的动力。同时，也为鲁能泰山足球学校的校园足球文化奠定了坚实的基础。

2004年，刘广迎连续在《齐鲁晚报》发表多篇文章，谈足球文化建设，强调足球学校不但要重视学生的足球技能培训，也要努力提高队员文化素质。他特别谈到教练、教师在足球文化建设中的重要作用：

师傅不明徒弟拙。有好教练、有好教师，才能培养出好球员，才能吸引好苗子，才能形成良性循环。足球要从教练抓起，鲁能足球要从教学科研队伍抓起。这支队伍包括足球专业教练、文化课教师和相关科研人员，专业教练队伍建设坚持"两条腿走路"的原则，一方面继续引进高水平外教，另一方面下力气培养有潜质的年轻教练。特别注意青少年足球教练的选拔和培养，形成适应不同年龄段教学要求的优秀教练群体。文化教师队伍建设以鲁能足校文化教师队伍为主体，并通过"借脑"的方式，引入教育系统的优秀

教师，整合社会优良教育资源为我所用，带动教师队伍水平和教学水平不断提高，为运动员的全面发展配备好"明师"。

十几年来，鲁能泰山足球学校加强提高学生素质，坚持"一切以学生为本"，将"文体并进"作为一项长期的战略常抓不懈，对于提高学生在训练、比赛的应变、领悟能力以及今后的成长都具有重要的意义。从队员存在的"重训练、轻学习"的思想入手，增强文化教学的趣味性，采用灵活多变的教学方式、方法，同时借助各项先进的教学设施，提高课堂教学的效率和质量。

实行分类教学、分层次教学，因材施教，根据队员不同的学习基础施教，形成了"以学生为主、以学生课堂自学为主、以学生课堂练习为主，教师进行重点辅导"的"三主一导"教学模式，强调队员在教学中的主体地位，形成了良好的教学风气，提高了文化课教学的水平。

U14代表队去外地比赛，队员的背包里都带着课本。在酒店住宿时，服务员看见他们带着课本，不无揶揄地说："来比赛还带着课本，装得挺像啊！"

比赛后的休息日，服务员惊讶地发现，这些小队员都自觉地拿着课本，或者看书，或者做习题，完全是一种自觉行为。"我是第一次看到这种情形，你们的教育工作做得太好了！"服务员很感慨。她不知道，这些都是鲁能泰山足球学校一直坚持足球文化建设的结果，是学校努力把教育水平提高到当地普通教育的先进水平的结果。这种坚持，让学校在高考升学上取得了较好的成绩。同时，积极开展多种形式办学，和山东体育学院、北京体育大学、成都交通学院等高校确立了联合办学关系，进一步提高了办学水平。

2016年7月，"潍坊杯"国际青年足球邀请赛开赛前，国家电网公司党组成员、工会主席刘广迎到鲁能足球学校进行调研。他先后到学校训练场地、教学楼、荣誉展厅、乒乓球训练馆、球员训练室、学生公寓、球员餐厅进行了调研。刘广迎要求鲁能足球学校立足长远发展，增强办学能力，提升学校吸引力，培养出更多的优秀球员。刘广迎强调，学校必须加强教师队伍建设，教师的所有教育教学工作必须以学生为出发点，促进学生个体的和谐发展。学生是有主观意识和人格尊严的学习主体，受关爱是处于发展中的学生成长的需要，没有对学生的尊重就没有教育的文明，没有爱教育就没有实效性。尊重学生，意味着平等地对待每一个学生，尊重学生的差异，创造宽松而民主的环境，以使他们学得轻松、愉快；尊重学生，就必须突出学生的主体地位并培养学生的自主品质，促进学生的个性、特长充分发展。爱学生是教师的天职和美德，同时也是一种强大的教育力量，师生之间的平等对话能提高教育教学的效果，促进学生的成人和成才。

在调研时，刘广迎听取学校领导关于校园规范化管理汇报，对学校严格管理表示赞成。他说，足球学校是学知识、培养技能的地方，但由于队员的年龄较小和活泼好动的特点，必须施以严格、规范的管理，以保证良好的训练、学习和生活秩序。要根据工作实际中出现的问题，不断完善和修改规章制度，实施制度化管理，对员工、队员的言行举止进行必要的约束，无论是

课堂教学，还是训练比赛，抑或是课余活动，都要井然有序、和谐自然，把校园建设成为一个温馨的大家庭，增强学校的凝聚力和向心力，提升学校的发展后劲。

为国家培养更多更优秀的足球运动员一直是鲁能泰山足球俱乐部追求的目标，为达到这个目标，学校的青训一直积极探索中国特色青少年足球人才培养模式，致力于培养综合能力强、足球智商高的球员。针对中国球员在比赛上对抗性差、"侵略性"不强的弱点，学校提出要加强球员的"狼性"培养，打造意志品质和良好职业道德素养都顶尖的球员。对"狼性"培训，学校要在球员身上达到以下目的：

发扬"狼贪精神"对事业孜孜不倦地追求；发扬"狼残精神"对训练、比赛中的困难毫不留情地攻克；发扬"狼野精神"突发野劲，在训练、比赛中奋力拼搏；发扬"狼暴精神"在训练、比赛中对一切难关不手软努力攻克；发扬"狼性目标精神"在训练、比赛确定目标后锲而不舍，不达目的决不罢休；发扬"狼纪精神"加强组织纪律性为事业成功奠定基础；发扬"狼智精神"将智慧策略充分运用到训练、比赛中，而不是用在歪门邪道上；发扬"狼性自我献身精神"对训练、比赛中的困难勇于克服，对事业无私奉献；发扬"狼性团队精神"在训练、比赛中互助合作，配合协调，团结一致夺取胜利。

学校为了培养具有"狼性"的球员，从基础做起，展开"狼性"特别军训活动，邀请"特别教官"到学校对球员进行"狼性"培训。2014年10月24日，山东鲁能泰山足球学校U15队"狼性"特别军训动员会在学校三号楼会议室举行。副校长钱广华、李学利、教官刘占杰出席会议。学校执行总教练，竞训部、教务部负责人，U15队教师、教练员等40余人参加动员会。举办这次"狼性"特别军训活动，主旨是加强对学生的意志品质教育，通过持续性、艰苦性、紧张性、高强度近似"魔鬼式"的训练，将"智、仁、勇"文化基因移植到足球运动中，强健队员体魄、强化队员纪律观念和增强队员团队意识。通过"狼性"培训计划，寻找最佳培训方案，培养球员英勇顽强

的意志品质，铸就"三敢三能"（敢吃苦能吃苦、敢拼搏能拼搏、敢胜利能胜利）精神。

特邀教官刘占杰是济南军区某特种作战团教导队四级军士长，被军区评为"基层建设先进个人标兵""百名爱军精武标兵""全军爱军精武标兵"，荣获全军士官优秀人才奖一等奖。刘占杰入伍仅4个月就掌握了定点跳伞、武装泅渡、操舟越障、步手枪速射等22项特战技能，考核成绩全部优秀。聘请他做特别教官就是要锻造球员纪律观念、顽强的意志品质和卓越的团队精神。

会议结束后，U15队的球员在刘占杰的率领下，立即来到2号体育场北侧开始为期半个月的军训生活。这叫球员们没想到，他们以为开完会至少有个间歇。马上开始的训练叫他们意识到"狼性"培训是动真格的。

排队训练站姿，这在平常训练中也是有的，球员觉得没什么了不起，看不出"狼性"培训与平常有什么不同。很快，他们就尝到了这次训练的不同寻常之处。

在烈日下立正站队，必须保持全身纹丝不动45分钟，也就是平时一节课的时间。开始有的球员不以为然，不就是站着嘛，没什么了不起。

10分钟。

20分钟。

30分钟……

有的球员开始摇晃。

有的球员头昏脑涨，支持不住了。

教官大吼："站直了，不许动！"

真有球员站不直了，弯腰想蹲下。

教官严苛地命令，必须站直、站稳。

教官告诉他们，天安门国旗护卫队的战士训练是站立一个小时，头上还要顶着满满一碗水。训练时不许把碗里的水洒出来……

少数球员终于没有坚持住，败下阵来。

教官说，"狼性"培训这仅仅是开始，后面还有长途拉练、野外奔袭……

U15队的球员听了直咧嘴，没想到"狼性"训练这么残酷、这么严格。只有通过"狼性"培训的球员，才能留在梯队继续参加训练。意志不坚强、体能不达标的球员陆续被调整……

为了彰显"狼性"精神，鲁能泰山足球学校还做了一群狼性文化雕塑，激励学生培养"狼性"精神，发扬"狼性"精神，在比赛中像"狼"一样勇猛直前，夺取胜利。

国网山东省电力公司副总经理、工会主席杜军到学校视察工作时，赞赏在学生中提倡、培育、发扬"狼性"精神。他做了一个比喻：动物的自然规律就是弱肉强食，这点在狼性中表现得最为突出。因为它懂得进攻，永远都在打造自己，让自己在自然界中变得更加"完美"。它在瞬间的激情爆发，使出最为致命的一击获取猎物，使之立于不败之地。这点与足球比赛非常相

似，也是球员要向狼学习的地方。

观看学校的狼性文化雕塑时，杜军说，要培养优秀球员，就要学习狼性的坚韧。谁也别想随随便便就可以打败我们，当比赛遭遇挫折时，需要的是顽强和坚韧，不到比赛结束，不能轻易认输。只有战斗而生的狼，没有因惧怕战斗而生的狼，它们的生活就是战斗，即使死也要死在战场上，只有战斗才有生存的希望。这个世界永远属于强者，弱者无法获得成功。

有一篇散文《狼》这样写道："狼在荒凉的原野任凭风吹雨打，默默向前疾驰，偶尔仰天长啸，要撕裂夜晚的暮色，回音响彻大地。狼不是为了失败来到这个世界的，它的血管里根本就没有失败的血液在流动。狼不是任人鞭打的羔羊，不与羊群为伍。狼不想听失意者的哭泣、抱怨者的牢骚，这是羊群中的瘟疫，失败者的屠宰场不是狼的命运归宿。追逐猎物放手一搏，绝不会犹豫彷徨，一定坚持不懈。狼虽然不知道要走多少步才能达到目标，但狼知道要想成功，就必须前进，就必须向前迈步。"

说到足球的团队精神，杜军再次与"狼性"作比较。在丛林中，在荒原上捕猎，狼是最讲合作的，是一个团结的团队。它们都知道自己执行的任务只有依靠团队力量才能完成。足球比赛恰恰是这样，为了实现集体的目标，有时就要牺牲自己，个人不能逞强。破坏团队，自己也就一事无成。要做到这些就要学会沟通，沟通在狼群猎取猎物时表现得淋漓尽致，没有沟通只有个体行动，猎取大型动物是不可能的。这些"狼性"精神要慢慢体味，要球员自己感悟才行。再好的培训计划都是外因，球员自己不把"狼性"精神化为自己向上的动力，化为自己的一种品质，培训就达不到目的。只有球员自己品尝胜利的幸福，体验失败的巨大痛苦，才会更好地理解"狼性"精神，在他们的精神世界里，才会把这种精神融入自己的血液里。

关于"狼性"的解读虽然不是长篇大论，但独到的诠释还是让学校员工打开了"脑洞"，只有对"狼性"进一步理解，全心全意地培养落实，学校各个梯队球员的意志品质锤炼才会更上一层楼。从提出"狼性"培训计划至今，"狼性"在许多输送到各足球俱乐部的职业球员身上已经得初步体现，

得到了认可。他们在比赛时的顽强表现，受到称赞。

要保证学校有发展后劲，就要培养出类拔萃的青少年球员，起到"领头羊"的示范引领作用。怎样达到这个目标呢？他们借鉴法国举办"土伦杯"国际青年足球邀请赛的经验，举办"潍坊杯"国际青年足球邀请赛。这是一项由中国足球协会授权山东鲁能泰山足球学校承办，亚足联注册、国际足联备案的国际性足球赛。比赛从2006年开始举办，是亚洲地区唯一常年举办、连续性最强的青年赛事。这些年，比赛借鉴法国"土伦杯"、美国"达拉斯杯"等国际青少年知名赛事的成功运作经验，旨在打造中国规模最大、水平最高，且在国际上具有较高知名度的品牌赛事。截至2016年，有来自德国、巴西、阿根廷、意大利、西班牙等20多个国家近100支著名足球俱乐部梯队2000余人参赛。

最多时有16支足球队参加比赛，在国内足球界有很大影响。鲁能泰山足球学校的很多青年球员都因这项赛事而被一些足球俱乐部发现，走向更广阔的舞台。中国青年队的球员，也因为这项赛事受益。

中国国青队主教练李明对"潍坊杯"国际青年足球邀请赛这样评价：比赛让球员得到了很好的锻炼，特别是在炎热的天气中连续比赛，对球员的体能和意志都是一种考验。通过同国外优秀球队比赛，中国国青队的球员们可以在比赛中互相磨合，积累比赛经验。与多个国家不同风格的球队进行比赛，对我们备战亚洲足球赛事有很大帮助。外国球员有非常强的个人能力，我们球员和他们比赛暴露了许多弱点，很多地方需要提高和控制。

对"潍坊杯"国际青年足球邀请赛，足球评论员陶伟用一句话概括"场面波折有利成长"。陶伟说，通过这样的比赛，我们要打造成一支成熟的青年球队，场面一波三折最好，我们能否顶得住压力才是最关键的。与先进球队相比，中国球员无论是在个人能力、身体条件还是控制球的熟练程度方面，都不占优势，显得有些稚嫩。"潍坊杯"比赛让我们找到了差距，找到薄弱环节，在以后的比赛中重点提高。从这个意义上说，鲁能泰山足球学校举办"潍坊杯"国际青年足球邀请赛实在是办了一件大好事。

作为东道主，鲁能泰山足球学校从2006年起，每届"潍坊杯"比赛都派出球队参加比赛。第一届比赛共有6支U15球队和8支U13球队参加。2007年第二届比赛正式改为U18组别，国家青年队参加比赛。比赛吸引了巴西博卡青年队、西班牙人青年队、阿根廷河床青年队、墨西哥桑托斯拉古纳青年队、澳大利亚纽卡斯尔喷气机青年队、法国法兰克福青年队等著名足球俱乐部的青年队前来参加比赛。"潍坊杯"国际青年足球邀请赛的名气也越来越大，越来越有影响力。

2018年8月1日，"潍坊杯"国际青年足球邀请赛赛事组委会主任，国网山东省电力公司鲁能体育文化分公司党委书记、副总经理，山东鲁能泰山足球学校党委书记、常务副校长谭朝晖在接受采访时，专门介绍了本届"潍坊杯"的特点。

本届比赛参赛球队共有12支，中国球队达4支，这是为了让中国球员得到更好的锻炼。过去"潍坊杯"参赛的中国球队只是国青队和鲁能U19梯队，希望能有更多的中国年轻球员借助"潍坊杯"得到练兵的机会。所以，2018年的比赛增加了国内队伍，把国内U19锦标赛的冠军大连一方队、贺岁杯冠军上海上港队邀请参赛。这样一来就扩大、增加了中国球员的锻炼机会，4支球队共有100名球员，是U19年龄段里面最好的100名球员，他们参加潍坊杯，都可以打5场比赛，对提高球技有非常大的帮助。

通过比赛，鲁能泰山足球学校的球员在比赛场上学到外国青年球员技术的同时，也看到了他们获取场上信息的能力。"获取场上信息"，意思和我们所说的足球意识、阅读比赛差不多。国内制定足球训练内容时，这方面专门课题很少。很多人往往认为足球意识是先天的，后天培养价值不高。在外国却非常注重"获取场上信息"能力的培养。国内青少年球员在比赛中，队员在无球时前后左右观察不多，获取比赛信息的能力比较差。而参加"潍坊杯"比赛的外国青年球员接球前始终抬头观察左右、身前身后情况，随时准备做出反应，时刻获取场上信息，为下一步动作提前做好准备。这方面的能力，中国青年球员普遍做得比较差，与足球强国球队有明显差距。

　　现场观看比赛的鲁能泰山足球学校的中方教练也受益匪浅。足球比赛时刻在变化，这个变化需要队员去观察、去发现，然后才能改变。教练们说，以后我们要多加强获取场上信息能力的训练，特别在小年龄阶段中多安排这样的训练课，让他们不仅能抬起头踢球，而且能够在接球前多次转头观察。能够多观察就会多思考，这样良性循环，就会越踢越聪明，成绩也会越来越好。

　　参加"潍坊杯"比赛的外国足球俱乐部教练、球员在比赛期间住在鲁能泰山足球学校。其间，外国青年球员不但对学校的校容校貌留下深刻印象，对学校的各种设施也是赞不绝口。阿根廷河床青年队的球员接受记者采访时，伸出大拇指说："这所足球学校办得如此之好超出我的想象，真是太棒了！叫我爱上了中国，爱上了鲁能泰山足球学校！"

参加比赛是对球员最好的锻炼。得益于这项赛事，鲁能泰山足球学校从参赛球员中发现了很多有发展潜力的青年球员，把他们及时输送到各职业足球俱乐部，受益最多的，当然是鲁能泰山足球俱乐部。他们从中发现了许多优秀青年球员，及时补充到俱乐部的预备队进行训练和比赛，并不断选拔到一队参加中超比赛。学校为鲁能泰山足球俱乐部做出了很大贡献，形成良性循环，也促进了学校自身不断发展壮大。

这些进步在2018年"潍坊杯"国际青年足球邀请赛中收到了明显效果。

球员选拔多次筛选，通过平时训练和比赛，给予每个球员平等竞争的机会。教练组也细心观察，层层把关，把最具发展潜力的球员选拔到参赛队伍。

2018年"潍坊杯"国际青年足球邀请赛，鲁能泰山足球学校一个青年球员走进球迷的视野，受到关注。他叫刘超阳，平时有点腼腆，但在赛场上却是生龙活虎，令人刮目相看。主教练郭侃峰在选拔球员时，不仅考察球员的技战术，更考察球员在场上面临复杂情况时的应变能力。"比赛不能仅仅靠'势大力沉'，更要看球员对比赛的解读能力。"郭侃峰用手指着自己的脑袋说："没有知识，光有蛮力的球员是不会有更大进步的。我选中刘超阳，看中的是他喜欢动脑子。"

8月2日下午，"潍坊杯"首轮排位赛打响。鲁能泰山足球学校队与西班牙人足球俱乐部青年队交战。1∶1比分战平之后，两队陷入焦灼状态，互相拉锯。西班牙人青年队进攻凶猛，拿出势在必得的架势，鲁能泰山足球学校队有点顶不住了。

郭侃峰把刘超阳叫到自己身边，准备换他上场，叮嘱他上场后要执行什么战术，如何利用对手的漏洞，刘超阳一边听一边点头，仔细领会教练的意图。郭侃峰此时换他上场目的很明确，就是要发挥他"奇兵"的作用，此前，他已经在比赛中打入两球。刘超阳坚定地说："我明白您的意思！一定会告诉大家按照您的部署打！"

场上出现球员犯规，裁判吹停比赛，趁此机会郭侃峰换人，让刘超阳

上场。

场边的球迷欢呼起来："刘超阳，加油！"

刘超阳上场后生龙活虎，像一把尖刀直插对手的腹地。对手还没熟悉他的打法，并没有进行近身防守。后场斜传球，向他飞过来。他挺胸把足球截下来，稳稳地盘在自己的脚下，然后带球突破，边后卫没有防住，中场后卫冲上来。刘超阳稳住神，灵巧地躲过对方的防守，在距离球门20多米的地方起脚远射。对方守门员以为他还要向前突进，不防他突放"冷箭"，眼睁睁地看着足球从左上方死角蹿入网窝。

场上比分2∶1。

球迷们热烈欢呼起来。

"刘超阳，好样的！"

"刘超阳，加油！"

"刘超阳，再进一个！"

凭借下半场刘超阳的这粒进球，鲁能泰山足球学校队最终以2∶1的比分战胜西班牙人青年队挺进决赛。鲁能泰山足球学校队时隔10年后，再次打进这项赛事的决赛，其重要意义不言而喻。

距离自己设立的冠军目标又近一步，刘超阳掩饰不住自己的喜悦，也知道前面任重道远。当记者现场采访他的时候，面对镜头，满头是汗的他非常激动："这次比赛来了这么多欧洲青年劲旅，每支球队都是难啃的硬骨头。我们球队能晋级，既在意料之外，也在情理之中。因为我们上上下下付出了许多努力，应该有这样的成果，我们付出了很多。"记者问："你自己有什么目标？"他显得有点不好意思，还是很坚定地说出自己的目标："我想当最佳射手！"

记者采访主教练郭侃峰，请他评价自己的爱徒，他只用言简意赅的四个短语评价："有天赋，很阳光，有上进心，有希望！"

鲁能泰山足球学校队决赛对手是博卡青年队。他们决赛中没有战胜对手，屈居亚军。尽管有些许遗憾，但也有满满的收获，找到了自己与世界强

队的差距，找到了追赶的目标。

第十二届"潍坊杯"国际青年足球邀请赛国青年队参加比赛，山东鲁能队、上海上港队、大连一方队3支中超梯队参加比赛，成绩胜少负多，显出和欧美高水平俱乐部青年队在实力上的差距。可贵的是鲁能泰山足球学校一路走来，始终坚持初心，本身就是一个奇迹。"潍坊杯"国际青年足球邀请赛以前请来的球队水平参差不齐，锻炼价值远不如现在这样突出。通过对赛事定位的不断调整，"潍坊杯"已经被打造成为一项极具锻炼价值的品牌赛事。这是鲁能泰山足球学校对中国青少年足球的贡献！

"潍坊杯"国际青年足球邀请赛期间，召开了技术研讨会。足球界常讨论这样一个话题：为什么我们与世界足球的差距越来越大，我们青少年培训怎么了？在这次研讨会上，从足球的属性，到中国孩子的肌肉特点、发育特点、教育特点、文化属性进行了研讨，对比欧洲、南美、非洲，发现自己球员的特点，有针对性地提出适应中国青少年的训练体系。鲁能泰山足球学校已办校19年了，邀请了7批外籍教练，这些外籍教练训练效果显著。鲁能泰山足球学校培训了很多"国"字号球员，但除了这些球员外，还没有培育出国内或者亚洲顶尖球员。例如，日本培养出了很多在世界五大联赛踢球的球员，要研究他们的经验，培养出更多的顶尖球员。

研讨会上，大家畅所欲言，各自探讨本国的青少年培训风格。鲁能泰山足球学校在专家帮助下，找准中国青少年球员发展中的问题，知道从哪里抓起，列出问题清单。在技术研讨会上，足球专业人士普遍关注本土教练员培养、青训球员教育与心理健康等。他们认为，青训既要培养明日球星，也要让每个青年球员离开足球后能成功融入社会。

2018年，人口小国冰岛首次晋级世界杯。冰岛仅有33万人，却培养了600多名足球教练在基层俱乐部执教。"冰岛可以，为什么我们不可以？"亚足联教练员讲师、香港足球教练郭家明在"潍坊杯"期间面对记者采访直言不讳。他非常赞同培养本土教练，唯有如此才能真正促进中国足球发展。

中国足球教练员培训始于1979年，1995年采用亚足联教练员系统。中国

教练员等级体系分五级：职业级、A级、B级、C级、D级，目前中国足协认可的D级教练员有2.8万人，C级有1万人，B级有2000人，A级有900人，职业级只有142人。相对于13亿多人口，足球教练太少了。

"如果中国每所小学至少有一名足球教练员，可以想象需要多少教练员，但除了数量，质量和层次呢？"郭家明说，"现在我们的教练员严重不足，要大力改变这种现状，就需要培养更有能力的讲师帮助中国教练员提升水平。"中国目前足球教练员讲师数量严重匮乏，总数仅133人，其中面向职业级教练员的讲师仅2人，A级的4人，B级的5人。必须培养更有能力的足球教练讲师，才能培养更多、更有能力的足球教练员。

法兰克福U19队教练托米·斯蒂皮奇直言不讳地表明自己的观点，现在条件更好了中国足球却落后了，这值得思考。"中国足球绝不能简单复制其他国家，必须找到自己的特色，形成自己的风格，走自己的道路。"

职业足球是残酷的，大多数青少年球员最终无法成为职业球员。因此，许多家长要求孩子选择踢足球的同时，也不能放弃学业。欧洲和南美的俱乐部也注重青少年球员的多元化发展，提供正常教育，帮助青训球员保留随时进入新生活的能力。

莫斯科斯巴达克足球俱乐部是俄罗斯最成功的俱乐部之一，他们的青训非常出色。参加2018年世界杯的久巴、米兰丘克兄弟及萨梅多夫等都出自斯巴达克足球学院。斯巴达克足球学院负责青少年选材的亚历山大·苏达里科夫说，学院致力于培养受过良好教育、人格健全的球员，因此非常注重文化教育，有专人负责，争取让每一个学员都成为能够融入现代社会的人。

斯巴达克足球学院的教学经验引起鲁能泰山足球学校的注意。了解到斯巴达克足球学院为了确保青少年球员成才，有一套整体方案，既照顾到球员足球生涯的发展，也考虑到他们即使无法成为职业球员，也是一名合格的社会人，比如学业优秀、心理健康，可以融入社会等。数据显示，每100名青少年球员中只有两人最终踏上顶级联赛赛场，大多数青少年球员无法成为职业球员。所以青训突出强调"要做球星先做人"，这与鲁能泰山足球学校不谋而合。这些世界足球青年强队的教练参观鲁能泰山足球学校后，对他们的教学方针表示赞许。"即使一个球员技术、战术水平再高，但当他发展到一定层次的时候，如果他不会做人，没有良好的教育背景，我们认为这个球员是不成功的。"阿根廷河床队青年队的教练很感慨地说，"足球学校一方面希望青少年球员成为职业高水平足球运动员，另一方面也希望他能够成为一个全面发展的优秀人才。"

通过"潍坊杯"国际青年足球邀请赛，鲁能泰山足球学校从足球强国的青年足球强队身上看到自己的差距，找到了帮助青少年球员处理心理、情感等方面问题的方式方法，从而能在今后的训练中积极进行应对。聘请专业的心理专家为青少年球员提供心理诊疗，帮助他们心理适应和伤后恢复等，注重青少年球员心理素质培养，更好地帮助青少年球员成才，参加更多的比赛。

　　足球是简单的，有规律可循；足球也很复杂，尤其青训，从生理心理到技战术训练，需要有一套与成年人足球训练不同的方法。在这方面，国外足球俱乐部的机构设置更为精细、更为先进。特别是对青少年球员的心理健康，更加关注。国外足球队普遍重视从小培养球员的心理素质，会配备心理专家，随时关注球员心理健康。中国足球无论是成年人还是青少年，对此做得还不够，许多地方要向外国学习。心理素质好不好、是否擅长踢逆风球，有时候能决定一支球队在比赛中能走多远。中国足球队的球员普遍存在比赛心理问题，被对手大比分超越时，斗志涣散，一盘散沙。自己比分领先时又患得患失，不知道怎么踢球。场上球员的意见也无法统一，有的要攻，有的要防守，结果被对手逆转，痛失好局。这种逆风球崩盘、顺风球不会打的场面屡屡出现，原因都是心理问题。而心理问题之所以成为问题，是因为在从少年训练时，心理健康问题就没有引起重视，或者说重视了也不知道怎么解决，没有为青少年足球人才的全面发展打下坚实的基础。

　　2018赛季，中国足协规定各足球俱乐部在参加中超比赛时，U23球员出场必须达到3人，这让多数足球俱乐部因青年球员储备不足而被打个措手不及。鲁能泰山足球俱乐部却因为鲁能足球学校培养优秀青年球员而受益。

　　足协新政一石激起千层浪，就在多家俱乐部对U23球员政策发愁时，山东鲁能却因队内U23球员太多而不知道该怎么用才好。2016赛季，在鲁能一线队，年轻球员的面孔已经成为主流。其中王彤和吴兴涵这两名鲁能泰山足球学校出品的优秀后卫和前场球员，在鲁能足球队担负重要位置，发挥了重要的作用。同时，从鲁能泰山足球学校出来在球队效力的球员还有刘彬彬、李松益、韩镕泽、高准翼、刘军帅，他们将成为球队的重要力量。

　　2018年7月，中超迎来第二阶段的比赛。鲁能泰山足球队在格德斯加盟的同时，把段刘愚、田鑫和赵剑非上调到一线队。段刘愚到鲁能泰山足球参加学习时就对自己的足球生涯做出了规划，学校的足球教练和文化课教师也对他的足球前程看好。经过自己的不懈努力，段刘愚终于迎来了自己足球生涯的第一个高峰。他暗暗为自己鼓劲，要不断攀登，在绿茵场上争取更大的

成绩。

此外，鲁能泰山足球学校还向鲁能足球俱乐部输送了16名U23以下球员：崔巍、黄浦、王炯、陈哲超、刘洋、姚均晟、周煜辰、张晨、曹盛、李海龙、陈科睿、陶洪亮、刘力、柏天赐、郭田雨、赵剑非。对于鲁能泰山足球队来说，最大的烦恼竟是"年轻球员太多"，而且是"想用的年轻球员太多"，这样的局面让一些没有U23球员的足球队感觉有点崩溃。这种现象恰恰表明了鲁能泰山足球学校这些年的青训成果，说这所学校是"制造球员的兵工厂"恰如其分。

2018年"世界杯"比赛结束后，中国足协抽调各足球俱乐部的优秀青年球员组建中国青年足球队为参加亚运会做准备。为此推出一个"新政"，凡是抽调青年球员达到3人的足球俱乐部，在中超比赛中每场必须上场3名U23球员的规定"松绑"，可以只上一名U23球员。鲁能泰山足球俱乐部向国青队输出5名优秀青年球员，成为这项新规的最大受益者，让许多足球俱乐部"眼红"，不得不佩服国网山东省电力公司19年前的眼光真是"高瞻远瞩"。

第十八章
再扬征帆

　　2015年2月，国务院印发《中国足球改革总体方案》，对中国足球改革发展进行了长远、系统规划，中国足球发展的壮丽长卷由此展开。为了更好地落实这个方案，做好中国足球发展工作，2016年4月，国家发展改革委发布《中国足球中长期发展规划（2016—2050）》。以此为节点，中国足球迎来了健康发展的历史机遇。这是中国足球的希望火种，在全社会共同呵护、共同培育、共同努力下，必定实现足球强国的目标，实现中华儿女世界足球强国的伟大梦想。

　　与先进足球国家相比，中国最大的不足，是参加足球运动的基础人口太少，特别是青少年参加足球运动的人数达不到一定规模，给足球人才选拔造成了极大困难。鲁能泰山足球学校总教练巴雷西来到中国之后，特别成立了专门选拔青少年足球人才的部门，他亲自挂帅。即使这样，也无法避免选拔青少年足球人才时的尴尬。巴雷西曾亲自选拔了20个足球苗子，最后到鲁能泰山足球学校报到上学的只有1人！

　　巴雷西感叹，这在巴西是不可能发生的。

　　中国青少年足球人口太少，成为束缚足球运动发展的羁绊。对于这个问题，鲁能泰山足球学校开始探索一条适合中国足球选拔足球苗子的新路子，提出"公办学校—鲁能城市足球学校—鲁能泰山足球学校—巴西基地—葡萄

牙"这样一条足球人才培养和海外发展路径。在《中国足球改革总体方案》出台之前，鲁能泰山足球学校就一直履行社会责任，通过承办全国校园足球夏令营、举办全国少儿足球邀请赛、举办校外基地教练员培训班等多种方式，为校园足球发展做了许多力所能及的事情。从2010年开始，鲁能泰山足球学校便开始强化校园足球，一个重要的方式是建立网点学校，在山东、新疆、湖北、湖南、河南和广东等地建立了22所网点学校，组队超过30支，这些网点学校和所属球队一共向鲁能泰山足球学校输送了106名小球员。

"咚咚锵，咚咚锵"，2014年11月13日，一阵阵铿锵的锣鼓声从河北省正定县子龙小学的校园里传来。周围的居民有点纳闷：不过年不过节的，学校要干什么啊？有什么大事要庆祝啊？很快，就有一些喜欢凑热闹的居民来到学校，围在校门口看热闹。

学校操场上搭起了主席台，在主席台上方悬挂着大幅会标"河北省正定县子龙小学鲁能·圣保罗足球人才基地揭牌大会"。原来，这里正在举行一场隆重的揭牌仪式。在主席台就座的有山东鲁能泰山足球学校常务副校长赵民、山东鲁能泰山足球学校副校长李学利，还有石家庄市教育局、正定县人大、正定县政协、正定县教育局相关领导。在台下参加大会的有子龙小学部分师生，正定县部分中小学的校长，还有部分中小学体育教师代表、足球队员1000多人。现场彩旗飘扬，处处洋溢着喜庆的气氛。揭牌仪式开始前，子龙小学的锣鼓队进行了精彩的锣鼓表演，小演员们鼓足了劲头，有节奏地敲打手中的锣鼓，他们早就盼望这一天的到来。

主持人首先请鲁能泰山足球学校常务副校长赵民致辞。

在热烈的掌声中，赵民快步走到发言席前，调整了一下麦克风，开始了热情洋溢的致辞："鲁能泰山足球学校这次与正定县教育局合作，就是要发挥鲁能泰山足球学校的资源优势，为正定县代培青少年足球教练员，不定期选派鲁能泰山足球学校的教练员到正定进行青少年足球培养技术交流。"主席台上就座的领导不住点头，他们渴望发展地方青少年足球运动，一直得不到专业扶持，足球装备严重不足，教练人才更是缺乏，他们自嘲"缺医少药"。

鲁能泰山足球学校与他们联手后，这种状况将得到极大改善。赵民继续讲话："我们每年都会在正定县选拔一定数量的青少年队员免费到鲁能泰山足球学校培训，还会提供一定数量的训练装备，支持这里的青少年足球事业。"话音未落，雷鸣般的掌声已经响起来，对正定县热爱足球的青少年来说，这是最期待的事情了。鲁能泰山足球学校最近几年一直通过这种方式与多地共同推动青少年足球运动的普及发展，推动青少年足球培养水平的提高。

赵民致辞后，鲁能泰山足球学校副校长李学利与正定县教育局局长李瑞彩签署了《山东鲁能泰山足球学校与正定县教育局校园足球交流合作协议》。两人在协议上签字后，站起来互相交换协议文本，再一次紧紧握手。正定县的青少年足球运动将掀开新的一页。

鲁能泰山足球学校向正定县足球队员赠送了训练用球和训练服。当一个小队员展示崭新的队服时，主席台下的孩子们禁不住欢呼起来，他们终于有了自己的队服，以后可以在绿茵场上穿着新队服参加比赛了，他们仿佛看到了自己在球场上穿着新队服奔跑的情形，那是多么激动人心啊……

高潮时刻终于到来，当赵民与子龙小学校长冯志斌一起走到蒙着红绸子系着大红花的"鲁能·圣保罗足球人才基地"匾牌前准备揭牌时，全场响起雷鸣般的掌声。大家期待着正定县的青少年足球运动由此跨上一个新征程……

看到眼前的一切，赵民的眼睛有些湿润。作为鲁能泰山足球学校的第三任常务副校长，从2014年上任以来，他就一直致力于加强青训工作，加强全国足球网点学校建设，在原有的基础上不断扩大，与越来越多的足球基础比较好的中小学校建立紧密的联系。2014年11月27日，国务院副总理刘延东在青少年校园足球工作电视电话会议上强调："发展校园足球是成就中国足球梦想、建设体育强国的基础工程，对于深化教育改革、振奋民族精神具有重要意义。要坚持育人为本，注重技术能力和意志品质培养，切实提高校园足球水平。要完善政府支持、市场参与的投入机制，鼓励社会力量发挥作用。"为了落实《中国足球改革总体方案》，鲁能泰山足球学校就如何进一步提高

青少年球员训练水平做了专题研究。会议认为要发挥鲁能泰山足球学校各方面资源优势，为网点学校当地代培青少年足球教练员，不定期选派教练员到这些地方进行青少年足球培养技术交流，通过每年选拔一定数量的青少年队员免费到鲁能足校培训并提供训练装备支持等方式选拔优秀人才，推动青少年足球运动的普及发展和培养水平的提高。鲁能泰山足球学校的目的只有一个：通过与地方学校的合作共同推动校园足球发展，让越来越多的青少年通过足球运动增强体质，选拔出更优秀的足球苗子。

2016年2月16日，山东省教育厅与国网山东省电力公司签署了《合作推动山东省校园足球发展框架协议书》。在山东省校园足球教练员培训、校园足球活动组织和城市足球学校建设等方面进行全方位合作。从各城市校园足球开展较好的学校中选拔优秀苗子球员参加鲁能足校暑期夏令营。鲁能泰山足球学校承接每年校园足球联赛省级有关比赛，对山东省校园足球联赛选拔的优秀苗子球员进行专门培养，把校园足球统一有计划有组织地搞起来，系统打造大学、高中、初中、小学四级联赛，推动校园足球。

鲁能泰山足球学校与开展足球运动比较好的公办学校加强联系，经常派教练到学校进行指导，及时发现足球苗子，促进青少年足球运动发展，成立培训基地。鲁能泰山足球学校除了为签订协议的学校提供训练装备和训练器材外，还为签约学校制订训练计划，统筹指导全年训练。鲁能泰山足球学校的这种做法和经验被越来越多的足球学校推崇和效仿。

2015年6月25日，鲁能泰山滨州足球学校挂牌仪式在山东省滨州市实验学校举行，这是鲁能泰山足球学校在山东省成立的第一所城市足球学校。2015年2月，中央全面深化改革领导小组第十次会议审议通过《中国足球改革总体方案》。方案要求要大力发展校园足球，建设新型足球学校。什么是新型足球学校，目前在国内并没有一个标准的定义。但这个概念提出是相对目前中国传统足球学校的办校模式而言的。国内比较具有代表性的足球学校主要有两种方式：以鲁能泰山足球学校为代表的精英培养模式（俱乐部办校模式）；以社会其他单位所建足球学校为代表的普及教育模式（社会办校模式）。要

想让青少年足球运动得到长足发展，就必须让更多的孩子热爱足球，给他们成长发展的空间，在这方面，鲁能泰山足球学校做了许多有益的探索和实践。许多孩子的足球天赋被进一步发掘，德、智、体、美得到全面发展。

鲁能泰山足球学校近几年加强对不发达地区的考察，在一些学校建立足球人才基地，帮助培训少年足球人才。学校积极响应国家足球改革发展的总体要求，履行央企社会责任，助力扶持边远贫困地区校园足球的发展。经过考察，他们选定贵州省台江县为合作对象。通过协助台江县制订足球训练计划、代培教练员和队员、选派优秀教练进行业务指导等方式，帮助这个国家级贫困县发展青少年足球运动。

2017年7月，学校党委书记、常务副校长谭朝晖率队到贵州省台江县，同黔东南州教育和体育部门有关负责人、县领导进行座谈，共同研究如何发展

台江县的青少年足球运动。

座谈会上，县长杜贤伟对山东鲁能泰山足球学校领导和教练的到来表示欢迎，并对台江县情及中组部帮扶台江脱贫攻坚情况做了简要介绍。台江县经济发展落后，对普及足球这项投资大、周期长的运动项目，心有余而力不足。但台江县的少年球员很努力，先后在全州、全省校园足球比赛中多次取得好成绩，是台江足球运动的希望。能得到山东鲁能泰山足球学校的大力帮助，并将在城关三小、方召小学成立"鲁能青训足球人才基地"，会进一步提高台江县小学足球运动训练的技能，推动青少年足球发展。

座谈会结束后，谭朝晖一行人到县城关三小和方召小学进行实地考察。

城关三小的足球队员排起两排队伍，夹道欢迎他们，一边喊着"欢迎欢迎"，一边热烈鼓掌。谭朝晖和孩子们热情握手，询问他们的学习训练情况。一个小学生认真地说："我的理想就是上鲁能足校读书训练！"谭朝晖鼓励他："一定会实现的！"学校校长说："今天特意安排了一场城关三小和方召小学的足球比赛，请你们指导！"大家一边说一边走进操场，观看孩子们的比赛。

比赛很激烈，小球员你来我往互不相让，引来观众的喝彩。

比赛结束后，鲁能足校来考察的教练亲自下到操场上，给小球员们做示范指导。小队员们看到教练的示范后，掌声不断。孩子们的教练说："看了教练的示范，才知道我们的差距太大了。今后有教练的专业指导，我们的球技一定会更上一层楼。"有的孩子还拿出事先准备好的本子请教练签名。看到孩子满是汗水、笑容灿烂的小脸，几位教练都感到自己肩上的责任沉甸甸的，他们相信，只要认真发掘和培养，这些孩子中间一定会出现像吴兴涵、韦世豪这样优秀的职业球员。

优秀青少年球员是不断培养训练出来的。

鲁能泰山足球学校每个月都要在学生中评选当月的小球星。2015年12月的小球星是何小珂。在2016年出版的校刊《鲁能青训》上这样介绍何小珂："这是一个有着许多光环的孩子，在北京国奥越野足球俱乐部学习期间获

得'最佳球员''希望之星'称号；在北京人大附小学习期间获得'三好学生''优秀班干部'称号；在北京清华附小学习期间取得'优秀生'称号。"

一个多才多艺的孩子，两岁起就喜欢足球，父亲是国安足球队铁杆球迷。5岁时就在父亲的带领下风雨不误去北京奥林匹克中心、北京太阳宫公园练球。2009年开始接触足球专业训练，他的天分和努力得到了教练的高度评价，被许多足球学校相中。最后，家长为他选择了鲁能泰山足球学校，这与当初段刘愚选择鲁能泰山足球学校可以说异曲同工，他们看中的都是学校为学生提供的广阔的发展空间。

无论刮风还是雨雪，他都坚持训练。踢球和学习并重，在足球上的自信和获得的各种荣誉，很大程度上促进了他的学习。他合理安排时间，课堂上认真听讲，课下早早把作业完成，这种自律使他一直保持优秀的成绩。三门主课总分始终在295分以上。2015年9月份月考他是第一名，10月份因2分之差考了第二名。何小珂一连几天找自身原因，始终没有找出来，看着英语缺少

的2分，他找到英语老师，试卷文章中的"there be"句型，他在答卷中为了避免出错，也用了该范文句型，而没有用课本中的"have或has got"句型，他以为自己没错。英语老师跟他讲，出错的地方不在这里，而是因为在后面多了一句重复的话。小珂明白了错在哪里，学习更认真、刻苦。在11月份月考中，他三门主课考了300分的满分，同学们都叫他"何三百"。

何小珂在鲁能泰山足球学校是U12队的主力成员，还是队长，在球队的位置是前腰，他在球门前的感觉非常好，他的偶像是C罗，他希望自己有一天成为中国的C罗。在班级里他是班长，还是校长助理。六年级的学生怎么会成为校长助理呢？刚听到"校长助理"时，许多人以为听错了，在鲁能泰山足球学校确实有学生当"校长助理"的，这是学校一项特殊的管理制度。

怎么样才能培养学生良好习惯，如何提升学生自主管理水平，鲁能泰山足球学校动了许多脑筋。经过征求广大教职员工和学生们的意见，领导班子研究决定，在学生中聘任校长助理，以便把学生的意见和建议直接反映给学校决策层，让学校的管理工作更加"接地气"。对聘任学生校长助理，每个年级都很认真，通过同学评议，教师推选，相关部门审查，首批5名学生校长助理廖垒、彭杰、刘至郅、张胜澜、何小珂在2014年年底正式上任。在和学校领导班子的见面会上，校领导亲切地和他们说："希望你们能够及时反映同学们的需求，把同学们的建议和意见反映给学校，以便及时改进不足，为同学们创造良好的学习训练环境。"几个学生校长助理也表决心，不辜负同学们的期望，不辜负学校的重托，一定履行好自己的职责。

学生校长助理制度，让鲁能泰山足球学校的各项工作距离学生们更近了。在学校的很多地方都悬挂着这样的标语"一切为了孩子，做最好的自己"。学校提出这个办学理念，中心是围绕学生，让学生们热爱足球，为足球奉献，学校也要为学生们提供最好的环境和条件，不单单是硬件方面，软件方面也要创一流。

培养好每一个学生，为中国足球做贡献，只有学校的努力是不行的，必须要有家长的配合，必须重视家校联合教育，把每个学生培养成才。每年寒

暑假，鲁能泰山足球学校会通过《家长通知书》，向每一位家长通报孩子上学期在学校的生活、学习、训练和日常表现等情况。同时，以《给家长的一封信》的形式，向家长们介绍新学期鲁能泰山足球学校对学生管理的规则和要求。从孩子的着装要求到生活细节，从学业要求到人际交往，期望得到家长的支持和配合，共同关注孩子的成长。

许多家长接到《家长通知书》和《给家长的一封信》都很感动，夸赞学校的学生工作做得认真、细致、周全、到位，会认真地在《家长通知书》的反馈栏里填写自己的阅后简评、建议和意见。

新学期开学，学生们返校后，把家长签字、填写简评、建议和意见的《家长通知书》交给班主任。"我从一份《家长通知书》里看到了你们的勤奋、负责和敬业精神，把孩子交给你们，我选对了学校，也选择了放心。"字里行间洋溢着家长的赞许。班主任和任课教师、教练把这些看作是对自己的鼓励，也当成是对自己的鞭策。"家长们如此信任我们，更感到肩上的责任沉甸甸的。一切为了孩子，要加倍努力，做最好的自己，还要多找找自身的不足，把教学工作做得更好！"一位老师看着《家长通知书》上的反馈意见，很激动地表示。

通过家长们的反馈意见，学校掌握了学生们在假期里作业、训练的完成情况，参与社会实践活动的表现情况。同时，得到了家长们对老师、教练工作的肯定和感谢。他们觉得更可贵的是得到了家长们对学校办学和教育教学管理的意见和建议。学校会安排专人认真阅读和整理，分门别类进行统计，对马上能够进行整改的立刻进行整改，对需要向上级部门进行汇报的马上汇报，对暂时不能进行的项目会及时对家长说明。

2015年2月7日，鲁能泰山足球学校U16队和U18队第二批赴巴西留学的队员启程。23名队员将赴鲁能巴西体育中心和圣保罗足球俱乐部科迪亚基地进行为期一年的训练和比赛。鲁能青训海外战略2014年起航，当年9月学校首批队员赴巴西进行为期三个月的留学。首期留学结束回国后，根据鲁能足校海外留学生标准及选拔、申报程序，15名不符合留学标准的队员没有入选第

二批留学队员名单。学校根据队员表现，新选拔了一批队员参加第二阶段赴巴西留学，总共选拔队员28名，但最后成行的只有23人。人数的变化背后彰显的是鲁能泰山足球学校的管理力度和严格。

队员赴巴西留学，学校有专门的选拔程序，从足球专业成绩、文化课学习成绩、思想品德三个方面进行评定，评定总成绩不合格的队员，取消留学资格。一个多月前，28名队员留在学校训练准备本次出征时，发生了一段不和谐的插曲。

周一到周六鲁能泰山足球学校的学生都有学习、训练、比赛任务，只有周日学生才有自由活动时间，让学生充分快乐地过好周末的前提是要有安全做保障。周末学校只允许个别有事的学生外出，外出时学生必须持有"出门条"和"校园出入卡"，门口保安才能放行。"出门条"需教练和教学部签字，签字意味着对此次学生外出安全负责，所以审核严格。需要学生有合理外出的理由，年龄小的孩子则需要有人陪同。"出门条"的编号是唯一的，防止个别自认"聪明"的学生仿造。"校园出入卡"外出时必须出示，上面载有学生信息和相片，便于门卫保安检验。生病学生外出则由队医出具外出就诊证明，由队医或生活老师带出去就诊。学校有专业保安公司为学校保安巡逻，对学生外出严格按照规定操作。学校通过二道门将学习、训练区域与对外比赛接待隔离，外来人员被隔离在学习、训练区域之外，家长来校探望学生将登记办理手续后方能进入。

有鲁能足球队比赛的时候，学校会选派没有比赛任务的学生赴济南观看比赛。学校通过招标与潍坊市公交公司签约，并派专人全程负责队伍出行安全。寒暑假、重要节假日放假安排，学校教学部会提前通知家长放假时间，方便家长来校接送。对于不能到校接学生的小学部学生家长提前通知，学校会安排生活老师送站、接站。

即使有这样的严格管理，还是有5个队员违反校园管理规定和海外队员培训管理办法，私自约定晚上外出去网吧上网。有个胆小的队员说："让查夜的老师查到怎么办？""没事，"带头的队员胸有成竹地说，"别怕，查夜老

师主要巡查下半夜，我们打他一个出其不意，10点出去12点回来，他查不到。"

5个队员商议好了之后，晚上10点钟悄悄溜出学生宿舍，翻墙出了校园。

他们没想到，这天晚上，查夜的老师在上半夜11点多钟对学生宿舍进行巡查，发现5名队员私自外出，马上向学校领导汇报。就在学校准备派出人员到校外寻找的时候，5个队员悄悄返回学校，被巡查老师逮个正着……

严重违反校规，按照鲁能泰山足球学校学生管理办法，学校决定取消5个队员赴巴西留学资格，尽管还有两名是球队主力，曾在球场上被巴西圣保罗足球俱乐部青训专家点名表扬。他俩做梦也想不到学校真会禁止自己去巴西训练和比赛。令行禁止，纪律面前人人平等，没有主力与替补之分。5个队员因违反校规被取消资格，眼含后悔的泪水，百感交集……

开始，5个队员和他们的家长对这么严厉的处罚不理解，家长还一度找到学校进行交涉。在苦口婆心的开导下，他们慢慢理解了学校的良苦用心，认同了学校的处罚。家长认识到，让孩子在校好好训练，严守学校管理规定，才能早日成才。受到一点挫折，接受一次教训对孩子来说也不失为一笔人生财富。

有两个队员的母亲聊起孩子这次违纪事件时，说："在足球方面我们是外行，并不能教给孩子什么，但鲁能泰山足球学校可以教育孩子严格自律，遵守校纪校规，做合格的球员。在这样严格要求的学校学习和训练，我们当家长们的放心。开始是有些想不通，现在想明白了，这都是为孩子好。相信孩子改正错误后，还是有出国训练的机会。"

被送到巴西留学训练和比赛的队员在学校接受严格的军训，内容安排得十分丰富，主要包括鲁能精神教育、爱国主义教育、励志教育三个方面。放映2014年鲁能足协杯夺冠视频，配合训练讲解，让队员们理解鲁能精神的含义。观看《甲午大海战》《南京大屠杀》《国庆大阅兵》《香港回归》等电影故事片和纪录片，配合讲解，让队员了解历史，增强爱国主义精神。观看中央电视台《青年中国说》电视片，用感人事迹教育队员要发奋图强……

留学巴西的队员们踏上了征程，每个人都十分珍惜难得的机会，他们会

在异国他乡把鲁能精神发扬光大，为自己母校争光……

大力发展精英教育的同时，鲁能泰山足球学校一直支持校园足球发展。从2000年开始，坚持举办"鲁能杯"全国少儿足球邀请赛，为全国各地喜欢足球的孩子提供一个比赛、交流、提高的平台。鲁能泰山足球学校不定期举办校外人才输送基地教练员培训班，制订培训计划，编写培训教材，理论与实践相结合，对提高校园足球基层教练员的教学能力和管理能力，对鲁能青训和中国青少年足球发展做出积极尝试和有益探索。积极参与推动校园足球建设，以济南为中心在省内多个城市推广校园足球联赛。鲁能泰山足球学校的这些做法受到中国足协的肯定，足协领导多次到鲁能泰山足球学校进行考察，鼓励学校努力做好青少年球员培训工作。学校被命名为"中国足球协会青少年培训基地"，是国内唯一一家中国足球协会青少年培训基地。

中国足球发展不畅的瓶颈是青少年足球人口太少。青少年是一个国家足球发展的源头活水，只有源源不断的青少年足球人才涌现，才能支撑一个国家的足球发展。世界足球强国培养青少年足球人才的最大特点是孩子不脱离原来的社区，足球训练都在社区学校完成，很少有把学生进行"圈养"的专门足球学校，与中国培养青少年球员在培养方式上有本质不同。像德国足球俱乐部选拔足球苗子，会派人去小球员成长的地方与他的老师、家长甚至是社区的神父交谈，了解小球员各方面的情况：球员的成长过程和性格特点，他是个英雄主义者还是团队型的球员，他的意志力是否坚强，遇到超出自己想象的任务或困难反应是怎样的，他是否自信，他的自信来自哪里，他是一个早熟型还是大器晚成型的球员……这样的调查在中国职业足球俱乐部很难做到，因为球员的成长环境有很大区别。

鲁能泰山足球学校注意到了这个问题，与国际接轨，不断进行新的探索。

2016年，鲁能泰山足球学校对如何在更大范围选拔足球苗子问题进行专题研究，经过反复研究论证，最后决定：为有志足球事业的孩子们提供新通道，建立双轨机制，学校首次举办走训班、实验班，进行新的探索。学校官

方网站出现了《鲁能泰山足球学校2016年走训班、实验班招生简章》，在很短的时间内，点击率就超过上万次，社会反响热烈。这次招生的最大特点是：学生可以实行走训，开始一种新的培养模式。

这是全新的招生模式，鲁能泰山足球学校为更多热爱足球的孩子打开了一扇门。走训班和实验班的收费大大降低，经济条件一般的家庭可以承受培养孩子学习踢球的费用，能把孩子送到鲁能泰山足球学校参加系统专业训练，也帮助更多孩子圆他们的足球梦。走训班的孩子不脱离原来的学习、生活环境，这些孩子的足球成长之路会更顺畅。

只有让更多的孩子热爱足球，中国的足球发展才会有坚实的基础，才会真正冲出亚洲走向世界。在这方面，鲁能泰山足球学校是先行者，他们依旧任重道远……

尾　声

　　随着国家对青少年足球运动的重视，鲁能泰山足球学校也在不断进行调整，适应新的足球形势。鲁能泰山足球学校未来的五年计划是，坚持"文体并进"的办学方针，加强"三支队伍"（干部队伍，教师、教练员队伍，管理服务人员队伍）建设，坚持改革、创新、发展，为建设"百年俱乐部"，促进中国足球事业发展做出新贡献。实现招生、选苗、培养、输送良性循环，培养更多国内一流和具有国际水平的球员，学校的国际知名度和影响力进一步扩大，促进学校可持续发展。

　　2017年8月28日，国家体育总局官网发布《体育总局关于命名国家体育训练基地的通知》。山东鲁能泰山足球学校被命名为"国家足球山东鲁能体育训练基地"，是唯一一家被命名的国家足球训练基地，也是唯一一家由职业体育俱乐部建设的国家级体育训练基地。鲁能泰山足球学校还是中国足球发展基金会成立后首家加入"青少年足球精英人才培养计划"的单位，获首批资助400多万元。这是国家体育总局对鲁能泰山足球学校这些年来坚持做好青少年球员培训的肯定。

　　2017年，鲁能泰山足球学校坚持更加专业化、职业化、精细化的态度，坚持"以赛促培"，取得了不俗成绩：参加15项全国性专业青少年足球比赛，各梯队斩获8个冠军，先后向各级别国家足球队输送球员59名。本赛季中超

联赛"鲁能青训制造"球员达到46名，占本土球员的11%。

　　2017年12月20日，巴西报纸刊发文章《中国球员远渡巴西逐梦足球》，关注一群在巴西追逐足球梦的鲁能泰山足球学校球员。这篇报道引起新华社注意，派记者对鲁能泰山足球学校进行采访，新华社官网刊发通讯《这家足校凭什么受关注》，通讯特别提到："随着足改方案的出台，中国足球可谓炙手可热。中国球员为了磨炼技艺不远万里赴海外培训，一定程度上彰显了中国足球试图改变的决心，这也是鲁能足校颇受关注的原因之一。"

　　2018年年末，山东鲁能泰山足球学校领导班子进行调整。谭朝晖任国网山东省电力公司鲁能体育文化分公司党委书记兼任山东鲁能泰山足球学校、山东鲁能乒乓球学校校长；刘宝玉任山东鲁能泰山足球学校、山东鲁能乒乓球学校党委书记、常务副校长。学校新一届领导班子秉承"一切为了孩子"的育人理念，坚持"专业化、职业化、国际化"的发展战略，坚持建设百年足校的初心不动摇，坚持培养顶尖球员的目标不动摇，从严治教、从严治训、从严治学，提出"红色学校、示范学校、平安学校、活力学校、阳光学

校、文明学校"建设目标，团结带领学校广大师生员工，务实进取，创新突破，加快推进中国特色足球青训体系和鲁能特色乒乓球体系的落地实施，为鲁能体育和中国足球、乒乓球事业培养更多的优秀后备人才。

中国足协主席陈戌源到鲁能泰山足球学校调研指导工作时说："鲁能青训始终脚踏实地，尊重足球运动员成长规律，各项工作高标准、严要求。'文体并进、立德树人'的办学思路是很成功的。近些年国家队成绩不好，竞赛能力弱化，归根到底是青训质量不高。必须做好中国足球青训工作，助力球员成长，让更多的青少年球员到足球强国巴西接受足球氛围熏陶，参加高强度的训练和比赛。通过举办'鲁能·潍坊杯'国际青年足球邀请赛，进一步提高中国青少年球员技战术水平。"鲁能泰山足球学校领导表示，一定坚持做好中国足球青训改革发展的支持者、践行者，为国家培养输送更多青少年足球人才。构建鲁能青训特色模式，打造国内青训示范样板，打造百年足球学校、特色标杆学校、国际一流学校。

攀登的路上永不停步，奋进拼搏才能达到理想的高峰。鲁能泰山足球学校看到了中国足球振兴之帆已经冒出了东方的地平线，走向足球强国的航船已经起航。他们要为实现这个伟大梦想贡献自己的力量。建设"世界足球名

校"的目标永远不变，不管道路布满多少荆棘，不管征途有多少激流险滩，他们只有一个目标：为了中国足球强国梦，奋力拼搏！

橘色的火焰在燃烧，那是一团希望的火焰；橘色的火焰在燃烧，那是胜利的火焰。鲁能泰山足球学校不会停止前进的脚步，全校教职工和同学们的心中都激荡着《鲁能泰山队队歌》，鼓舞他们在攀登的路上向前，向前，永远向前！

我们是风，
我们是电，
我们是橘色的火焰。
我们是钢，
我们是铁，
我们是永不倒的泰山。
攻攻攻，
像风雷闪电。
守守守，
就稳如泰山。
让那火火的足球，
永远属于咱鲁能。
让那火火的足球，
永远属于咱泰山。

后　记

2016年，国家电网公司工会公布了60个文学创作重点选题，《橘焰》被立项；山东省作家协会公布了10个作家重点深入生活项目，《橘焰》是其中之一。一个选题受到国家电网系统和社会的关注，增强了我的信心，激发了深入生活完成创作的欲望。

作为一名在山东电力从事新闻工作的员工，我热爱鲁能足球，因为工作的关系，也多次宣传报道过鲁能足球的活动和赛事。鲁能泰山足球俱乐部成立，鲁能泰山足球学校成立，鲁能泰山足球队第一次引进韩国籍教练，鲁能泰山足球队第一次引进巴西外援……我都曾经采访报道过，也跟随鲁能泰山足球队去外地比赛，进行采访报道，对鲁能足球怀有很深的感情。鲁能泰山足球有过登顶的辉煌，也有过保级的艰难。但不管是在辉煌时刻，还是在保级的艰难跋涉中，他们始终坚定建"百年俱乐部"的信念，追求建"百年俱乐部"的步伐从来没有停止过。不仅仅是因为有比较成熟的运作方式和管理方法，也因为有鲁能泰山足球学校做支撑，是可靠的后备力量。他们坚持做好青训工作，培养了大批技艺较高的青少年球员，成为向各级国家队、各职业足球俱乐部输送球员的大户，被业界称为制造职业球员的"兵工厂"，中国足球的"黄埔军校"。鲁能泰山足球学校创造了国内足球学校的许多个第一，有的纪录至今还未被打破。他们多次受到中国足协表扬，举办"潍坊

杯"青年国际足球邀请赛得到亚足联和世界足联的肯定。鲁能泰山足球学校是国网山东电力的骄傲,是中国电力的骄傲!

《橘焰》在创作过程中得到许多人鼎力相助。感谢鲁能泰山足球俱乐部孙华,鲁能泰山足球学校刘宝玉、刘敬伟的热情帮助。感谢国家电网公司工会、中国电力作家协会、山东省作家协会的重视和关心。感谢国网山东省电力公司杜军、刘玉树、赵民、徐健、陈学民、毕建伟、李欣、闫百祥等同志的大力支持。鲁能泰山足球学校部分领导和教职工在我深入生活和采访中,提供了许多方便。刘锋为本书提供了精美图片,有的教师提供了相关实物资料,使采访更加扎实圆满。在此向他们一并顺致谢忱。

鲁能泰山足球学校是一座富矿,我只是一名挖掘的矿工。由于个人能力和水平有限,许多重要的富矿石没有被挖掘出来制造成产品,为此留下了遗憾。但我会继续关注鲁能足球,关注鲁能泰山足球学校,关注中国足球青训工作的领跑者在奋进征程上不断写下的新篇章。

我用手中的笔为他们讴歌!